Michel Déon

de l'Académie française

La cour
des grands

Gallimard

Éditions Gallimard, 1996.

Michel Déon est né à Paris en 1919. Après avoir longtemps séjourné au Portugal, puis en Grèce, il vit en Irlande.

Il a reçu le prix Interallié en 1970 pour *Les poneys sauvages* et le Grand Prix du roman de l'Académie française en 1973 pour *Un taxi mauve*. Il a publié depuis *Le jeune homme vert*, *Les vingt ans du jeune homme vert*, *Un déjeuner de soleil*, « *Je vous écris d'Italie...* » (prix des Maisons de la Presse), *La montée du soir*, *Je ne veux jamais l'oublier*, *Un souvenir*, *La cour des grands* (prix Giono), fait jouer deux pièces de théâtre, *Ma vie n'est plus un roman* et *Ariane ou l'oubli*, et rassemblé quelques souvenirs dans *Mes arches de Noé*, *Bagages pour Vancouver* et *Je me suis beaucoup promené*. Il est membre de l'Académie française depuis 1978.

Ad Augusta per angusta.

— Tu pars pour la Suisse ? Tu devrais voir Augusta. Elle m'a...

Le feu passe au vert libérant un torrent de voitures qui couvrent la voix de Getulio sans l'interrompre pour autant.

— ... la reconnaîtras tout de suite. Inchangée malgré...

Une bétonnière dont la cuve tourne en mâchant des cailloux ralentit devant eux.

— ... toujours très désirable... tu le sais, je... la grâce... son téléphone...

De sa poche de pardessus, il tire un bristol froissé, lit un numéro de téléphone à Lugano qu'Arthur enregistre mentalement sans être certain de s'en souvenir l'heure suivante.

— Pardonne-moi, je suis pressé, dit Getulio soulevant un drôle de chapeau en tweed perché sur le pain de sucre de son crâne.

Le feu revient au rouge et, en trois enjambées, il traverse la rue des Saints-Pères. Du trottoir opposé, il agite au-dessus de sa tête un mouchoir blanc comme si le train emportait déjà Arthur vers la

Suisse et le Tessin. Un autobus s'interpose entre eux. Quand il est passé, le Brésilien a disparu, laissant son interlocuteur seul avec un numéro de téléphone qu'après l'avoir trop attendu il n'est pas sûr de vouloir utiliser. Surtout venant de Getulio.

Comme Arthur remonte la rue des Saints-Pères en direction du boulevard Saint-Germain, l'esprit ailleurs, mais non sans se retourner dans l'espoir que Getulio apparaîtra de nouveau derrière lui et en dira plus sur Augusta, le numéro de téléphone se grave dans sa mémoire et une formidable angoisse lui serre la gorge. Mais quoi ? À qui crier : « Trop tard, la vie est passée. On recommence mal ce qui est mal fini » ? Sûrement pas à ces passants pressés, aux étudiants en médecine faisant la queue devant un traiteur-pâtissier, ce qui l'oblige à descendre du trottoir sans prendre soin de regarder qui vient sur la chaussée. Une voiture le frôle et il a droit à une bordée d'injures qui fait rire les étudiants. Mourir écrasé, à cette minute, quelle amère ironie vingt ans après... C'est tout de suite qu'il aurait fallu mourir pour ne pas traîner le fardeau d'un échec qui glace encore sa vie d'homme.

Arthur pénètre dans le restaurant où l'attendent deux fondés de pouvoir d'une banque allemande. Il aime les affaires, qui lui ont appris à mentir et à dissimuler. Peu à peu est née en lui une espèce de double, un personnage construit de toutes pièces qui le sert remarquablement dans les discussions : sec, parlant seulement à bon escient, se donnant des airs de ne pas écouter alors qu'il ne perd pas un mot de ce qu'on lui dit, sobre, ne fumant pas et, à la manière américaine, ôtant sa veste pour discuter en bras de chemise, une tasse de café à portée de la main, passant soudain du nom au prénom dès que la partie lui semble gagnée. « Ce n'est pas moi ! Ce n'est pas moi ! » se dit-il quand le hasard place un miroir en face de la table où il est assis. Mais le « moi », le vrai « moi » s'efface de jour en jour. Existe-t-il encore ? Et s'il existe, il gît des années en arrière, en morceaux avec les coups de cœur et les illusions des vingt ans. Si, parfois, dans le feu d'un mensonge à soi-même, ce « moi » renaît de cendres, il traîne encore avec lui le parfum d'Augusta.

Vingt ans auparavant, l'automne 1955, le *Queen Mary* s'apprêtait à quitter Cherbourg pour New York. D'ordinaire, la traversée prenait à peine quatre jours, mais celle-ci, exceptionnellement, en durerait six, le paquebot s'arrêtant à Portsmouth, puis à Cork pour embarquer d'autres passagers. Arthur s'enchantait de cette perspective. À vingt-deux ans, tout était nouveau pour lui, y compris une émouvante surprise réservée par sa mère. Changeant, à son insu, le billet classe touriste dont il aurait dû se contenter, elle lui avait offert une cabine de première dans laquelle il serait seul pendant la durée du voyage. À quel prix ? Elle, si économe, se privant du superflu pour sauver la face depuis la mort du père et permettre à son fils d'être le noble porteur des ambitions maternelles ! Qu'il eût, après un examen pourtant bien peu sérieux, décroché une bourse pour une université américaine spécialisée dans le droit des affaires avait déjà levé en elle des espoirs démesurés. Elle couronnait ces espoirs d'un billet de première très au-dessus de ses moyens, une vraie folie.

Un jour où il avait été invité par un de ses camarades de classe dont les parents résidaient dans un hôtel particulier de Neuilly, elle avait vendu un éventail japonais hérité d'une lointaine tante pour offrir à son fils un costume sur mesure et comme, peu habitué à ce luxe, il se récriait, elle l'avait fait taire d'un ton péremptoire : « Sache que tu vas jouer dans la cour des grands et qu'il faut que tu sois l'un d'eux. » L'horreur est qu'à cette fête intime entre garçons et filles de quinze, seize ans, tous étaient venus en jean et chandail. Sauf lui. Avec sa cravate, son col amidonné, son costume bleu rayé, Arthur, étranger à ce monde des beaux quartiers, avait souffert malemort.

Ce souvenir humiliant lui revint quand au commissariat de bord on le confia à un steward qui s'était emparé de son bagage pour le conduire à l'étage supérieur tandis qu'au bureau voisin se pressait en désordre dans les piaillements, les injures, les coups de coude, les pieds écrasés, la faune des émigrants : jeunes hassidim en redingotes et chapeaux de feutre noir, visages mangés par des barbes roussâtres, papillotes en bataille ; Italiens plus bruyants et rigolards que tous les autres ; réfugiés d'Europe centrale aux visages gris, aux yeux brillants d'anxiété, taciturnes, pressés de mettre un océan entre eux et l'enfer.

Comment s'était-elle procuré ce billet, il ne le sut jamais, bien qu'il n'ait eu de cesse, au moins pendant les premiers mois de son séjour aux États-Unis, de le lui demander dans presque chaque lettre. S'il insistait, soulignant rageusement sa question d'un trait rouge, elle répondait : « Mon bonheur, c'est que tu joues dans la cour des grands. »

À peine installé — le transatlantique partant avec un retard de six heures qui allongeait d'autant la durée habituelle de la traversée —, Arthur s'aventura jusqu'au bar encore désert. Le barman lui ayant annoncé qu'il ne servait rien avant que le *Queen Mary* levât l'ancre, il allait retourner dans sa cabine pour échapper au hourvari des coursives, quand un grand Américain dans la cinquantaine, le visage couperosé, les cheveux blancs, les sourcils très fournis d'un noir d'encre, en costume de tussor beige froissé, vint s'asseoir sur le tabouret voisin et commanda un dry Martini.

— Le bar n'est pas ouvert avant le départ du bateau, répéta le barman.

— Paddy, à ton accent, je sais que tu es irlandais. Mon père était de Dublin et mon nom est Concannon. Sers-moi un dry Martini, et peut-être aussi à ce gentleman à côté de moi que tu terrorises, ce qui n'a rien que de très naturel étant donné que tous les Irlandais sont des terroristes.

Tourné vers Arthur accoudé au comptoir, il se présenta :

— Seamus Concannon. J'enseigne à une bande d'ignares — qui ne retiennent rien — l'histoire contemporaine à Beresford. Et vous ?

— Arthur, Arthur Morgan, étudiant, bourse Fulbright pour le droit des affaires à Beresford.

— Vous m'aurez deux heures par semaine.

Le barman déposait les dry Martini devant eux.

— Merci, Paddy.

— Je ne m'appelle pas Paddy, Mr. Concannon. Mon nom est John.

— Allons pour John ou Sean, ce sera encore mieux.

Il leva son verre à pied et le vida d'un trait.

— Prépare-m'en un autre, mon cher Paddy, et

pour Mr. Morgan aussi. Je vais me laver les mains, et ce n'est pas un euphémisme.

Trois minutes plus tard, il revenait, son veston éclaboussé de taches grises, tenant à la main une serviette en papier avec laquelle il frottait consciencieusement chacun de ses doigts.

— Sur ces foutus bateaux anglais, dès que vous ouvrez un robinet, vous êtes irrémédiablement aspergé.

Il ne touchait à rien sans aussitôt s'essuyer les mains à l'aide de mouchoirs en papier dont une provision gonflait la poche gauche de son veston. Ou bien il courait aux toilettes et se lavait avec une savonnette antiseptique qu'il conservait sur lui dans une boîte en écaille. Usée par tant de soins, la peau transparente de ses mains pelait comme un feuilleté. S'il fermait un poing, cette peau aux reflets violacés, tachée de nicotine aux spatules des doigts, menaçait d'éclater et de découvrir, comme d'un moteur dont on soulève le carter, l'inquiétant mécanisme des bielles, le réseau des veines et des artères, les tendons qui maintiennent en place ce fragile édifice grâce auquel l'anthropopithèque est devenu l'homo sapiens, l'homme que l'usage de ses dix doigts a délivré de l'animalité. Enfin... d'une part de son animalité. Concannon ne se servait de ses mains que dans l'impossibilité d'agir autrement. Il poussait les portes battantes avec son coude, portait des gants dès qu'il affrontait le grand air et parfois même à table, ce qui fit dire à une dame américaine, sexagénaire empoudrée, ancienne infirmière pendant les opérations dans le Pacifique :

— Je connais ça ! Pendant la guerre, chez les Marines, il y a eu de nombreux cas de gale. Parfois on ne guérit pas. Le professeur Concannon a dû ser-

15

vir dans les Marines. Mais ne vous inquiétez pas : après dix ans ce n'est plus contagieux.

Non, il n'avait pas servi dans les Marines et, à part cette fixation bactéricide de sa libido, c'était le plus charmant des hommes, enseignant l'histoire contemporaine avec une liberté d'esprit rare dans le milieu universitaire américain, et même pas mal de fantaisie, assuré, disait-il, que pas un des cinquante étudiants qui suivaient ses cours ne se souviendrait de ses leçons. Il fut le premier Américain avec lequel Arthur s'entendit, et s'il y en eut d'autres par la suite, Concannon resta un épisode inséparable de sa découverte des États-Unis.

N'est-ce pas lui qui fut à l'origine de la rencontre avec Getulio, Elizabeth et Augusta ? Le lendemain matin, le *Queen Mary* mouillait sur une mer verte, devant un épais rideau de brume qui masquait la côte du Hampshire et l'entrée de Portsmouth. Massés sur le pont-promenade, les passagers regardaient, émergeant de la brume jaunâtre, comme de bondissants hannetons, la noria des transporteurs bourrés de nouveaux passagers et de bagages en équilibre sur les ponts luisants de pluie. À bord des paquebots, les stewards affairés emmaillotaient de couvertures aux armes de la Cunard les passagers allongés dans les chaises longues, passaient des plateaux de bouillon chaud, du thé, du café.

Indifférent, semblait-il, à cette curiosité pour les nouveaux arrivants, un grand jeune homme au macfarlane prince-de-galles arpentait à larges pas le pont des premières, tenant par le bras deux jeunes femmes aussi dissemblables que le jour et la nuit. Autant l'une, Elizabeth, martelait les lattes du pont d'un pas de soldat, autant l'autre, Augusta, effleurait

16

à peine le sol, glissant comme une danseuse à côté de l'homme au macfarlane. Elizabeth en jean délavé, les mains enfouies dans les poches d'un caban de grosse toile, coiffée d'une casquette de marinier, les joues rosies par l'air humide et frais du matin, parlait avec une volubilité qui enchantait visiblement Getulio et laissait Augusta indifférente, comme perdue dans un rêve ou seulement préoccupée de se protéger du froid, emmitouflée dans un manteau de ragondin, coiffée au ras des sourcils d'un chapeau cloche qui cachait son front, si fragile qu'on s'attendait à la voir ployer quand une rafale de vent la frappait de plein fouet.

— Ils ne sont pas comme les autres, dit Arthur.

— Mon cher, il faudra vous y faire. C'est la nouvelle génération fabriquée par notre continent. Ils sont jeunes, ils sont beaux, ils sont riches. On ne leur demande plus d'où ils viennent, si leurs ancêtres étaient à bord du *Mayflower*. Cette blonde, Elizabeth Murphy, appartient à la quatrième génération d'Irlandais. Les premiers sont arrivés crevant de faim, dévorés par la vermine. On les a vus poser des rails dans le Far West, pas mieux traités que les coolies chinois, mourant des fièvres, mais les enfants des rescapés allaient à l'école et, à l'âge d'homme, s'engageaient dans la cavalerie pour tailler en pièces de l'Indien. À la troisième génération, ils entraient dans une banque ou en politique et faisaient déjà partie de la nouvelle aristocratie américaine. Lisez Henry James et Scott Fitzgerald. Ils ont tout dit de leur snobisme et de leur argent. Elizabeth Murphy — si elle croule sous les dollars — n'est pas snob pour un sou. L'an dernier elle a assisté trois mois à mon cours. Parmi les descendants de ces Irlandais venus au temps de la grande famine

17

dans leur pays, il y a toujours des têtes brûlées prêtes à foutre le feu partout où elles passent. Elizabeth est un volcan. Elle a beau s'habiller comme un docker, se coiffer à la garçonne, personne ne s'y trompe : c'est une princesse. Vous apprendrez vite cela : l'argent, chez nous, c'est la sainteté... Il n'est jamais vulgaire d'en parler, de dire le prix de sa maison, de sa voiture, des bijoux de sa femme. Oui, la sainteté... Enfin... pas toujours... mais avec les Irlandais souvent. Pas avec les Italiens. Voulez-vous les connaître ? De toute façon, vous les rencontrerez à l'université. Getulio est dans la même année que vous. C'est un Brésilien né à Rio, éduqué en Europe et ici, Américain à New York, Français à Paris. J'ai rarement rencontré quelqu'un d'aussi doué et ne voulant cependant rien fiche. Je crois que quelque chose l'empêche, à un moment donné, d'aller au bout de ce qu'il a machiné. Pour tout dire, je le trouve d'une part assez satanique et d'autre part incroyablement naïf. Sa chance, comme celle de sa sœur, prétend-il paradoxalement, les destine l'un et l'autre à tout rater dans la vie. Augusta a un métier en vue : épouse d'un richissime. Le jour où elle réussira, je me jetterai à l'eau. Considérez cette déclaration d'amour avec une certaine réserve : je n'ai vu Augusta qu'une vingtaine de fois dans ma vie, quand je lui donnais des leçons de civilisation américaine. Cent mots d'elle sont inoubliables, quelque chose dans le genre : « Passez-moi le sel et le poivre. » M'expliquerez-vous le mystère de ces soudaines attractions destinées, croyez-moi, à rester sans lendemain ? Augusta n'est pas vraiment belle, le menton légèrement prognathe comme beaucoup de Sud-Américaines, des lèvres ourlées par une goutte de sang noir. Dans vingt ans, si elle ne se surveille pas, ce sera une plantureuse mamma aux cheveux couleur de nuit comme les Incas dont elle doit aussi tenir et aux yeux mystérieusement bleus. Elle paraît fabriquée de morceaux empruntés à plusieurs races. Quand elle vient voir son frère à Beresford, tous les garçons veulent l'emmener à la piscine. Hélas, elle a horreur de l'eau, elle déteste la mer et cherche sur la carte les pays où on peut vivre loin de l'océan. Il y a eu un drame dans l'enfance de ces deux-là, une scène atroce qu'ils ne parviennent pas à oublier, qui revient parfois dans les cauchemars d'Augusta. Sans son frère, elle se consumerait toute seule, incapable de réagir. Si, un jour, un homme parvient à la séduire, elle le lui fera payer cher à la première occasion.

Concannon arrangea les choses. À déjeuner, alors que le *Queen Mary* reprenait la mer, Arthur se retrouva à la même table que Getulio et les deux jeunes femmes.

— Pour un Français, vous avez de la chance, dit Augusta. Votre nom ne sera pas ignoblement déformé : Arthur en « Ar...th...ur », avec le th anglais, ne vous dépaysera pas trop. Morgan se féminisera en « fée Morgane ». Vous trouverez ça très intéressant et vous ne souffrirez pas comme Getulio qui devient aisément « Guett'ouillo » et moi, pauvre Augusta, traitée à toutes les sauces à cause de cet « u » tout nu, au milieu de mon prénom, jamais prononcé de la même façon dans aucune langue latine. Quant à notre famille, Mendosa, je vous laisse imaginer sa dérive dès que la langue anglaise s'en empare. Vous vous intéressez à l'ono-mastique, monsieur Morgan ?

Arthur lut dans le regard amusé d'Elizabeth qu'il

19

était sur le point de se faire embarquer. Le professeur Concannon parlait trop mal le français pour suivre et s'occupait d'ailleurs à essuyer méthodiquement ses couverts avec une gaze désinfectante.

— Non seulement je m'y intéresse, mais je passe pour le grand spécialiste français de cette science assez neuve qui a déjà ses martyrs. Nous n'épuiserons pas le sujet en une traversée de l'Atlantique. Il faudrait le temps d'un tour du monde.

— Oh, alors... si nous ne l'épuisons pas, autant s'arrêter là. Vous ne me connaissez pas. Apprenez que je suis une perfectionniste.

Elizabeth éclata de rire. Aux tables voisines, des têtes se dévissèrent ou se penchèrent hypocritement pour voir d'où venait le rire. Il y eut de l'envie ou de la réprobation sur les visages. Une dame dit à voix assez haute pour être entendue que la jeunesse d'aujourd'hui n'avait plus de retenue et que les pères à cheveux blancs manquaient d'autorité. Concannon, furieux, se tourna vers la dame et la fusilla du regard. Elle piqua du nez dans son assiette.

— Encore une mal baisée ! dit Elizabeth à voix haute, et, cette fois, en anglais.

Le serveur, qui déposait avec respect une vraiment mince tranche de foie gras dans l'assiette de Getulio, faillit s'en étrangler et rattrapa son plateau de justesse. Dans cette salle à manger où l'on osait à peine élever la voix de peur d'offenser la majesté néovictorienne du lieu et les maîtres d'hôtel à favoris, le rire et les grossièretés d'Elizabeth secouèrent la morosité compassée des passagers. Ce fut d'abord un murmure comme les premiers craquements d'un dégel, puis, au fromage, le porto aidant, un brouhaha babélien incompréhensible.

— Le rire de Miss Murphy, dit Concannon, est

une médecine indolore contre l'ennui. Regardez tous ces gens : des banquiers, des affairistes, de grands avocats avec leurs femmes blettes, couvertes de bijoux faux ou vrais. Chez eux, au bureau, ils règnent, on les salue bien bas, et ici où on ne les connaît pas, ils sont d'une timidité et d'un révérencieux qui frisent la paralysie faciale. À croire qu'ils ne se sentent pas à leur place bien qu'ils aient payé leurs cabines de luxe avec ces beaux billets verts gagnés en faisant suer le peuple.

Arthur assura que c'était plutôt lui qui devait se sentir mal à l'aise au milieu de ces inconnus. Normalement, il aurait dû se trouver à l'entrepont avec les émigrants si sa mère ne lui avait pas fait la surprise de changer son billet.

— Comme c'est intéressant, dit Augusta. Vous avez eu tort d'accepter. Vous vous privez d'une expérience essentielle dans la vie. Nous avons d'ailleurs, mon frère et moi, l'intention, lors de la prochaine traversée, de partager une cabine avec une famille d'émigrants vraiment pauvre. Ce sera passionnant, n'est-ce pas, Getulio *meu* ?

— Fascinant, tu veux dire !

— Je m'inscris, ajouta Elizabeth.

La salle à manger se vidait. Le professeur Concannon, ayant bu deux ou trois dry Martini avant le déjeuner, une bouteille de château-margaux à lui seul et quelques cognacs pour arroser son café, se leva, trébucha légèrement et se ressaisit en agrippant le dossier d'une chaise.

— Professeur, prenez mon bras, dit Elizabeth. Ça me posera aux yeux des imbéciles.

— Et vous, monsieur Morgan, comment vous sentez-vous ? dit Augusta.

— Séduit.

— Voilà enfin une parole gentille qui rompt avec le ton de nos habituelles médisances et méchancetés. Seriez-vous une âme sensible ?

— Je le crains.

— Il faudra vous blinder.

— Vous m'y aiderez ?

— Ne comptez pas sur moi. Je trouve très bien que les hommes versent des larmes. Un homme qui pleure est pathétique. Une femme qui pleure est ridicule.

— Vous n'avez jamais versé une larme.

— Qu'en savez-vous ?

Ils passèrent sur le pont-promenade. Le *Queen Mary* de la Cunard Line filait vingt nœuds sur l'océan Atlantique. Un ciel jaune et gris filtrait les derniers rayons de soleil qui caressaient le phare du Fast Net et les chaumières blanches de l'archipel des Scilly. Un chalutier luttait contre le courant suivi par un nuage de goélands qui tourbillonnaient au-dessus de son filet à la traîne.

— La mer est un truc complètement idiot, dit Augusta. Je la déteste. Et vous ?

— Je n'ai pas d'opinion, mais pourquoi ne prenez-vous pas l'avion ?

— Merci ! Un sur deux se perd au-dessus de l'Atlantique.

— Ça se saurait.

— On ne retrouve jamais personne, c'est pourquoi on n'en parle pas. Ce qui m'ennuie, c'est que vous n'ayez pas d'opinion sur la mer. Au fond vous n'êtes pas très intéressant.

— Vous voulez dire que je ne cherche pas à me rendre intéressant. Eh bien, c'est le cas.

Elizabeth revenait seule.

— J'ai couché Concannon et laissé Getulio à une table de poker avec trois Américains. Vous ne jouez pas aux cartes, monsieur Morgan.

Elle aurait pu dire : « Jouez-vous aux cartes ? » qui eût nécessité une réponse positive ou négative, ou donner à sa phrase une nuance interrogative, mais, tel quel, le « Vous ne jouez pas aux cartes » relevait du simple constat, ni plus ni moins que si elle avait négligemment remarqué le bleu, le vert ou le marron des yeux d'Arthur, le dessin droit, camus ou en trompette de son nez. Il ne jouait pas aux cartes peut-être parce que ça ne s'était pas trouvé, ou bien que, absorbé par ses études, il remettait à plus tard une distraction dont le principe l'attirait peu. L'erreur, qu'il ne commit heureusement pas, aurait été de répondre, de s'expliquer, même d'inventer. Ni Elizabeth ni Augusta n'attendaient qu'Arthur enchaînât. Le « Vous ne jouez pas aux cartes » avait le mérite d'être clair, de situer le Français dans un milieu différent de Getulio, sans aucune condescendance, ajoutera-t-on, et même plutôt avec une visible sympathie pour un jeune homme venu d'un pays et d'un milieu différents de ceux dans lesquels elles baignaient.

En revanche, Elizabeth n'hésitait pas à traiter de « mal baisée » une femme de trois fois son âge, passait les portes la tête haute devant des passagères claudicantes ou boudinées dans des robes rose bébé ou bleu pervenche, et n'avait pas assez de mépris pour ses compatriotes. Quand on découvrit qu'à bord voyageait l'épouse d'un ambassadeur du Brésil en Europe, Augusta n'eut de cesse que l'on plaçât cette femme loin d'elle. Ce jeu surprit Arthur lorsqu'il en prit conscience. Son éducation française tournait au contraire dans le cercle étroit de la famille et des rencontres arrangées, de même, puisqu'il était le fils d'un officier tué pendant la dernière guerre, les Français lui avaient toujours été présentés comme le seul peuple héroïque et fréquentable sur la Terre. Ce sont là des acquis dont toutes les natures ne se satisfont pas. Il avait déjà des soupçons. La traversée Cherbourg-New York les aggrava.

— Il fait un froid polaire, dit Augusta. Je rentre avant d'attraper la mort. Arthur, puisque vous dînez avec nous...

Il n'en savait rien.

— ... je vous demande instamment de ne pas mettre de smoking. Getulio n'en met jamais et serait gêné s'il vous voyait arriver en cravate noire. Le professeur Concannon est à une autre table. Je veux dire : s'il tient jusque-là. Les traversées sont pour lui de véritables tragédies. Toute cette eau l'assoiffe. Mais vous verrez... à terre... je veux dire : avant, pendant et après ses cours, Getulio et moi nous pouvons vous assurer que c'est un homme d'une belle distinction d'esprit... s'il ne roule pas sous la table... Elizabeth, préviens-moi quand nous arriverons devant Cork, même si c'est la nuit...

— Ce sera la nuit.

— Je veux voir embarquer les cent cinquante petits curés.

— Tous les Irlandais ne sont pas des curés.

— Ceux-là, si ! J'ai mes renseignements, moi ! Le commissaire de bord est un homme... comme disent les Françaises, la bouche en cul-de-poule... un homme « adorable, absolument adorable ». Il m'a expliqué que la région de Cork expédie régulièrement des paquets de petits curés vers les États-Unis qui en manquent alors que cette terre bénie des dieux en fabrique en série. Il paraît que ça permet d'équilibrer la balance du commerce extérieur...

Souffrait-elle réellement du froid ou feignait-elle d'être une poétique créature condamnée à vivre à l'abri des intempéries ou à tousser comme Marguerite Gautier ? Un jour, un homme l'exposerait au froid, l'aimant assez lucidement pour déceler en elle la part de la vérité et se griser de ce qu'elle inventait avec un si charmant génie. À la façon dont elle serrait sa poitrine dans ses bras croisés, recroquevillait son cou et son menton dans le col de fourrure, on aurait vraiment pu croire que des vents glacés balayaient le pont-promenade pourtant fermé à chaque extrémité par de larges panneaux mobiles.

— Où êtes-vous ? dit-elle à Arthur. Je ne rencontre plus votre regard.

— Je pensais à vous.

— Eh bien, mon cher, continuez.

Elle embrassa Elizabeth.

— Je te le laisse. Il est un rien étrange. Tu me raconteras tout. Et puis, soyez sérieux, et ne faites pas de choses sales pendant l'après-midi. C'est très mauvais pour la tension artérielle.

Elle était déjà partie quand Elizabeth hocha la tête avec résignation.

— Qu'en sait-elle ? Rien, sans doute. L'homme qui parviendra à l'emprisonner ne s'ennuiera pas. À moins que, tel l'oiseau en cage, elle ne chante plus.

— Oui, cette idée m'est venue.

Elizabeth lui prit le bras.

— Venez. Nous allons nous asseoir au bar. C'est l'heure creuse. Vous me direz à quoi vous avez pensé... enfin... tutoyons-nous... C'est tellement plus facile. Est-ce que comme tous les hommes qui la rencontrent tu serais déjà amoureux d'Augusta ?

— Amoureux n'est pas le terme exact, et puis c'est trop tôt. Enfin, tu vois ce que je veux dire : non, pas trop tôt parce que nous nous connaissons seulement depuis ce matin, non... trop tôt dans la vie, trop tôt parce que j'ignore encore ce que c'est et ce qu'on en fait. Je dis ça très mal, et je crains que tu ne me prennes pour un imbécile ou un timoré, mais tu sais si bien le français que je n'ai pas besoin de t'éclairer.

Elizabeth s'arrêta brusquement, le retenant par le bras.

— Oui, je parle bien le français, et j'aime ça. Mon père et ma mère sont morts dans un accident d'avion. Autant que je me souviens d'eux, ils étaient complètement idiots. Pas complètement tout de même puisqu'ils m'ont confiée à une gouvernante française... Madeleine... un jour, je te parlerai de Madeleine. C'est elle que je vais voir tous les ans à Saint-Laurent-sur-Loire, ma vraie mère. Elle m'a fait lire avant l'âge, aller au cinéma, au théâtre avant l'âge. Un jour, elle m'a dit : « Tout ce que je savais, maintenant tu le sais... alors c'est le moment de t'envoler seule avec une devise : ne crois à rien et crois à tout. »

— La belle horreur du juste milieu !

— Mon gentil Arthur, on fera quelque chose de toi. J'en ai assez de marcher devant ces momies enroulées dans leurs couvertures. Et puis ces vieilles qui me regardent, qui se disent que si je porte un jean c'est parce que j'ai de vilaines jambes, que je ne devrais pas me coiffer d'une casquette d'homme et qu'il est temps de me farder ! Toutes me foutent le cafard. Je dois en connaître la moitié, et elles savent bien que je suis une Murphy, mais je me sens incapable de mettre un nom sur leurs « ravalements ».

Ils passèrent par le fumoir. Attablé avec trois autres joueurs, Getulio cligna de l'œil à leur adresse. Il ramassait les cartes sur la table, les battait, les redistribuait. Arthur avait suffisamment vu jouer pour dire que le Brésilien ne possédait pas cette dextérité des doigts qui caractérise les grands joueurs. À un moment, il laissa même tomber une carte. Son partenaire se moqua de lui. Elizabeth entraîna Arthur.

— Viens ! Nous le gênons.

Au bar, le professeur Concannon oscillait dangereusement sur un tabouret face au barman qui, rouge de colère retenue, refusait avec obstination de se laisser appeler Paddy. Concannon insistait.

— Ce serait tellement plus facile pour tout le monde, non seulement à bord du *Queen Mary*, mais sur tous les bateaux de la flotte marchande britannique.

Elizabeth ne voulut pas attendre que le barman fût à bout.

— Après cinq minutes, ce n'est plus drôle. Un bateau, c'est un village. Suppose que ne sachant pas quoi faire, et nonobstant les recommandations expresses d'Augusta, je te rejoigne dans ta cabine ou que tu me rejoignes dans la mienne, tout le bateau le saura dans les cinq minutes et on ne parlera que de ça au dîner. Mieux vaut s'abstenir.

— Est-ce que l'abstention ne va pas faire autant jaser ? On susurrera que je suis homosexuel ou que tu es lesbienne.

— Franchement, ça m'est égal, mais j'ai plutôt envie de voir un film cet après-midi.

27

On donnait pour la centième fois *Un Américain à Paris*. Gene Kelly dansait avec gaieté. Les jambes de Leslie Caron étaient agréables bien qu'un peu courtes. Arthur sommeilla quelques minutes et sans doute aussi Elizabeth. Les lumières se rallumèrent. Le *Queen Mary* se balançait lourdement dans la houle au large de Cork. On embarquait ceux qu'Augusta appelait les « petits curés irlandais ». Petits, ils ne l'étaient pourtant guère, ces grands gaillards blonds et roux aux visages rosis par le vent et la pluie. Sans le collet blanc de la tenue de clergyman, on les aurait plutôt pris pour une équipe de sportifs. Plusieurs s'embarrassaient d'ailleurs de raquettes, de clubs de golf, de crosses de hockey grossièrement attachées avec des courroies ou de simples ficelles à leurs valises en carton. Augusta, surgie de sa cabine et postée en haut du grand escalier, contemplait leur arrivée avec, dans les yeux, une pétillante lueur de malice.

— Tu ne les trouves pas à croquer ? dit-elle à son amie. Crois-tu qu'ils ont réellement l'intention de résister au péché de chair toute leur vie ? Si j'étais toi, j'essaierais d'en damner un dès ce soir.

— Et pourquoi pas toi ?

— Moi ? Je ne saurais pas comment faire. Et lui non plus sans doute. Tu le vois, mouillant son doigt...

Arthur n'en revenait pas : elle n'avait jamais eu l'air aussi innocent.

— Pourquoi faites-vous cette tête-là ? À quoi pensiez-vous, Arturo ?

— À rien. Comme d'habitude. J'écoute, et il me semble même que je vois le jeune curé mouillant son doigt avec gourmandise...

— ... oui, pour feuilleter son manuel à l'usage des rencontres imprévues. Ils ont chacun un petit guide de l'amour qui leur indique comment ça marche au cas où le Diable les entraînerait à pécher. Tandis que toi, Elizabeth, tu leur apprendrais tout sans avoir à ouvrir un livre. Tu as un tel sens pratique !

Le *Queen Mary* leva l'ancre pendant le dîner. La houle ayant affecté de nombreux passagers, la salle à manger restait à demi vide.

— Si j'avais su, dit Augusta, je ne me serais pas changée. Ma rose se fane quand on ne l'admire pas.

À la croisée de son corsage de soie blanche généreusement décolleté, elle avait piqué une rose du même pourpre que ses lèvres. Les pétales caressaient la chair ambrée du vallon entre les seins visiblement en liberté. Augusta ne parlait pas sans porter sa main nue à la fleur, la laissait retomber quand on lui parlait.

— Comment ? dit Elizabeth au Français. Tu as quand même mis un smoking ?

Arthur jouit modestement de la surprise et sourit à Getulio bien plus voyant, dans un smoking de velours bleu aux revers de soie noire, que lui dans le smoking noir réajusté de son père, court aux manches et tendu aux épaules.

— J'étais certain que Getulio s'habillerait.

Getulio nia. Simplement, il oubliait tout. Jamais de la vie il n'aurait voulu snober son cher ami Arturo. Est-ce que les choses ne s'arrangeaient pas puisque même Elizabeth, d'habitude si rétive aux mondanités, se présentait en tailleur Dior ? Augusta fronça soudain les sourcils.

— Ai-je bien entendu ? Arturo et Elizabeth se tutoient.

29

— Qu'y a-t-il d'extraordinaire à ça ?

— Rien, mais pour tuer le temps vous avez dû coucher ensemble cet après-midi.

— Je crains malheureusement que non, dit Arthur avec un profond soupir de regret.

— Ne me prenez pas pour une oie. Ça se voit comme le nez au milieu de la figure.

Elizabeth jeta sa serviette sur la table et se leva, pâle de colère.

— Arrête, Augusta, tu t'amuses trop. Si tu le dis encore une fois, je file dîner à une autre table.

— Avec ton amant, peut-être ?

— Halte-là ! dit Arthur. Ce soupçon me flatte... Hélas, non ! Augusta, sur votre rose, je jure que... nous n'avons pas fait « cette chose sale » dont vous avez parlé au début de l'après-midi.

— Alors qu'est-ce que vous avez dû vous ennuyer ! Ma chérie, calme-toi... Je retire mes mauvaises pensées.

Elizabeth se rassit, reprit sa serviette, héla le maître d'hôtel. Getulio ne lâchait pas un mot, le regard absent. Augusta vendit la mèche.

— Il a beaucoup perdu cet après-midi. Nous ne savons même pas si nous pourrons continuer jusqu'à New York. On nous débarquera peut-être en route.

— Vous savez nager ?

— Mon cher Arturo, d'abord tutoyons-nous, sans ça Elizabeth et Getulio croiront que nous leur cachons quelque chose, ensuite, pour répondre à ta question : je ne nage pas très bien. Il faudra, si le commandant a du cœur, qu'il nous prête une chaloupe. Getulio ramera. Il adore ça.

— Je déteste ramer. Je préfère couler tout de suite, comme une pierre. Avec toi.

Elizabeth parlait au maître d'hôtel :

— M. Mendosa traverse une crise d'enfant gâté. La seule vue du menu est susceptible de provoquer en lui une allergie mortelle. Voulez-vous avoir la charité de faire porter nos quatre dîners aux émigrants qui n'ont pour se soutenir toute la traversée que des biscuits de mer et de l'eau saumâtre ?

— Je ne te savais pas communiste, dit Augusta.

— Tu ne sais pas tout de moi... Il n'y a qu'un remède au spleen soudain de M. Mendosa, c'est le caviar, des tonnes de caviar. M. Mendosa choisira lui-même le champagne sur la carte des vins du sommelier que je vois d'ici bâillant, désœuvré, débordant de mépris pour les autres dîneurs qui boivent du Coca-Cola en mangeant des huîtres ou se brûlent la gueule avec du chocolat chaud pour accompagner rosbif et Yorkshire pudding. Nous avons à notre table un Français qui en pleure de rage... Le tout est, naturellement, à porter à mon compte, cabine 210.

En les quittant, Arthur gagna le pont supérieur à hauteur des chaloupes de sauvetage et des radeaux. Le paquebot, ses superstructures inondées de lumière, fonçait aveuglément dans la nuit d'encre, creusant sa route dans la longue houle atlantique. Des vagues plus courtes éclataient sous son étrave délivrant des geysers de bulles irisées qui retombaient en bruine sur le pont avant. Appuyé au bastingage, Arthur suivit un long moment la frise d'écume qui s'écartait du bateau et partait mourir dans les profondeurs de la nuit. Au bout, tout au bout du trajet, se cachait encore la silhouette de New York. Oh, certes, il ne partait pas à la conquête du Nouveau Monde comme tant de passagers du

31

Queen Mary, et, même, il était certain de n'avoir jamais eu l'ambition de s'y fixer, mais autre chose l'attirait : l'intuition que, là-bas, se trouvaient, peut-être, les éléments d'un avenir interdit à l'Europe épuisée par sa guerre civile de cinq ans.

Une main se posa sur son épaule.

— Tu n'as quand même pas l'intention de te suicider ?

Sur son tailleur du soir, Elizabeth avait endossé un caban. Quand elle se pencha pour suivre des yeux le sillage qui fascinait Arthur, le vent emporta sa casquette de marinier qu'ils virent brièvement glisser sur la crête frisée d'une vague puis disparaître.

— Adios ! dit-elle. Je l'aimais bien mais ce n'était pas ma préférée. Alors ? Pour quand est ton suicide ?

— Ce n'est pas vraiment tentant. J'ai lu, je ne sais plus où, que tout suicidé, même le plus déterminé, se laisse une porte entrebâillée. Peut-être à peine une chance sur cent, pas plus, mais une, dans l'espoir, pas tout à fait vain, qu'une intervention immanente effacera tout : la ou les causes de son suicide, et lui accordera la résurrection dans un monde désinfecté du désespoir. En se jetant dans l'océan, la chance sur cent devient une chance sur des milliards, surtout la nuit. Non, je n'ai pas du tout envie de me suicider, et toi ?

— Rentrons. Je gèle. Le vent poisse. J'ai bu trop de champagne. Oui, une fois ou deux, j'ai caressé l'idée du suicide. L'année dernière. Le motif n'était pas enthousiasmant. Une histoire de cul comme vous dites si élégamment, vous les Français. J'ai téléphoné de New York à Madeleine. Elle a éclaté de rire dans l'appareil. J'ai ri aussi... On n'en a plus jamais parlé... Ma cabine est au bout du couloir. Je ne t'invite pas, bien que j'en aie un peu envie, mais il ne faut pas faire ces choses-là inconsidérément. Je parle librement. Ça ne veut pas dire que je suis prête à m'envoyer en l'air avec toi, d'autant plus que tu as déjà succombé sans condition au charme d'Augusta.

Elle effleura d'un furtif baiser la joue d'Arthur et enfila le couloir, bras écartés pour épouser les mouvements du bateau. Arrivée devant sa porte, elle se retourna et, avant de disparaître, agita la main dans sa direction. Au cœur du paquebot, la cabine d'Arthur n'avait pas de hublot et les conduits d'air conditionné apportaient, comme d'une bête monstrueuse, le halètement sourd des machines et, à intervalles irréguliers, les spasmes de l'énorme masse de fer qui vibrait quand une vague brisait son rythme. Le sommeil ne vint pas, ou, plus exactement, Arthur s'abandonna à une somnolence traversée d'images, de rires et bercée par le son d'une voix faussement innocente, le laissant à la fois lucide et au bord de la divagation onirique. Ainsi vit-il, sans raison apparente, Getulio s'emparer du gouvernail d'une chaloupe et scander de « Une... deux » les efforts d'une vingtaine de rameuses octogénaires en robes de garden-party, coiffées de panamas fleuris. Épuisées, elles mouraient l'une après l'autre, et Augusta apparaissait soudain, debout à la proue, dénouait un sari que le vent gonflait, emportant la chaloupe jusque dans le port de New York où des corbillards attendaient les cadavres desséchés des vieillardes encore agrippées à leurs avirons. La carcasse du *Queen Mary* trembla sous l'impact d'une de ces vagues de béton qui cassent en deux les navires chargés de lingots d'or et de porcelaine de la Compagnie des Indes.

Arthur alluma sa lampe de chevet. Augusta disparut par enchantement. Elle ne se connaissait pas ce don, mais tous ceux qui l'évoquaient en rêve ou dans leurs songeries diurnes s'émerveillaient qu'elle pût être à la fois si présente et si absente. Arthur accusa le champagne et le trouble instillé dans son esprit par Elizabeth. Dans un monde moins rationnel, il aurait dû se jeter à l'eau et rattraper la casquette avant que la crête du sillage l'emportât ; Elizabeth prévenait le commandant ; le *Queen Mary* faisait machine arrière ; on le repêchait dans l'immensité océane ; un palan le hissait à bord ; les passagers massés sur le pont applaudissaient ; Elizabeth se coiffait drôlement de sa casquette qui dégoulinait dans son cou ; il était un héros. Arthur se leva, but au robinet une eau tiédasse, tenta de lire une histoire des États-Unis qui l'ennuya tant qu'il éteignit et sombra de nouveau dans une somnolence favorisée par la marche régulière du paquebot. Après la vague en béton, le *Queen Mary* sembla courir sur son erre à la surface d'une mer d'huile. La rose pourpre piquée dans le corsage d'Augusta traversa la nuit de la cabine, nimbée de cette clarté blanchâtre et tremblotante comme de la gelée que l'on attribue aux apparitions des ectoplasmes chez les médiums. Arthur tendit le bras, rencontra le vide en même temps qu'une bouffée du parfum d'Augusta explosa et mourut dans la cabine. À moins que ce ne fût le parfum d'Elizabeth. Il ne savait plus...

Le professeur Concannon ramait avec énergie, non par suite d'une panne des machines du bateau, mais pour éliminer, expliqua-t-il, les toxines des excès de la veille. Le visage rouge pivoine, le front ruisselant de gouttes de sueur qui perlaient dans les touffes désordonnées de ses noirs sourcils, une serviette-éponge autour du cou, d'énormes gants de cuir aux mains, flottant dans un survêtement de laine gris marqué YANKEES dans le dos, il secouait comme un furieux le rameur à glissière de la salle de gymnastique. Marquant une pause, il s'essuya le visage avec la serviette-éponge et sourit en direction d'Arthur qui pédalait mollement sur un vélo sans roues.

— Le drame des civilisés de notre espèce, c'est que, par un snobisme imbécile, ils évitent toute occasion de transpirer. Peu à peu, l'arsenic, le mercure, la quinine et l'urée empoisonnent leur sang. Le premier soin à prendre est de dégager les orifices des glandes sudoripares. Ne manquez pas d'utiliser un gant de crin, il n'y a pas mieux. Le jour, cher monsieur Morgan, où vous aurez compris que l'excrétion sudorale est une condition essentielle de la santé physique, morale et intellectuelle, votre vie changera du tout au tout.

À part eux, en cette heure très matinale, il n'y avait qu'un petit homme trapu et musclé en caleçon long, qui soulevait des poids avec une étonnante aisance. Concannon cligna de l'œil à l'adresse d'Arthur :

— Plus tard, je vous dirai.

Ils prirent leur petit déjeuner ensemble au buffet. Tout était extrêmement tentant.

— C'est là, dit Concannon, qu'il faut montrer de la force d'âme. Ces mignardises sont indignes d'un homme. L'Amérique a peu souffert de la guerre, au contraire de l'Europe mise à la diète pendant cinq années. Dans vingt ans, nous serons une nation d'obèses.

— ... et d'alcooliques ! dit Arthur trop vivement.

— Vous dites ça pour moi ?

— Pour personne ou pour nous tous.

Concannon aurait pu le prendre mal. Il tapa dans le dos du Français.

— Vous avez raison ! Ce serait tragique si je n'éliminais pas comme je viens de le faire. Après une douche glacée, l'esprit se libère. Ce matin, j'ai pensé à vous. Quelle idée de suivre des cours du droit des affaires aux États-Unis ! Vous y perdrez le flair des Européens et vous n'acquerrez jamais celui des Américains. Il sera trop tard quand vous comprendrez que nos vertus sont apprises et ne naissent nullement d'un besoin mystique d'absolu. Autrement dit, ces vertus, parce que codifiées, sont rigides donc aisément contournables. Regardez notre anticolonialisme : il est entièrement fabriqué à des usages politiques. Sur ce grave sujet-là, notre « sensibilité » prête à sourire. Il y a peut-être un Américain sur mille qui descend d'un combattant de la guerre d'Indépendance. Les neuf cent quatre-vingt-dix-neuf autres sont de la viande fraîche. Eh bien, écoutez-les... ce sont eux qui ont « bouté les Anglais dehors », comme disait votre Jeanne d'Arc, et les Français pour faire bon poids et parce que tout le monde est d'une fabuleuse ignorance. Quelle belle occasion de prêcher la morale aux autres ! Lâchez vos colonies qui vous font aussi puissants que Nous, le Peuple neuf, le Sauveur du monde moderne. Partez, partez d'Afrique, d'Asie, et ne craignez pas le vide après votre fuite honteuse : nous arrivons avec nos produits pacifiques, la main sur le cœur. Vous serez roulés, et c'est vous qu'on accusera d'être malhonnêtes.

Concannon prit un air inspiré. La salle à manger

se remplissait. Une queue se formait devant le buffet où deux chefs en bonnet blanc préparaient des œufs au bacon ou des crêpes et des gaufres au sirop d'érable.

— Roulés par qui ? demanda Arthur, incrédule.

— Ne seriez-vous pas de ceux pour qui l'expérience personnelle, si coûteuse soit-elle, est préférable à l'expérience des autres ?

— Je n'ai pas encore choisi.

Concannon posa ses mains à plat sur la nappe. On les aurait crues transparentes, la peau vernissée, tavelée de bleus et de rousseurs. Il les aimait.

— Vous le savez, je suppose, l'air que nous respirons est saturé de microbes pratiquement indétectables qui nous agressent dès que nous montrons le moindre signe de faiblesse. Ouvrez la bouche et ils se précipitent par milliards dans votre organisme. Touchez quoi que ce soit et ils grimpent le long de vos jambes, de vos bras, s'infiltrent dans nos corps débilités, bouchent les pores de la peau. Terrifiant, n'est-ce pas ?

Arthur convint que, en comparaison, les deux bombes atomiques lâchées sur Hiroshima et Nagasaki étaient des piqûres d'épingles. Il commençait d'aimer ce fou.

— Eh bien, si terrifiant que ce soit, reprit Concannon qui leva les mains en l'air comme s'il agitait des marionnettes, eh bien, ce n'est rien à côté des machinations qui entourent les hommes de votre âge et les pièges dans lesquels ils tombent en hurlant — trop tard — qu'on ne les y reprendra plus.

Arthur écoutait Concannon avec un rien de distraction, le regard tourné vers la porte par où arrivaient les passagers attardés, certains encore pâles du tangage de la veille au départ de Cork, d'autres, au contraire, les yeux brillants de convoitise à la vue du buffet. Ni Augusta, ni Elizabeth, ni Getulio ne daignaient apparaître.

— Ils ne viendront pas, dit le professeur parfaitement conscient que l'intérêt d'Arthur faiblissait. Privilégiés élevés dans les privilèges, ils se font servir dans leurs cabines. C'est octroyé à fort peu. À propos de Getulio...

Concannon marqua un temps, but son café, alluma une cigarette.

— Je ne devrais pas fumer... la gorge... oui... la gorge est très sensible, mais c'est si bon, la première cigarette de la journée...

Il en aspira trois bouffées avant de l'écraser dans le beurrier.

— Je vous écoute, dit Arthur.

— Que disais-je ?

Vieux malin ! Il le savait parfaitement.

— Vous disiez : « À propos de Getulio... »

— Ah, oui, à propos de Getulio... mais au fond ce ne sont pas mes affaires.

Un serveur horrifié enleva le beurrier.

— Et si, dit Arthur, vous m'épargniez une mauvaise expérience ?

— Oh... rien... Juste une idée comme ça. À votre place, je ne jouerais pas aux cartes avec lui.

— Hier soir, il a perdu gros.

— Il perd toujours au début de la traversée. C'est la troisième fois que je prends le même bateau. Tout d'un coup, la chance passe dans son camp. La veille de l'arrivée à New York, il se renfloue. Et au-delà...

Arthur regrettait de trop vite comprendre alors qu'il croyait Getulio financièrement au-dessus de ça.

— Oh, il l'est ! Enfin... je crois qu'il l'est, mais il se peut aussi qu'il ait parfois des passages à vide, à moins qu'il ne s'amuse à tester son pouvoir de séduction. Vous reconnaissez ce petit homme au visage bronzé et au crâne luisant couronné de cheveux blancs ?

En costume vert épinard et chemise rose, le petit homme qui soulevait avec tant d'aisance d'énormes haltères en salle de gymnastique s'approchait du buffet sous les bourrades d'une créature efflanquée, d'une tête plus grande que lui, coiffée d'un chapeau de paille d'Italie.

— Elle le mène par le bout du nez, dit Concannon. Amusant quand on pense au pouvoir qu'il détient auprès du président Eisenhower. C'est son éminence grise dans les affaires de sécurité. Le personnel de la Maison-Blanche tremble devant lui, mais pour son épouse, c'est une espèce de ballot qui n'arrive pas à se faufiler au premier rang pour avoir les meilleures saucisses. Ne vous mariez jamais, monsieur Morgan. Même pour rire.

— Je n'ai encore jamais eu cette tentation-là.

La matinée convainquit Arthur qu'une traversée sur un paquebot de ce genre sécréterait un ennui irrémédiable si l'on n'avait pas la chance de tomber sur un excentrique comme le professeur Concannon ou sur de délicieuses « filles de roi » comme Elizabeth et Augusta. L'attente du bouillon, du café, du thé, de la cloche annonçant l'ouverture de la salle à manger rythmait et obsédait la vie des passagers. Concannon, enfermé dans sa cabine, travaillait à son cours d'ouverture et, se connaissant trop bien, vivait jusqu'à l'heure du dîner d'eau minérale et de sandwichs. Arthur espérait bien retrouver les deux jeunes femmes et le Brésilien à déjeuner, et grande fut sa déception quand, à l'entrée de la salle à manger, le maître d'hôtel l'arrêta :

— Vous êtes bien monsieur Morgan, n'est-ce pas ?

— Oui, qu'y a-t-il ?

— Mr. Allan Dwight Porter vous prie à sa table.

— Ce doit être une erreur : je ne connais personne de ce nom.

— Mr. Porter, lui, vous connaît.

— Je préfère déjeuner avec mon ami, le senhor Mendosa...

— La table du senhor Mendosa est complète... Albert, s'il vous plaît, conduisez M. Morgan à la table de Mr. Porter qui l'attend.

Le serveur précéda Arthur jusqu'à la table du petit homme au visage brûlé par le soleil, au crâne luisant qui se leva en lui tendant la main.

— J'avais très envie de vous connaître, monsieur Morgan. Permettez-moi de vous présenter à ma femme, Minerva.

À partir de l'heure du déjeuner, Minerva Porter utilisait des tonnes de charbon pour souligner le contour de ses yeux, ombrer ses paupières, noircir ses cils et la barre épaisse qui, d'un gros trait appliqué, remplaçait ses sourcils épilés. Au gai chapeau de paille du matin avait succédé un turban de soie indienne maintenu par une grande épingle à tête de fausse perle.

— Asseyez-vous à la gauche de mon mari, dit-elle. C'est sa bonne oreille. Dans un an, il sera complètement sourd et portera un de ces odieux petits appareils qui se mettent à siffler dans les endroits les plus incongrus : un concert, un mariage, un enterrement. Ne vous occupez pas de moi, j'ai l'habitude qu'on me néglige dès que mon mari parle.

— Mais, chérie, personne ne vous néglige.

— Miracle ! Il a entendu. J'espère que vous ne fumez pas, monsieur Chose. J'ai horreur qu'on fume entre les plats et au café. Il y a des fumoirs pour ça et je préfère vous dire tout de suite que l'odeur du poisson me dégoûte. J'ai demandé qu'on nous épargne le turbot qui est au menu. D'abord, on mange toujours trop.

— Dommage, c'est ce que je préfère ! dit Arthur s'étonnant lui-même de son aplomb face à cette pie-grièche qui ne tint d'ailleurs pas compte de sa réflexion et, sans plus attendre, appela le maître d'hôtel pour qu'on servît leur table en premier.

Comme son épouse, Mr. Porter s'était changé. Le costume vert épinard et la chemise rose convenaient au petit déjeuner. À midi, le conseiller spécial du président Eisenhower s'habillait sportivement en golfeur : pantalon bouffant sur des chaussettes à carreaux, veste de tweed couleur de bruyère fanée, chemise rayée, cravate écossaise. Il aurait été clownesque s'il n'y avait eu dans sa physionomie de brusques éclats de gaieté ingénue et dans son regard une brillance qui trahissait son appétit pour les joies de la vie : le vin, la bonne chère, et même les jolies femmes qu'il détaillait ouvertement quand Mrs. Porter ne le surveillait pas. D'abord décontenancé par l'assurance de cet homme que l'on disait si puissant, Arthur fut très vite séduit et intrigué.

— Je vous ai fait chercher dans la classe touriste où vous deviez normalement voyager, dit Porter en excellent français, et, finalement, on vous a trouvé en première, ce dont je me réjouis pour vous. Le restaurant est de qualité. Le chef est français. On n'a encore jamais vu un Anglais sachant cuisiner. Le gymnase où nous nous sommes aperçus ce matin

41

est le meilleur de tous les paquebots de la Cunard Line. Enfin, on dispose d'espace, ce qui est bien pour quelqu'un comme moi qui a besoin de marcher pour penser. Vingt-cinq siècles plus tôt, j'étais péripatéticien... On est toujours en retard de quelque chose. La vieille toupie qui vient de s'asseoir en face de mon épouse est la femme du maire de Boston. Elles sont aussi méchantes l'une que l'autre, plus snobs que des pots de chambre, comme vous dites en français, comparaison qui m'enchante toujours.

Arthur ne voyait pas pourquoi Porter souhaitait particulièrement l'avoir à sa table.

— J'ai pu constater, reprit l'autre, que vous avez vite lié amitié avec le professeur Concannon. Un grand esprit. Un peu fou... Vous savez ce que c'est : la goutte de sang irlandais qui fait souvent déborder le vase. Vous l'aurez deux heures par semaine la première année. Des vues originales sur l'histoire contemporaine, pas très correctes politiquement parlant, mais intéressantes dans la mesure où elles prêtent à controverse. Son numéro le plus au point tourne autour du procès des dirigeants nazis à Nuremberg. Il raconte le procès en ajoutant sur le banc des accusés : Staline, Molotov et Beria, d'abord un peu réticents à l'égard des Allemands, puis copinant avec eux. Beria et Himmler se disputent en riant pour savoir qui a le plus exterminé de tziganes, de juifs et de chrétiens dans les camps de concentration ; Ribbentrop et Molotov, en vieilles connaissances qui ont signé de bouffons traités, sabrent le champagne dont l'Allemand était représentant ; Staline et Göring se racontent des histoires de femmes. Vous aurez sûrement droit à ce numéro maintenant très au point avec analyse du réquisitoire, dissection de la plaidoirie et légalité des jugements. Un jour, à l'insu de Concannon, j'ai fait enregistrer ce cours délirant. Le Président le goûte beaucoup. Il se l'est passé trois fois. Cela dit, Concannon inspire quelques inquiétudes à la direction de l'université. De jeunes Américains, sachant à peine qui était Hitler, sont troublés par cette interprétation fort libre de l'histoire. Cela s'est passé si loin d'eux dans l'espace et, déjà, dans le temps ! Dix ans ! Vous, en tant que représentant de la vieille Europe malade, vous ne vous ennuierez pas. Je vous appelle Arthur, d'accord ? Je connais si bien votre dossier que je me sens un peu votre ami.

En dehors de ses fonctions à Washington, Allan Porter présidait la fondation octroyant des bourses de trois ans aux étudiants étrangers. À sa grande surprise, alors que les autres pays européens présentaient de nombreux candidats, la France n'avançait qu'Arthur Morgan. Cette candidature unique paraissait suspecte de la part d'un pays qui comptait tant de communistes au Parlement. Ne leur envoyait-on pas un propagandiste, peut-être un de ces espions que le K.G.B. entretenait sous le masque d'un intellectuel affligé par l'injustice régnant dans le monde capitaliste ? L'enquête menée par l'ambassade à Paris avait rassuré.

— Je peux même vous dire le nom de jeune fille de votre mère ; la date de son mariage ; le jour où votre père est tombé devant l'ennemi en Allemagne ; vos notes au baccalauréat ; votre temps au 800 mètres ; la couleur des yeux de la petite amie avec qui vous êtes sorti pendant la première année de droit et le nom de l'homme qu'elle a épousé, à votre grand soulagement ; quelle agence vous a employé deux étés de suite pour promener des touristes américains dans Paris et à Versailles. Nous apprécions ces qualités, cher Arthur. Le monde manque d'hommes capables, le jour venu, de se donner la main pour sauver une civilisation qui s'effondre dans l'horreur et le mensonge.

Arthur, méfiant d'instinct, se défendit.

— Je suis loin d'être un meneur d'hommes.

Mrs. Porter les interrompit en tapant avec un couteau sur le cristal de son verre.

— Monsieur Morgan, vous avez, à votre gauche, une soucoupe sur laquelle doit reposer le pain que vous laissez traîner sur la nappe au mépris de toute hygiène.

— Il faudra m'apprendre beaucoup de choses, dit Arthur sans rire. Je compte sur vous. Le pain sur la nappe est une vieille tradition française qui, je le comprends, doit s'arrêter à nos frontières, mais j'ai des excuses, d'abord c'est du pain français, ensuite nous sommes au milieu de l'océan où les frontières sont extrêmement difficiles à tracer.

— Qu'est-ce qu'elle a dit ? demanda Porter.

Sa femme se pencha vers lui et très fort dans l'oreille :

— Le jeune homme pose son pain à même la nappe.

— Qu'est-ce que ça peut foutre ? cria aussi fort Porter, qui tourna la tête à gauche et à droite pour vérifier que les tables voisines avaient bien entendu et riaient plus qu'elles ne s'indignaient.

Décontenancée, Minerva baissa la tête. Les muscles de son visage se crispèrent et se détendirent plusieurs fois comme si elle déglutissait lentement la grossièreté de son mari et s'apprêtait à lui lancer une parole mortelle qui mettrait fin à leur différend.

Porter, avec une impassibilité qui n'était pas seulement feinte, posa sa main sur l'avant-bras d'Arthur.

— Savez-vous pourquoi les meilleurs bordeaux français se boivent à bord des bateaux de Sa Majesté britannique ?

— Je l'ignore.

— Après deux ou trois ans de traversée, doucement bercés dans leur casier, ils ont acquis, sans perdre leur jeunesse, une espèce d'agilité, de grâce, à laquelle les vins vieillis en cave ne parviennent jamais.

Trois tables plus loin, le rire d'Augusta fit se tourner beaucoup de têtes. Arthur l'apercevait de dos, Elizabeth et Getulio de profil. En face d'Augusta se tenait un jeune homme aux cheveux noirs frisés descendant en vagues sur l'oreille gauche, aux yeux d'un bleu magnifique. La discrète croix épinglée au revers d'un veston noir identifiait un des jeunes prêtres montés à l'escale de Cork et confinés dans les deuxièmes classes du paquebot. Elizabeth n'aurait aucun mal à le tomber si elle mettait son pari à exécution. Relevés par un peigne, les cheveux d'Augusta dégageaient une nuque à la gracilité émouvante soulignée par la main de la jeune fille qui rajustait son peigne chaque fois qu'elle riait. Le prêtre paraissait assez désarçonné par les propos des trois jeunes gens qui avaient probablement à peu près son âge mais une façon d'envisager la vie bien différente. Pour vaincre sa timidité et la gêne qui montait en lui à chaque éclat de rire intempestif d'Elizabeth et d'Augusta, il vidait trop fréquemment le verre rempli par Getulio et, le teint enflammé, riait platement à des plaisanteries dont il ne devait comprendre que la moitié.

— Vos deux jeunes amies ont bien du charme, dit Porter.

— Le mot « amie » est prématuré, je ne les connais que depuis le départ.

— Oh, vous ne tarderez pas à mieux les connaître. Si vous comptez en séduire une, je vous conseille de susciter une brouille entre elles. Ce sont des alliées. Pris entre deux feux, vous serez cuit comme ce jeune homme à la tête de tomate trop mûre menacée d'éclatement d'un instant à l'autre.

— C'est un des jeunes prêtres irlandais embarqués à Cork.

— Oh, alors, il est foutu. Elles le laisseront tomber et il ne rebondira pas.

Minerva Porter affectait de ne pas s'intéresser à la conversation de son mari, mais son oreille traînait et elle guettait une ouverture, l'occasion de lui sauter à la gorge.

— Un prêtre, ce joli frisé ? On ne le croirait pas. Où est son col blanc ? C'est bien ce que je dis depuis des années : la cinquième colonne n'est pas communiste, elle est papiste. Si on n'y prend pas garde, dans une génération l'Amérique sera catholique : nous aurons un Président catholique, des ministres et des représentants catholiques. Je sais ce que je dis.

— Minerva a toujours été très pessimiste, dit Porter. Elle est adventiste du Septième Jour. Vous voyez ce que je veux dire.

Non, Arthur ne voyait rien du tout sauf que Mrs. Porter était une abominable sectaire et qu'il avait eu bien raison de la détester au premier coup d'œil.

— Vous verrez, Philomena, encore quelques

46

années et, si nous ne savons pas nous défendre, les légions secrètes du pape nous auront à leur botte.

Porter se contenta de pousser un profond soupir : il avait déjà entendu cent fois ce discours et ne se donnait même plus la peine de le contredire. Percevant une lueur ironique dans le regard d'Arthur, il baissa la voix :

— Ne vous offusquez pas. Minerva est une passionnée. La grande sagesse dans la vie est de laisser passer les orages. Nous nous verrons à l'université où je viens de temps à autre donner une conférence sur l'actualité diplomatique. Je serai très heureux de parler avec vous. Les jeunes Européens de votre âge doivent comprendre la politique des États-Unis.

— Et les États-Unis doivent comprendre la politique européenne.

— C'est plus difficile quand on est en position de force, mais n'oublions pas que nous sommes tous d'anciens Européens.

— Pas tous !

— Encore un autre problème ! Nous en discuterons, mais pas devant Mrs. Porter qui a, sur ce chapitre, des idées trop arrêtées. J'espère que vous aimez les desserts. C'est mon côté naïf. Il faut bien que j'en aie un, moi que l'on décrit comme le froid exécuteur des basses œuvres du Président. Maître d'hôtel, s'il vous plaît, le chariot des desserts !

Arthur ne devait jamais oublier la concupiscente gourmandise de Porter quand on posa devant lui une assiette débordante de profiteroles. La méprisante protestation de Minerva devant cette atteinte au régime de son mari se perdit dans le brouhaha général.

L'après-midi qui suivit le déjeuner avec Porter, Arthur aperçut Getulio installé au fumoir avec des joueurs de bridge puis découvrit que, de sa cabine, il pouvait téléphoner à Augusta qui devait être seule.

— Ah ! C'est toi ! dit-elle avec une feinte surprise.

— Qui ça pouvait être d'autre ?

— Tu as la même voix que Father Griffith.

— Vous n'avez pas honte, Elizabeth et toi, de débaucher un homme de Dieu qui n'a encore jamais eu affaire à des créatures du Diable ?

— Justement ! Il faut l'entraîner avant qu'il débarque aux États-Unis où sa vertu courra les plus graves dangers.

Quelle comédienne ! Pourtant, dès que son audience dépassait trois personnes, elle se refermait sur elle-même comme la fleur de la sensitive et son visage si expressif, toujours au bord du rire ou des larmes, perdait son animation au point que, la quittant, ceux qui ne la connaissaient pas plaignaient Getulio d'avoir une sœur infiniment moins brillante que lui. En revanche, de bouche à oreille au téléphone, les yeux dans les yeux à table, marchant à côté d'Arthur sur le pont-promenade et lourdement appuyée sur son bras, se laissant presque porter, elle déployait, avec une rare vivacité, un arsenal de séductions auquel un homme expérimenté ou simplement blasé découvrait vite qu'il ne pouvait résister. Arthur ne savait pas encore — et le comprendrait seulement plus tard, bien plus tard — que l'attirance exercée par Augusta était l'attirance du danger, sensation qu'une jeune femme pourtant aussi séduisante et intelligente qu'Elizabeth ne procurait jamais.

— Arturo où es-tu ? À qui rêves-tu ?

— À toi.

— En plein jour ! Attends... il faut que je tire les rideaux.

— Il n'y a pas de rideaux.

— Comment le sais-tu ?

— J'ai la même cabine que toi. Nous habitons un sous-marin.

Elle poussa un long soupir suivi d'un silence.

— Quelque chose ne va pas ?

— Je crois que tu n'es pas sérieux. Que faisais-tu sur le pont avec Elizabeth, à minuit ? Sa casquette s'est envolée et tu n'as même pas proposé de plonger pour la repêcher.

— J'ai hésité quelques secondes... Après, il était trop tard.

— Il faut que je raccroche. Getulio va revenir et il sera furieux que je te parle quand il n'est pas là.

— Getulio bridge avec trois Américains au fumoir.

— Encore ! Oh, mon Dieu, il nous ruine !

Était-elle dupe ? Ou complice ? Une incertitude planait sur les relations du frère et de la sœur, non que fût envisageable la moindre ambiguïté, mais si, quand rien ne les menaçait, leurs rapports se distendaient jusqu'à l'indifférence, dès qu'un péril quelconque se précisait, ils retrouvaient une solidarité en airain.

— Le drame, c'est qu'il ne pourra plus t'offrir chaque soir une rose pour ton corsage.

— J'ai prévu le coup. Avant le départ, j'ai payé d'avance cinq roses pour cinq soirs. Et j'ai bien fait. Figure-toi que, cette nuit, j'avais mis ma rose à boire dans mon verre à dents et, au petit matin, elle n'était plus là. N'est-ce pas extraordinaire ?

L'allusion à la rose raviva la mémoire confuse de

49

la nuit précédente et l'image revint de la fleur piquée dans le corsage blanc d'Augusta, traversant dans un halo l'obscurité de la cabine et disparaissant à travers la cloison. Arthur n'avait jamais cru aux rêves, et encore moins aux apparitions, et voilà que ces deux histoires, la casquette et la rose, ouvraient un gouffre devant lui. L'instinct lui enjoignit de reculer, de ne pas chercher à comprendre, d'effacer tout et de porter au compte du hasard les visions d'Augusta. Ou alors de la craindre comme il craignait, pendant la guerre, Émilie, une amie de sa mère dont les visites précédaient toujours l'annonce de quelque mort.

— Arturo, tu ne m'écoutes plus !

— Si, si, je t'écoute.

— Il y a quelque chose qui a changé dans ta voix.

— J'ai mal à la gorge.

— Menteur !

— J'ai pris une grande résolution.

— Dis-moi laquelle.

— Pas au téléphone, nous sommes peut-être écoutés par des espions. Viens me retrouver au salon. Et puis je déteste téléphoner. Ça me donne des angines.

Augusta rit doucement.

— Tu ne dis pas souvent des choses drôles comme ça. Tu gagnerais beaucoup à être moins sérieux. Arturo-mon-amour, nous ne pouvons pas nous voir. L'après-midi, je reste couchée deux heures. Je suis au lit. En chemise de nuit.

— J'arrive !

— Getulio te tuera s'il te surprend. Non. Attends ce soir. À six heures, je serai au bar avec Elizabeth. Nous dînerons ensuite. Raccroche et ne rappelle plus. J'ai besoin de dormir.

Un paquebot est une prison avec des horaires impérieux, beaucoup d'interdits, des libertés mesurées au compte-gouttes, une population fixe qui tourne en rond dans les étroites cours de récréation, surveillée par des stewards, et aucun endroit pour s'isoler, à part la cabine cellulaire quand on a la chance de ne pas la partager avec un ou une inconnue dont on aime rarement l'odeur sui generis. Les nouvelles du monde extérieur — mais ce monde existe-t-il encore au-delà du cercle d'horizon parfait qui entoure le navire ? on en doute très vite dès qu'on a perdu de vue la terre ferme et les signaux désespérés du dernier phare —, les nouvelles sont filtrées par le quotidien du bord. Le commandant et son état-major veillent à ce que les quatre feuillets à l'en-tête du *Queen Mary* ne parlent d'aucun naufrage et se cantonnent dans les mondanités (« Nous avons l'honneur de compter parmi nous le comte Machin qui rejoint son poste à Washington ») ou l'annonce de quelque sauterie, d'un récital donné par une diva qui paye par un tour de chant son billet de première.

Le commandant a charge d'âme. Au dîner, il s'entoure de personnalités qui attendent, non comme un privilège mais comme un droit, d'être invitées à sa table. Il est en général d'humeur enjouée, et, depuis qu'il navigue, il a peaufiné quelques anecdotes qui amusent une galerie renouvelée à chaque traversée. Par malheur, assez souvent, alors qu'on a juste servi le rôti, un midship vient lui parler à l'oreille. Le maître après Dieu fronce les sourcils, pose sa serviette et prie ses invités de l'excuser : on le demande à la timonerie. Rien de grave, mais il est homme à ne s'en remettre à personne. Il disparaît, suivi par le midship qui jette un coup d'œil à droite et à gauche pour voir s'il n'y a pas quelques jolies femmes. Une légère inquiétude s'empare des dîneurs restés à la table du commandant. Le couvert déserté est vite enlevé par le maître d'hôtel lui-même qui demande aux invités de se déplacer pour combler le vide. Personne ne prononce le mot *Titanic*, même si chacun y pense. Il y a toujours un imbécile bien renseigné pour dire qu'après un été particulièrement chaud la fonte des glaces provoque une débâcle d'icebergs dans l'Arctique. Le reste de la salle à manger n'a pas remarqué le preste départ du commandant et continue de parler à voix haute, d'étouffer des rires, de s'interpeller par-dessus les têtes alors que, à la table seigneuriale, un silence pesant s'est installé. Les privilégiés se hâtent de finir le rôti, refusent le fromage, le dessert et la flûte de champagne — de la réserve du commandant — et se dirigent vers leurs cabines, prenant soin de ne pas montrer une précipitation qui provoquerait une panique générale au cours de laquelle ils risqueraient de ne plus être les premiers à se sauver. Monsieur bourre ses poches de bijoux, Madame hésite entre son vison, des chandails en cachemire et un imperméable doublé de zibeline, se décide au hasard et suit son mari sur le pont supérieur où s'alignent des canots de sauvetage encore bâchés. La nuit est superbe. On peut même imaginer le *Queen Mary* avançant dans un rayon de lune, et le commandant — il fait le coup chaque fois que ses invités le barbent à mourir — dans sa cabine en compagnie du commissaire, buvant un brandy à l'eau et fumant un cigare cubain en écoutant un vieux disque de Bing Crosby.

Ce paquebot se révélait être un formidable jouet pour grandes personnes. Arthur explorait les secrets, dénichait un escalier descendant jusqu'à l'étage où il aurait dû se trouver, remontait par le pont B où les jeunes prêtres irlandais lisaient des journaux en fumant la pipe. Ce monde stratifié respirait l'ordre, la santé, la paix. De sa timonerie, le commandant régnait comme un dieu invisible sur un peuple heureux et soumis qui ne se plaignait que de la mauvaise qualité du café, un vrai jus de chaussettes. Les sociétés modernes devraient en prendre de la graine, mais personne n'ose le dire.

Passant devant le fumoir, Arthur aperçut Getulio affalé dans son siège, jambes raides sous la table de bridge, seul, des verres vides sur une table roulante à son côté, le visage terriblement maussade. Ses belles mains jouaient distraitement avec des cartes, les brouillant, les étalant, les ramassant avec la rapidité du prestidigitateur, ou bien il coupait le jeu en deux paquets qu'il tordait à un angle et relâchait en crépitant pour les mélanger. Arthur se souvenait d'avoir, la veille, noté la prétendue gaucherie de Getulio en compagnie de trois autres bridgeurs. L'adresse du Brésilien livré à lui-même confirmait l'avertissement du professeur Concannon. Il attirait les pigeons. Après tout, que pouvait-on lui reprocher ? Il plumait ceux qui, au vu de sa feinte inexpérience, espéraient le plumer. Si habile qu'il fût, le risque n'en était pas moins grand. Comme tous les vrais joueurs, il avait besoin de cette drogue. Arthur lui posa la main sur l'épaule.

— Tu as l'air bien dégoûté !

— Je ne connais rien de plus ennuyeux que de jouer avec des imbéciles qui te prennent eux-mêmes pour un imbécile.

— Tu auras ta revanche avant que nous débarquions à New York.

— Ça vaudrait mieux ! J'ai pas mal perdu. Quelle

sottise de rester enfermé tout l'après-midi avec ces minables ! Je déteste les traversées.

— Demain, tu recommenceras.

— Non, vraiment, c'est trop bête.

— La chance tourne.

— Quand elle ne tourne pas, c'est le gouffre. N'en parle pas devant Augusta.

— Viens te dégourdir sur le pont-promenade.

Getulio endossa son macfarlane qui lui donnait si belle allure et rejoignit Arthur sur le pont supérieur désert en fin d'après-midi. Ils marchèrent de long en long un bon quart d'heure sans se parler. Getulio s'essoufflait. Une plaie béante et rougeâtre s'ouvrit à l'horizon. Derrière le *Queen Mary*, l'océan se déversait dans un sombre gouffre sous une barre de nuages qui accrochaient dans leurs replis les lueurs attardées du jour.

— Nous allons peut-être voir le rayon vert, dit Getulio. Ça m'arrangerait bien. J'ai un vœu à exaucer.

— Vraiment, tu y crois ?

— Il y a des choses mille fois plus invraisemblables sur cette terre. Pourquoi sommes-nous ici, en ce moment dans nos vies, toi et moi, nous parlant comme de vieux camarades alors qu'il y a deux jours nous ne nous connaissions pas, que nous n'avions aucune raison de nous être rencontrés dans le passé et peu de raisons de nous revoir quand nous aurons terminé nos études à Beresford ?

Arthur était facilement susceptible. Il serra les dents, se tut une bonne minute, laissant Getulio savourer sa perfide remarque, puis, du ton le plus détaché qu'il put, le regard perdu vers l'horizon, il dit :

— Je partage ton sentiment. Notre rencontre est

54

contre nature. Suppose, par exemple, qu'on repère en toi un joueur professionnel qui écume les transatlantiques et que tu sois interdit de jeu par toutes les compagnies de navigation. C'est la chute en enfer ! Tu ne termines pas tes études alors que je sors avec des diplômes qui me permettent d'entrer dans un trust bancaire. Nous n'avons plus aucune raison de nous rencontrer : tu vivotes dans les casinos de second ordre en Europe, sous de faux noms ; et moi je voyage en avion privé. Naturellement, je te fais arrêter dès que tu as un découvert de plus de trois dollars à ton compte...

— Tu devrais écrire des romans.

— À quoi bon ? Des esclaves s'en chargent.

Getulio le prit par les épaules et le secoua.

— Quinze partout, dit-il. Je comprends l'enthousiasme d'Elizabeth à ton égard. Elle est prête à te dévorer ou à se faire dévorer par toi.

Arthur rit franchement. En désignant Elizabeth, Getulio croyait le détourner de sa sœur.

— C'est réciproque. Elle est terriblement attirante bien qu'elle ne soit pas mon type de femme...

— Tu es difficile. C'est une beauté.

Arthur garda pour lui son idée sur la beauté d'Elizabeth : jamais il ne dirait qu'elle était belle ni même, sur un ton mondain, ravissante. Une seule épithète lui convenait : jolie. Oui, très jolie, avec un type de joliesse que, depuis l'avènement du parlant, le cinéma américain popularisait jusqu'à l'affadir : un profil auquel il n'y avait rien à redire, qui conservait la pureté de l'enfance ; une blondeur pas tout à fait naturelle ; un mince corps chaud.

Getulio frappa du poing le bastingage.

— Merde, merde ! Le soleil s'est couché. Pas de rayon vert ce soir.

— Tu ne gagnes pas aux cartes sans rayon vert ?

— Je ne pensais pas aux cartes.

Arthur le savait bien, mais le nom d'Augusta ne passerait pas leurs lèvres. Comme une hostie sacrée qui impose de se retirer au plus profond de soi, route barrée aux inquisitions étrangères. Déposées en germes, la voix d'Augusta, les paillettes de son regard bleu, la malice de son poétique visage s'emparaient des pensées d'un homme et ne le quittaient plus. Le bras que Getulio laissait peser sur ses épaules invitait aux confidences. Arthur se raidit. Sur ce terrain, il le pressentait, Getulio serait toujours un ennemi. S'il approchait trop d'Augusta, le frère aux doigts de prestidigitateur déclarerait la guerre.

— Alors, à quoi pensais-tu ?

Getulio retira son bras et saisit le poignet d'Arthur avec une force insoupçonnée.

— Mais... enfin... qu'est-ce que vous avez tous avec elle ?

— Je crois que tu ne parles plus d'Elizabeth, dit froidement Arthur sans chercher à desserrer l'étreinte du Brésilien.

À la proue du paquebot, une ombre grise fondit sur l'océan et courut à une vitesse vertigineuse vers le couchant dont elle éteignit les dernières flammes. La nuit hésita encore, désemparée par la brusque éclipse, n'osant chasser les lueurs qui s'attardaient au sud et au nord. Le bleu-vert de l'Atlantique vira au gris de plomb fondu et une risée courut sur les majestueuses ondulations de la houle fendue avec une écrasante indifférence par l'impassible *Queen Mary*.

— Tu ne crois pas, reprit Arthur, que c'est une merveilleuse invention ?

— Le *Queen Mary* ? Tu veux rire ? On se croirait dans le château de Frankenstein. Ces dorures, ces lustres me font vomir. C'est d'un commun !

— Je ne parlais pas de ça, je parlais de l'homme et de ses 1 400 grammes de cerveau qui ont pris possession du monde, et un jour, peut-être, prendront possession du système solaire. Ça ne te grise pas d'être un de ces conquérants ?

— J'ai dû traverser l'Atlantique au moins vingt fois. Ça ne m'amuse plus du tout. Ça m'ennuie même profondément. Si Augusta ne mourait pas de peur en avion, nous serions déjà arrivés au lieu de nous traîner dans cette barcasse sur un océan d'un épouvantable ennui. Non, non, je ne suis pas un conquérant comme toi, comme mes ancêtres. Je suis à peine un survivant. Mais qu'est-ce que c'est que ce clown ?

Un homme petit et trapu, gonflé par un survêtement canari, coiffé d'une casquette de joueur de base-ball, s'avançait vers eux, soufflant bruyamment, coudes au corps, au pas gymnastique. Au passage, il salua d'un « Hello, Arthur ! », tourna et repartit dans la direction d'où il venait.

— Tu as de drôles de relations ! Utiles, peut-être ? Le cuisinier du bord ?

Arthur le laissa quelques secondes en suspens, savourant déjà sa propre réponse :

— Non, ce n'est pas le cuisinier.

Getulio flaira le piège.

— Je n'ai pas voulu te vexer.

Oh, si ! Il l'avait voulu, mais c'était raté.

— J'avoue qu'on n'a pas idée de se promener au pas gymnastique sur le pont déguisé en canari. Je me demande s'il met ce survêtement quand il prend son petit déjeuner avec Eisenhower.

— J'ai perdu. Ou bien tu te fous de moi ?

— Pas du tout ! C'est Allan Dwight Porter. Hier, je déjeunais à sa table avec sa femme, Minerva.

Getulio empoigna la rambarde et la secoua rageusement.

— J'ai frôlé la gaffe de ma vie. Quand il est arrivé à notre hauteur, j'ai failli dire : qui a ouvert la cage du canari ? Comment le connais-tu ?

— Il me connaissait avant que je le connaisse.

— Arthur, nous n'avons jamais parlé. Il faut que je t'entende, et ici je gèle. La nuit tombe.

Ils arrivèrent au bar en même temps qu'Elizabeth et Augusta qui attaqua la première :

— Getulio, où étais-tu ? Je t'ai cherché pendant deux heures. J'ai demandé au commandant qu'on fouille le bateau jusque dans la soute à charbon...

— Il y a longtemps que les transatlantiques ne marchent plus au charbon. Et puis j'ai bien droit à un peu de liberté pendant que tu fais la sieste. Il n'y a pas de secret. J'étais avec mon ami Arthur et nous discutions des fabuleux pouvoirs de l'intelligence humaine. N'est-ce pas, Arthur ?

— C'est presque vrai.

Ils ne se quittèrent pratiquement plus jusqu'à l'accostage du *Queen Mary* dans le port de New York. Concannon les rejoignait au bar où il restait pendant le dîner, avec le barman résigné à se prénommer Paddy. Un matin, voyant Arthur et Porter sortir ensemble du gymnase, Getulio réussit à se faire présenter. Drapé cette fois dans un peignoir pervenche, Porter, à peine aimable, dit seulement : « J'ai connu votre père », et entraîna Arthur.

— Cher jeune homme, la Providence, dans son pauvre sens de la justice et son absence presque totale de discernement, a tout de même fait aux hommes don d'un sentiment d'une richesse souvent insoupçonnée d'eux : l'amitié. Si, hélas ! ils sacrifient l'amitié à l'ambition sociale ou professionnelle, à de vagues intérêts passagers et même — encore plus sottement — à l'amour, ils s'amputent du meilleur d'eux-mêmes ou, plus exactement, de ce qui pourrait les rendre meilleurs qu'ils ne sont. Les criminels le savent bien : leurs amitiés résistent à la vie, à la mort comme ils aiment se le faire tatouer sur la poitrine. Ces êtres a priori abjects, capables du pire, prêts à toutes les dépravations, cachent au plus profond de leur âme — oui, tout le monde a une âme — une flamme inextinguible, une veilleuse qui défie le temps, le malheur, les vicissitudes de l'existence. La légende ne s'est pas emparée de Butch Cassidy et de Sundance Kid parce que, à la barbe de la police, ils pillaient les banques, mais parce que leur amitié les plaçait très au-dessus du commun des bandits de grand chemin. L'expérience enseigne qu'entre deux hommes l'amitié est une planche de salut, à condition toutefois qu'ils soient possédés du même sens moral... ou de la même absence de sens moral. Attendez... laissez-moi parler... Je ne cite personne... J'ai connu le père de Getulio Mendosa juste après la guerre. Il était ministre des Finances et de l'Économie, un poste absolument merveilleux à Rio si on veut s'enrichir. J'apportais à cet homme d'un immense charme un message du président Truman. Il n'a fait aucune difficulté pour accepter le message en question. Corrompu ? demanderez-vous. Tout est une question de latitude sur le continent américain. Permettez-moi de rester discret. Je préfère me souvenir de son élégance, de sa vive intelligence politique. L'événement a pu passer inaperçu en Europe où, par lassitude, on ne s'intéresse guère aux révolutions et aux attentats d'Amérique du Sud : très peu de jours après ma visite, Son Excellence le senhor Mendosa sortait de sa splendide maison d'Ipanema et montait dans une voiture blindée pour se rendre au ministère quand « ils » ont tiré. Je dis « ils » parce que c'est trop compliqué de savoir quelle faction du pouvoir secret brésilien a décidé sa mort. Les enfants — qui sont vos amis pendant cette traversée — se tenaient avec leur mère sur le perron de la villa. Les assassins ont dirigé leurs armes vers eux, mais à un ordre du chef, ils se sont contentés de loger un nombre infini de balles dans le corps du pauvre chauffeur avant de s'en aller fort tranquillement à bord d'une camionnette. La mort de Mendosa a longtemps perturbé Augusta et surtout Mme Mendosa qui vit depuis bientôt dix ans à Genève. Sa chambre d'hôtel des Bergues donne sur le Rhône et l'île de Jean-Jacques Rousseau pour lequel elle a, depuis son enfance, une admiration passionnée. Une fois par mois, le directeur de l'hôtel la conduit dans la salle des coffres où il la laisse seule. Peu après, elle remonte dans sa chambre traînant un vieux cabas en raphia dans lequel sont entassés des rouleaux de louis d'or et des liasses de dollars enveloppés dans du papier journal. De temps à autre, elle dépose à la réception un paquet ficelé et prie que l'on avertisse Getulio. Il arrive de n'importe où, porté par les ailes de l'espérance, et pendant quelques semaines, voire quelques mois, il est le prince du monde. Quand sa mère l'oublie, il joue aux cartes. Avec bonheur, me dit-on.

En parlant, Porter entraînait Arthur dans le dédale des coursives, refusait les ascenseurs et grimpait les escaliers deux à deux. Aux mots « avec bonheur, me dit-on », les deux hommes se trouvèrent à l'entrée de la salle des petits déjeuners. Le maître d'hôtel marqua son étonnement par une grimace nettement exagérée et, quittant son pupitre, se posta en travers de la porte. Porter d'un geste agacé voulut l'écarter.

— Je suis désolé, Mr. Porter, mais je n'ai pas de table libre.

— Qu'est-ce que vous racontez ? Ma femme est là et m'attend.

L'homme hésita, très embarrassé.

— Mr. Porter, c'est la coutume de s'habiller même légèrement pour le petit déjeuner du matin.

Porter, s'apercevant soudain qu'il arrivait directement du gymnase en peignoir pervenche, éclata de rire. Le maître d'hôtel ne savait quelle attitude prendre.

— Je suis désolé...

— Ne soyez pas désolé ! Vous ne savez pas quel plaisir ça me fait de découvrir ma distraction. J'ai toujours envié les distraits. Veuillez placer M. Morgan à ma table. Il tiendra compagnie à ma femme pendant que je m'habille décemment. Cinq minutes, au plus...

Minerva, coiffée d'une sorte de fez rouge qui tenait à ses cheveux de jais par des épingles à nourrice, gratifia Arthur d'un simple coup de tête.

— Mr. Porter m'a dit...

— Peu importe ce qu'il vous a dit. Je déteste parler au petit déjeuner. Et surtout pas de pain sur la nappe.

Des morceaux d'ananas nageaient dans le jaune d'œuf de son assiette et elle se préparait des toasts à la moutarde avec une juvénile gourmandise. Une géante théière victorienne, promenée comme une châsse entre les tables, passa près d'eux. Dans l'ample mouvement qu'il fit pour servir Arthur, le serveur donna du coude dans le fez qui s'inclina dangereusement sur le côté. D'une tape, Minerva voulut le rétablir, mais trop brutalement, et le fez bascula sur l'autre oreille, entraînant la perruque qui découvrit une tempe très dégarnie. Comme elle ne s'en apercevait pas et continuait de croquer son toast à la moutarde, la tablée voisine étouffa des rires. Arthur se retint difficilement. L'arrivée de Porter aurait dû mettre fin à cette grotesque vision si cet homme n'avait pas été du type à poursuivre une idée, à la tourner et la retourner sur elle-même, à en extraire la substantifique moelle sans prêter aucune attention à ce qui se passait autour de lui. Qu'à cet instant le *Queen Mary* sombrât, et, les pieds dans l'eau montante, il aurait continué de disserter jusqu'à ce que sa gorge n'émît plus qu'un tragique glouglou. Sa distraction matinale à l'entrée de la salle à manger l'enchantait. Jamais de sa vie il n'avait été distrait, et il se souvenait encore de l'agacement de sa mère, une Française, quand elle le voyait absorbé par un des nombreux problèmes qui passionnent l'enfance : « Mais enfin... Allan... essaie un peu de ne penser à rien. » C'était impossible. Oh, comme il avait envié les distraits toute sa vie ! Les mécanismes de la pensée s'usent si, à un moment ou à un autre, ils ne battent pas la campagne.

Arthur évitait le spectacle de Minerva chez qui l'excès de moutarde sur pain grillé provoquait une série d'éternuements tragiques pour son fez qui manqua entraîner la perruque dans sa chute.

— Ma chère, dit Allan Porter se levant pour lui taper dans le dos, ma chère, vous êtes bien mal coiffée ce matin.

Minerva, d'un coup de poing sur la calotte du fez, remit tout en place.

— Je n'aime pas beaucoup les remarques personnelles, dit-elle avec hargne.

Pas le moins du monde troublé, Porter retrouva le cours de ses réflexions sur les charmes et les avantages de la distraction. Il aurait tellement aimé être un poète, écrire des vers et « musarder » dans la nature. Les poètes sont des gens distraits, n'est-ce pas ? Et quand ils ont du génie, on leur pardonne tout, sans doute parce que les béotiens les soupçonnent de recevoir clandestinement des messages de l'Inconnu, messages qu'ils sont seuls à pouvoir déchiffrer. Un pays se doit de conserver des poètes, enfin... sinon des poètes — ce don des dieux n'est pas universellement répandu et nombre de civilisations ont pris un retard qu'elles ne rattraperont jamais comme on rattrape un retard technique — enfin, sinon des poètes, du moins des hommes qui jouissent sans scrupule et sans esprit de retour des plaisirs de la vie. Cela, bien entendu, à condition qu'une élite ait assez le goût du sacrifice pour tremper ses mains dans ce qu'on appelle la politique et consente à rester dans l'ombre. C'est un choix quasi monacal.

— Dans quelle catégorie rangez-vous Getulio Mendosa ?

— Vous devinez fort bien que son apparition est à l'origine de mes réflexions. Il est impardonnable. Intelligent comme son père, il devrait jouer un rôle important dans son pays. Il préfère jouer aux cartes et jeter par la fenêtre les bribes de fortune que sa mère lui jette comme un os à un chien. Le pire est qu'elle risque de mourir d'un jour à l'autre sans que l'on sache le code du coffre de Genève. Il faudra un bulldozer pour en venir à bout après de ruineuses consultations avec des avocats. Et s'il n'y avait plus rien dans ce maudit coffre ? Des hommes fort doués, gâtés par les fées dès leur naissance, sont souvent tentés de se suicider moralement. Mauvais exemple pour un jeune homme comme vous.

— Les fées ne se sont pas penchées sur mon berceau. Il n'y a eu que ma mère et, brièvement, mon père avant que la guerre l'emporte. Je cours moins de risques que Getulio. Cela dit, je m'interroge : comment savez-vous tout sur tout le monde ?

Minerva, qui dédaignait de les écouter, fronça le nez.

— Ça sent le poisson.

À la table voisine, un couple de vieux Anglais mangeait des harengs frits.

— Personne ne peut leur interdire d'aimer le poisson au petit déjeuner.

— Allan, je ne connais personne d'aussi laxiste que vous. Si on vous écoutait, chacun n'en ferait qu'à sa tête. Et, en plus, vous avez de la sauce tomate sur le col de votre chemise.

— J'ai perdu le goût de la sauce tomate depuis des années. Ce serait plutôt du rouge à lèvres.

— Vous en seriez bien capable !

— Hélas non ! Je crains que ce ne soit du sang car je me suis rasé de très près.

— Peu importe d'ailleurs... Je vais sur le pont-promenade retrouver Philomena.

Porter, pensif, but son thé et resta la main en l'air. Arthur s'étonna de reconnaître à ce visage rougeaud sur un coup empâté une inattendue finesse de traits. Porter avait dû être un enfant ravissant, un jeune homme séduisant malgré sa petite taille et une calvitie totale probablement vers la trentaine. De cette calvitie, il tirait encore parti : un crâne brillant, bronzé, avec d'élégantes tavelures et un fer à cheval de cheveux blancs. Un seul détail gênait : on lui voyait à peine les lèvres, juste une mince fente horizontale entre les narines et le menton à fossette. À part cela, un joli nez et des yeux bleus très gais qui, soudain, à la suite d'une pensée rageusement contenue, viraient au gris métallique. Conscient de s'être absenté une bonne minute, Porter sourit avec une réelle humilité :

— Pardon... Il s'agissait d'un simple souvenir qui m'assaillait : le souvenir d'une mince et ravissante jeune fille rencontrée il y a une quarantaine d'années et dont le prénom m'éblouissait : Minerva. N'épousez jamais une femme parce que son prénom vous fait rêver... mais je réponds à votre déjà lointaine question : sur les mille passagers et quatre cents hommes et femmes de l'équipage, je connais trois personnes : vous, Getulio Mendosa et le professeur Concannon, qui donne sans doute un déplorable exemple pendant cette traversée, mais dont vous découvrirez la rare personnalité quand, à la veille de ses cours, il retrouvera la sobriété. Trois personnes, c'est peu, avouez-le. Ils n'étaient pas nombreux non plus à bord de l'arche de Noé, et s'ils ont, non pas sauvé le monde qui est, d'un point de vue purement spirituel, insauvable et condamné à l'inceste et au péché, ils l'ont perpétué. Arthur — comme je suis Allan pour vous désormais —, Arthur, je ne vous retiens pas plus longtemps. Allez retrouver vos amis. Voici ma carte avec mon téléphone à Washington. Je serai dans un mois à Beresford pour une conférence sur la désinformation. À la fois pour la dénoncer... et, vous vous en doutez, pour en donner la recette... Je crois que vous ne vous ennuierez pas...

Le *Queen Mary* devait remonter l'Hudson le matin vers dix heures. La veille, Getulio joua une dernière fois avec les trois Américains qui, devenus trop sûrs d'eux-mêmes, relâchèrent leur attention. Arthur resta un moment à regarder la partie. Le Brésilien distribuait le jeu, brouillait les cartes avec un brio de professionnel. Tranquillisé sur le résultat, Arthur regagna sa cabine pour préparer son bagage. À peine commençait-il qu'Augusta téléphonait :

— Où étais-tu ? Ça fait dix minutes que je t'appelle ! Fais quelque chose pour moi... va voir si Getulio commence à jouer.

— J'en viens. Il joue.

— Je meurs de peur. S'il perd, nous n'aurons même pas de quoi nous payer un taxi pour aller à l'hôtel.

— Il ne perdra pas... Et puis, Elizabeth est là...

— Oui... mais déjà en France... Enfin, comme la fourmi, elle n'est pas prêteuse. Je tremble.

— Veux-tu que je vienne ?

Il y eut un silence. Elle devait se regarder dans le miroir de la coiffeuse. Il voyait le geste : la main qui ébouriffait les cheveux sur les tempes, le doigt mouillé qui redessinait l'arc des sourcils, la langue qui passait sur les lèvres.

— Je suis en chemise dans mon lit.

— Madame Récamier recevait en chemise, allongée sur son canapé.

— Écoute... je tremble tellement... quelqu'un doit me tenir la main. Jure que tu n'en profiteras pas.

— À regret, je le jure.

— Rase les murs. Si un steward ou une femme de

66

chambre te voient, passe devant ma porte l'air de rien, et attends cinq minutes.

Le drap remontait jusqu'au menton, laissant nus les bras et les épaules.

— Personne ne t'a vu ?

— Personne.

— Approche le fauteuil, prends ma main et pense très, très fort : « Dors, dors, Augusta. »

Elle ferma les yeux. Arthur contempla impunément le pur ovale du visage où seules les lèvres trahissaient le léger apport des ancêtres noirs et incas. Sur la peau mate des joues et du front, sur les paupières bistrées passaient, comme des risées sur la mer, de brefs frissons qui gagnaient les belles épaules, les bras, la main tenue par Arthur. Une émotion inconnue s'empara de lui. Serrer une femme dans ses bras, c'est se priver de la voir, se condamner à n'en connaître que des fragments qu'ensuite la mémoire rassemble à la manière d'un puzzle pour reconstituer un être entièrement fabriqué de souvenirs épars : les seins, la bouche, la chute des reins, la tiédeur des aisselles, la paume dans laquelle on a imprimé ses lèvres. Or, parce qu'elle se présentait ainsi allongée, pétrifiée comme une gisante, Arthur découvrait Augusta comme il croyait ne jamais l'avoir vue. Il ne reconnaissait pas la fragile silhouette à la démarche vacillante sur le pont, menacée dans son équilibre par le tangage du bateau ou par la bourrasque qui se ruait dans la coursive dès qu'on ouvrait une porte face au vent. À la place de l'Augusta tombée en disgrâce dans un monde d'une épouvantable et vulgaire pesanteur, s'étendait sans défense une femme dont le corps, autant qu'il pouvait en juger, respirait une harmonieuse santé. En somme, elle était *aussi* infiniment désirable, ce à quoi il avait encore peu songé depuis leur première rencontre. Plus surprenante encore était la rapide et totale immersion d'Augusta dans le sommeil, comme si seule une pression de la main d'Arthur libérait un torrent de rêves.

Dans les minutes qui suivirent, deux Augusta occupèrent les pensées d'Arthur : l'une, la vivante, l'éblouissait et il savait bien que, quel que fût l'avenir, elle le marquerait à jamais ; et l'autre, la morte, étendue près de lui, inanimée, un souffle à peine perceptible passant ses lèvres entrouvertes, parcourue de ces tressaillements qui trahissent l'agression d'images cauchemardesques, l'autre Augusta voguait à des années-lumière. Comme le suaire que les sculpteurs jettent sur une statue d'argile ocreuse encore fraîche, le drap mollement tendu épousait les formes secrètes de la jeune fille : le ventre à peine bombé, le creux des cuisses, les seins au repos. Les veines jugulaires battaient au rythme du cœur sous la peau transparente du cou plus pâle que le visage. Arthur se pencha sur ce masque impassible comme on se penche sur un livre ouvert sans pouvoir en déchiffrer le sens. Une crainte atroce s'empara de lui : allait-elle quitter ce monde que, dominant sa répulsion, elle avait jusqu'à cette minute affronté avec le panache d'une âme pure et hautaine ? L'idée qu'Augusta se mourait devant lui et qu'il entendait trop tard son appel au secours le jeta sur elle. En la serrant dans ses bras, il la réveillerait, la rappellerait sur terre et chasserait le froid avant qu'elle se raidît pour toujours. Mais, au lieu d'un corps déjà glacé, il rencontra contre sa joue une joue délicieusement tiède, sous ses lèvres un cou d'une fraîcheur exquise. Une voix brouillée, pâteuse, murmurait :

— Tu m'as juré. Laisse-moi dormir.

Se redressant, Arthur aperçut sur la table de chevet un verre d'eau à demi plein et une boîte d'euphorisants. Un élan d'amoureuse pitié étrangla Arthur. Neuf ans après l'assassinat de son père, Augusta luttait encore contre l'horrible vision : le chauffeur ouvrait la porte de la limousine, le ministre agitait la main vers son épouse et ses enfants massés sur le perron, criait : « *Adeus, ate sera !* » et au mot « *sera* » sa tête éclatait comme une grenade trop mûre. La pulpe et les pépins maculaient la carrosserie soigneusement lustrée le matin même.

De très près, le front féminin apparaît comme un mur impénétrable derrière lequel se cachent des peurs et des actes de courage inouïs qui prennent les hommes au dépourvu. On peut y voir la source de la crainte si souvent inspirée par les femmes et la réaction entraînée par cette crainte : le mépris et la cruauté, enfin tout ce que le mâle a de plus lâche devant la menace du pouvoir absolu qu'il doit étouffer dans l'œuf s'il ne veut pas être un esclave. Ces choses-là sont particulièrement sensibles quand la femme qui se confie au sommeil abandonne ses défenses et redevient une enfant capable d'inspirer, à l'homme le plus endurci, un immense et urgent désir de la protéger contre la sauvagerie du monde. Mendosa, le grand Mendosa, le puissant Mendosa dont on s'attendait dans les milieux politiques internationaux qu'un jour il accédât à la magistrature suprême du Brésil, Mendosa croyait avoir tout prévu pour que ses proches les plus chers fussent heureux et peut-être même glorieux en sa compagnie, avec lui les entourant de ses bras protecteurs, pressant sa femme contre sa poitrine, une main posée sur la noire chevelure bouclée d'Augusta,

Getulio debout à son côté, raide, les bras croisés, le regard plein d'un défi inimaginable chez un enfant aussi jeune.

Arthur n'inventait rien : témoin des jours heureux, une photo dans un cadre d'argent trônait sur une table ronde au milieu de la cabine. À Genève, la veuve de Mendosa ne se souvenait même plus de lui. Au Brésil, les politiciens s'étaient partagé sa clientèle. Il ne vivait plus que dans la mémoire de Getulio et d'Augusta. Les assassins avaient oublié une éventualité : le crime et l'image du crime à jamais gravés sur la rétine de sa fille qui n'acceptait pas.

Des années après, lors d'épuisantes insomnies, Arthur revivait la scène. Comme il arrive quand nous creusons un souvenir avec l'espoir trompeur de repêcher dans la mémoire un détail égaré qui éclairera et complétera le puzzle, il commençait à n'être plus aussi assuré de ne pas confondre ses regrets, ses désirs et la réalité. Tout jeune homme est un Faust qui s'ignore et s'il vend son âme au diable, c'est qu'il n'a pas encore appris que le passé n'existe plus, qu'il ferait un marché de dupes. Plus tard, enfin conscient, il n'aura d'autre ressource que de se mentir à lui-même, ce qui est toujours plus aisé que de mentir aux autres. Une conversation, une rencontre, une image fulgurante occupent notre esprit avec des précisions et des clartés qui ne laisseraient aucun doute si celui ou celle qui en a été le témoin, parfois même l'acteur, ne prétendait pas — tantôt avec une mauvaise foi confondante, tantôt avec une sincérité évidente — n'en garder aucune trace. Alors, dans laquelle de nos vies antérieures avons-nous vécu ou rêvé ce souvenir ? Plus personne ne le sait ou ne veut l'avouer. Pourtant Arthur ne pouvait avoir inventé la suffocante vague de bonheur sans pareil qui l'avait submergé quand, au lieu d'un corps que dans un instant de panique il croyait déjà froid, sa joue, ses lèvres, ses mains avaient rencontré la paisible tiédeur d'Augusta et sa chair délicieuse. Avec la brièveté de l'éclair, mais d'une façon tout aussi aveuglante, il avait su qu'il ne l'oublierait jamais, qu'aucune femme ne lui causerait cette émotion-là, et pas une autre émotion qu'il est plus commun d'éprouver dans la joie et sans qu'angoisse s'ensuive. Le souvenir s'arrêtait net à cet instant, et Arthur aurait été incapable de dire depuis combien de temps il tenait serré dans ses bras le corps endormi d'Augusta : une seconde, une minute, une heure ? Plus probablement une seconde car il entendait encore la voix lui dire : « Tu m'as juré. Laisse-moi dormir », juste au moment où la porte de la cabine s'ouvrait sur Elizabeth qui, à son tour, criait : « Arthur, Arthur, laisse-la ! », alors que, resté à genoux, il voyait Augusta cacher son visage dans ses mains, se tourner et retourner dans la couchette pour se lover sur le flanc, visage vers la cloison, immobile, ligotée par la camisole de force du drap entortillé autour de ses épaules. Mais comment lier cette scène avec la suivante si peu attendue que, malgré sa vigueur, Arthur avait été dominé par une Elizabeth folle de rage, le saisissant par les cheveux, le renversant sur le dos et le bourrant de coups de pied dans les côtes ? Quand, par la suite, ils en rirent, elle ne se souvenait plus que d'un coup de pied et, en revanche, l'accusait d'un croc-en-jambe qui l'avait étendue raide sur la moquette de la cabine, à demi assommée par l'angle de la commode. Augusta dormait, partie loin d'eux, dans un autre monde, et ce qui motivait l'arrêt de ce combat singulier, c'était la soudaine révélation qu'en

71

se tournant vers la cloison elle s'était découverte à mi-corps, offrant à Elizabeth et Arthur le spectacle de ce qu'elle avait non de plus secret, mais de plus gai : la chute des reins, la fente de ses fesses généreusement rebondies et continuée par les cuisses jointes, la pliure pâle de la saignée des genoux, les chevilles et les pieds chaussés de socquettes brodées d'un Mickey Mouse. Rien ne ressemblait moins à la créature sophistiquée, emmitouflée dans son manteau de ragondin, le chapeau cloche enfoncé jusqu'aux yeux, appuyée au bras de Getulio. Que ce fût la même paraissait impossible et Arthur aurait cru à une hallucination si Elizabeth ne s'était précipitée pour tirer le drap et border Augusta.

— Elle est folle ! Deux comprimés après le déjeuner ! Elle n'a pas droit à plus d'un par jour. Elle a peur que Getulio ne perde. Comment n'a-t-elle pas compris qu'il ne perd jamais ? Arthur, tu es une brute ! J'aurais pu me casser la tête. Qu'est-ce qui t'a pris ?

— Ne renverse pas les rôles.

— Et qu'est-ce que tu foutais ici ?

— Elle m'a téléphoné. Il fallait lui tenir la main...

— La main seulement. Tu te rends compte qu'en ce moment n'importe qui la violerait sans qu'elle s'en aperçoive ! Oh, Arthur, je ne peux pas tout le temps veiller sur elle ! J'ai ma vie, moi aussi, et il faut que j'en fasse quelque chose. Je ne veux pas rester là comme une idiote avec mon fric et ma gueule de poupée...

« Ma gueule de poupée ! » La scène s'arrêtait là. Ce qui suivit importait peu et ne méritait pas d'être ressassé des années après. Elizabeth se plaignit d'une bosse au crâne, Arthur d'un point de côté.

Getulio rattrapa largement ses pertes des premiers jours. Il apparut maussade au dîner, suivi d'Augusta en robe blanche piquée d'une rose entre les seins. Sur leur parcours les tables baissaient la voix. Getulio ne détestait pas ça. Derrière eux, Arthur glanait quelques mots : « Beau couple ! », « Ils ne se sont pas mariés », « Évidemment, ils sont frère et sœur », « Il y a sûrement quelques gouttes de sang inca ou noir », « C'est le père et la fille », à quoi Elizabeth répondit avec un sourire qui ressemblait fort à une grimace : « Mais bien sûr, il l'a eue à cinq ans. Les Brésiliens bandent très jeunes. » Arthur l'entraîna. Le professeur Concannon se joignit à eux. Il n'avait pas encore atteint la frontière assez lointaine au-delà de laquelle il cessait d'être compréhensible. On était toujours surpris de découvrir à un moment donné qu'un seul verre lui faisait d'un bond franchir cette limite idéale où sa parole n'était plus fiable. En deçà, quel merveilleux bavard ! Ne venait-il pas, sérieusement, depuis le début de la traversée, de préparer un cours sur les conséquences politiques de l'écrasante victoire de Montcalm sur les Anglais à Québec en 1759 et son élévation au titre de vice-roi du Canada par Louis XV. En 1791, Louis XVI a la bonne idée de ne pas suivre les conseils de ce traître de Fersen et, au lieu de fuir par Varennes, prend la direction opposée, s'embarque à Brest pour le Canada. Montcalm a soixante-dix-neuf ans, l'âge de la retraite, il remet ses pouvoirs de vice-roi. Louis XVI, dans un élan que rien ne peut arrêter, entraîne les troupes françaises, boute hors d'Amérique du Nord le seul ennemi que la France ait jamais eu, la Grande-Bretagne. Voltaire, lors d'un mea culpa pathétique, se frappe la poitrine, regrette sa phrase malheureuse, écrit un long et pompier poème à la gloire des « arpents de neige ».

— Mais, intervient Arthur, si mes renseignements sont bons : Voltaire est mort depuis treize ans quand Louis XVI débarque à Québec...

Concannon, à cette heure, n'était plus homme à s'arrêter à pareil argument. Il le balaya d'un geste.

Qu'en pensait Augusta ? Oh, elle écoutait... ! De la gaieté dans ses yeux, un sourire amusé aux lèvres, peut-être même un rien d'indulgence comme si, connaissant déjà ce discours, elle acceptait par compassion pour ce charmant et inventif ivrogne qu'il le reprît, l'embellît et, porté par l'amusement et la mansuétude de son jeune auditoire, inventât indéfiniment de nouveaux chapitres au gré de sa délirante imagination. Arthur suivait par épisodes, l'attention sans cesse attirée par Augusta cambrée sur sa chaise comme une sage pensionnaire, tête haute, veillant d'un discret appel au serveur à ce que les verres fussent pleins et, à la fin du dîner, le champagne servi dans des flûtes aux armes de la Cunard. Leurs regards se rencontraient longuement. Elle ne cillait pas. Plongé dans les yeux traversés d'éclairs de malice, Arthur ne parvenait pas à rassembler les deux images d'Augusta : la romanesque créature qui dominait la soirée plus par sa grâce que par son exotique beauté, et la pathétique créature qui, l'après-midi, se bourrait de calmants pour maîtriser ses angoisses. Le naturel — pour ne pas dire l'innocence — avec lequel elle revenait de ce voyage imaginaire le déroutait infiniment. Le voyant remuer les lèvres dans un effort maladroit pour entendre sans succès sa propre voix qui l'aurait tranquillisé sur la réalité de ce dîner, Augusta se pencha vers lui et, à son oreille, murmura :

— Tu n'aimes pas ma robe ?

— Je n'ai jamais dit ça ! J'aime le blanc. C'est la couleur des revenantes.

— Je reviens toujours.

Entre-temps, Getulio refusait le lys des Bourbons. Sur le continent américain, la dynastie des Bragance repoussait le roi du Canada et conquérait l'Amérique du Nord.

— Erreur, erreur ! s'écria Concannon sur un ton scandalisé, l'index pointé vers le mauvais élève. Comment pouvez-vous oublier la bataille de septembre 1870 ? Excités comme des puces par le spectacle de la guerre qui se déchaîne en Europe entre la France et l'Allemagne, deux nations sœurs, dix millions de Sud-Américains montent à l'assaut du bastion nord défendu par trois millions de Nord-Américains. Les deux armées se trouvent face à face sur une ligne idéale qui coupe en deux l'isthme de Panamá selon le tracé actuel du canal. Les sudistes, sans autres armes que leurs machettes, sont exterminés par le feu de leurs adversaires. Les nordistes ne jouissent pas longtemps de leur victoire : enlisés dans les marais, dévorés par les moustiques, ils succombent par centaines de milliers. L'aube se lève sur un charnier...

Concannon tendait le bras, sa main transparente à plat, décrivant à ses amis le demi-cercle moutonnant des cadavres entassés pêle-mêle, des chevaux éventrés, des chariots renversés, des canons explosés, la gueule béante exhalant une dernière fumée. On y était. Il leur épargna cependant les aboiements des coyotes attirés par les relents de la chair morte et du sang caillé, les sinistres gloussements des vautours dépeçant nordistes et sudistes sans distinction d'origine.

— ... profitant de la stupeur atterrée des rares survivants, c'est le réveil, au Nord comme au Sud, des populations opprimées : Incas, Aztèques, Olmèques s'allient aux Sioux, Comanches, Mohicans. Ils massacrent les esclaves noirs ou les réexpédient par bateau vers l'Afrique. Très peu arriveront au port pendant que les Indiens des deux Amériques fertilisent les veuves blanches esseulées et fondent la plus grande nation métisse du monde. Ne voyez-vous pas à mon teint vermillon que je suis un enfant de Sioux ? Comme vous, Getulio et Augusta, êtes des petits Incas.

— Je nous croyais plutôt, vous et moi, descendants des pionniers irlandais, dit Elizabeth.

Concannon fut péremptoire :

— C'est la même chose ! Non, merci, pas de champagne. Je ne supporte pas les boissons carminatives. Nous passerons tout de suite, si vous le voulez bien, à l'armagnac.

La frontière se rapprochait. Au sortir de table, titubant légèrement, Concannon prit le bras d'Augusta.

— Vous allez danser tous les quatre. C'est de votre âge. J'ai trente ans de trop pour vous suivre. J'ai été un grand danseur... autrefois. Pensez au jour où ça vous arrivera. Et, surtout, je dois reprendre une conversation du plus haut intérêt avec mon ami Paddy, le barman. Un type très intéressant en fin de journée, une sorte d'intelligence brute. Dans sa cervelle encore vierge, je greffe des idées neuves qui poussent admirablement... À demain, mon enfant.

Cinq musiciens aux smokings luisants de fatigue jouaient sur une estrade des airs de jazz d'avant-guerre. Béates, tenues à une idéale distance par leurs partenaires, des dames dépassant l'entre-deuxâges rêvaient que rien ne s'était passé depuis 1939 : mêmes musiciens, mêmes airs, mêmes maris. Plein d'une indulgence inhabituelle, le temps s'arrêtait. Six jours à bord du *Queen Mary*, c'étaient six jours blancs. Pour rire. Ils ne comptaient pas dans l'addition finale. Et si nous effacions tout ? Si nous rendions à ce bel Anglais que son épouse tient par une main et par une épaule d'où pend sa manche vide, si nous lui rendions son bras perdu au débarquement de Normandie, à cet autre sa jambe arrachée à Guadalcanal, à Minerva son abondante chevelure noire tombée après une fièvre tropicale, à son mari sa minceur de midship ? Ils dansaient peut-être pour la dernière fois sur ce paquebot à la rassurante décoration intérieure, le triomphe du style victorien nouille. Rien ne prenait des rides. Après le grand incendie, le monde dans lequel ils avaient vécu retrouvait son rythme comme s'il n'avait jamais chancelé. Le même trompettiste qui, lors de l'inauguration de la ligne et de la course au ruban bleu avec le *Normandie*, soufflait dans son instrument à s'en faire éclater les veines du cou, le même trompettiste, les cheveux bien blancs certes, les lèvres tuméfiées, reprenait sa place sur l'estrade et singeait le roi Armstrong. La paix régnait à bord : le commandant inspirait un respect égal à celui de Dieu ; la société se divisait en trois classes : les élus du pont A ; les résignés du pont B ; la piétaille du pont C qui attendait son tour avec impatience mais craignait la main de fer du commandant. On pouvait dormir tranquille. La révolution n'était pas pour demain. Augusta dansait avec Arthur.

— Tu viendras me voir à New York ?

— Oui, dès que je me serai fait un peu d'argent de poche. Et toi, tu ne viendras pas à Beresford ?

L'orchestre retrouvait un vieil air : *Cheek to cheek.*
Il voulut appuyer sa joue.

— Getulio nous surveille, dit-elle.

En quittant la piste, elle retira la rose de son corsage et la glissa dans la poche d'Arthur.

Il invita Elizabeth pour un slow si sentimental que, prête à s'endormir dans les bras de son cavalier, elle se redressa brusquement :

— J'imagine que c'est trop tard... Mais si tu la sublimes trop, rappelle-toi ses socquettes brodées de Mickey Mouse.

L'image classique du jeune émigrant en costume noir étriqué, chemise froissée au col, cravate lustrée, souliers trop souvent ressemelés, une valise en carton à ses pieds, seul sur le quai de l'Hudson, écrasé par la découverte des gratte-ciel qui lui donnent le vertige après six jours de mer au point qu'il ose à peine les regarder, abasourdi par la rumeur monstrueuse qui gronde au-dessus de la ville et dans ses entrailles, cette image classique, propre à émouvoir les plus endurcis, n'est pas entièrement fausse. À ceci près que le costume n'est ni noir ni étriqué, que la chemise et son col sont impeccables, les chaussures neuves, qu'une lourde cantine militaire sur laquelle on peut encore lire en lettres capitales : Capitaine Morgan, 1re compagnie, 1er bataillon du 152e régiment d'infanterie, remplace la valise en carton. Il ne s'agit naturellement pas du capitaine dont le corps criblé d'éclats d'obus repose depuis 1944 au cimetière militaire de Colmar, mais de son fils Arthur qui débarque du *Queen Mary* dans la cohue des passagers, les cris, les embrassades, les appels des porteurs et les avertissements exaspérés des taxis jaunes. L'image n'est pas fausse dans la mesure où le jeune homme débarque enfin sur cette terre inconnue de lui, a perdu dans la foule les visages amis qui, pendant la traversée, l'ont aidé à couper sans douleur le cordon ombilical avec l'Europe. Il est seul, il ne va pas grimper au sommet de l'Empire State Building, bomber la poitrine et crier : « À nous deux, New York ! », non, ce n'est pas son ambition, et, d'ailleurs, en quelques minutes, il a compris que ce pays, qu'on lui a tant décrit comme un éden, est aussi le vestibule d'un enfer machiné par les humains. Une limousine grise aux vitres fumées s'arrête à quelques mètres de lui. Un chauffeur noir en tenue et un jeune homme en costume bleu pétrole en descendent, se précipitent sur une pile de bagages, les entassent dans le coffre arrière. Allan et Minerva Porter surgissent de la foule, serrent la main du jeune homme et du chauffeur et montent dans la voiture devant laquelle tout le monde s'écarte. Le professeur Concannon a disparu, comme Augusta, Elizabeth et Getulio. Après trois refus, Arthur finit par convaincre un taxi d'embarquer sa cantine et de le conduire à Grand Station. Le coup d'œil sur la ville est rapide. Ainsi, c'est ça New York : des rues creusées de fondrières, un manteau de suie sur des immeubles croulants, la gare comme une cathédrale, le train crasseux qui plonge dans un tunnel direction Boston ? Il n'a rien vu. Il entend la voix d'Augusta : « Tu viendras me voir à New York ? » Dans sa poche, l'adresse d'Elizabeth, le numéro de téléphone direct d'Allan Porter. Getulio rejoindra Beresford par la route au volant d'une très vieille mais très élégante voiture : une Cord 1930. Arthur a décidé, la veille, de ne pas l'attendre. Sa sympathie à l'égard du Brésilien est aussi réservée que celle de celui-ci à son égard. Ils vont se côtoyer et Arthur sait déjà que ce ne sera pas facile. Entre eux, il y a Augusta et l'ombre mal située d'Elizabeth : a-t-elle été, est-elle ou sera-t-elle la maîtresse de Getulio ? Après l'interminable banlieue, le train plonge dans des forêts, s'écarte de touchants villages aux maisons blanches en bois, aux toits bleus. Un train qui roule sans heurts ouvre la porte aux rêveries indisciplinées. Dans une enveloppe, Arthur a glissé la rose d'Augusta. Les pétales se détachent, déjà fanés, recroquevillés.

— Il faut les séparer et les glisser à plat dans les pages d'un livre qu'on ne rouvre pas avant un an ou deux, dit, près de lui, une voix cassée.

Sur la banquette séparée par l'allée médiane, une vieille dame aux cheveux blancs comme d'une poupée allume sa cigarette avec un briquet de soldat.

— J'en ai conservé des dizaines pendant ma vie, dit-elle en soufflant un nuage de fumée bleue. Parfait. Pas de problème. Vous aimez les roses ?

— J'aime *une* rose.

— Quand vous cueillez une rose pour la monter en boutonnière et l'offrir à une femme, prenez soin d'enlever les épines sans blesser la tige. Si vous ne le faites pas, la dame — je dis la « dame » si la rose est rouge, étant donné que si la rose est blanche, je dirai la « jeune fille » —, la dame se piquera et s'affolera. Une grande contrariété se peindra sur son visage et vous verrez votre plan s'effondrer. Vous porterez son doigt à vos lèvres pour arrêter le sang. Elle croira à une invite graveleuse — et ça peut en être une —, criera « au viol ! ». On vous arrêtera. Vous aurez dix ans de prison et cent mille dollars d'amende. Je vous ai prévenu.

Elle fouilla dans un vaste sac en tapisserie, extrayant des paquets de cigarettes vides, un rouleau de coton pressé, deux mouchoirs sales, un pistolet d'alarme, avant de mettre la main sur un livre de petit format à la couverture arc-en-ciel.

— Tenez, ce sont mes poèmes : *Roses for ever*. Vous pourrez l'offrir à votre amie.

Le train ralentissait. Elle remit le reste dans son sac, se coiffa d'une toque de fourrure et, tournée vers Arthur, un grand sourire déformant sa bouche couturée de rides verticales :

— C'est cinq dollars.

— Qu'est-ce qui est cinq dollars ?

— Le livre que vous venez d'acheter.

— Je n'achète rien du tout.

Il glissa la plaquette dans le sac au moment où le train freinait. La dame manqua tomber, se rattrapant de justesse au dossier de son siège.

— Je n'ai jamais vu quelqu'un d'aussi mal élevé, dit-elle avec une méprisante conviction, relevant fièrement le menton pour bien montrer qu'il se trompait, qu'elle n'était pas n'importe qui, mais une poétesse en renom.

Un gros homme à qui elle barrait le chemin jeta un coup d'œil désobligeant au jeune homme réfugié dans son coin, le front appuyé contre la vitre, scrutant passionnément le quai sur lequel descendaient quelques voyageurs. La vieille dame apparut de l'autre côté de la vitre, dressée sur ses talons, la toque en bataille. De son parapluie, elle cogna la vitre et cria quelque chose qu'il ne comprit pas. Le train repartait.

— Elle aura peut-être plus de chance avec le prochain, dit une ironique voix masculine.

Arthur se retourna. Sur la banquette derrière lui, un homme d'une cinquantaine d'années, aux cheveux gris plaqués en frange sur le front, au visage rieur souligné par un collier de barbe très blanc, lisait un journal tendu à bout de bras.

— Vous voulez dire que c'est une arnaqueuse ?

L'homme posa son journal sur ses genoux et le lissa du plat de sa main gantée.

— Le mot est dur, mais il y a de ça !

— J'arrive, je tombe des nues, je veux dire que je descends du *Queen Mary*... Je suis français...

— Ça s'entend.

— Cette femme fait souvent le coup ?

— À chaque voyage, elle réussit à vendre une ou deux plaquettes de ses poèmes édités à compte d'auteur.

— Est-ce bon au moins ?

— Il y a pire.

— Alors vous les avez achetés ?

— Oui... après deux ou trois refus... Par curiosité. J'avais un billet de cinq dollars dans la poche... Je parie que vous allez à Beresford.

— Vous aussi ?

— Non, je n'ai plus l'âge, mais j'y ai fait mes études il y a trente ans. Mon fils y est depuis l'an dernier. Vous le rencontrerez sûrement : John, John Macomber. Plus un sportif qu'un intellectuel.

Après un sourire, il replongea dans son journal. À Boston, le soir tombait. Un petit autocar avec une plaque « Beresford University » attendait à la sortie de la gare. Ils étaient une dizaine à monter dedans. Le chauffeur se plaignit d'avoir mal au dos et de ne pouvoir hisser la cantine sur le toit. Deux gaillards en blazers bleus et pantalons gris la soulevèrent comme une plume et la posèrent sans précaution parmi les autres bagages.

Une heure après, Arthur s'installait dans la petite chambre de la Fraternité où il passerait trois ans de sa vie : un lit, une armoire, une table, deux étagères, un plafonnier sinistre, une lampe de chevet et, encadré dans la porte, le règlement. On lui apprit vite — Getulio le premier — comment le tourner. Arthur repéra John Macomber et jugea que cet excellent footballeur n'avait pas hérité l'humour de son père. Ils se rencontraient le matin sur la piste cendrée du stade. Arthur suivait l'entraînement du 3 000 mètres, bien qu'il n'eût aucune intention de participer à une compétition, mais cette distance, sans forcer ses ressources, convenait à son souffle et à son rythme cardiaque. John Macomber s'entraînait, lui, pour des départs à l'arraché, de brefs sprints, des roulés-boulés. Quand ils se croisaient, ils se tapaient dans le plat de la main et se souriaient sans un mot. Getulio se joignait parfois à eux. La nature l'avait doté des longues jambes d'un coureur de 800 mètres. À cent mètres de l'arrivée, il baissait les bras et marchait sur le bas-côté vers son sac d'équipement, enroulait avec une élégance parfaite une serviette-éponge autour de son cou et regagnait le vestiaire en traînant les pieds.

— Ces cent derniers mètres... je n'y arriverai jamais. Quelle idée de ne pas courir des 700 mètres !

— Envoie une lettre de réclamation au Comité olympique.

Dommage, il avait une belle foulée, le pouls à moins de soixante, du souffle malgré les cigarettes et l'alcool. En fait, il s'ennuyait vite au stade comme pendant les cours où il stupéfiait par sa mémoire et désespérait par son indolence. L'université, en principe, interdisait les cartes, mais les inspections se faisaient rares, et Getulio en profitait pour gagner son argent de poche, de quoi payer le garage et mettre de l'essence dans sa superbe Cord 1930 rouge et blanc.

— Je l'ai achetée à cause d'Augusta : rouge comme sa rose et blanche comme son corsage le soir. Je n'ai pas l'intention de passer inaperçu.

Porter donna une conférence au début novembre. Une poignée d'étudiants put y assister. Le corps enseignant, le personnel de l'université et des professeurs venus expressément de Boston occupèrent l'amphithéâtre bien avant l'heure. Arthur rencontra le jeune homme en costume bleu pétrole qui ouvrait les portières à Minerva et à Allan sur le quai de débarquement. Un holster gonflait ostensiblement la gauche de son veston.

— J'ai fait la connaissance de Mr. Porter sur le *Queen Mary*. Il m'a spécialement demandé d'assister à la conférence. Je crains qu'il n'y ait plus de place. Mon nom est Morgan, Arthur Morgan.

— Je vois cela tout de suite, monsieur Morgan. Attendez-moi dans le hall.

Quelques instants après, il revenait et conduisait Arthur au premier rang parmi les notables et les autorités dont il lui fallut, à sa confusion, subir les regards interrogateurs et deviner les chuchotements. Tous devaient en savoir plus que lui sur la personnalité d'Allan Porter que, à son arrivée sur l'estrade, l'assistance salua en se levant. L'homme avait perdu son hâle et peut-être quelques kilos. Arthur regretta, dans ce milieu universitaire guindé, de ne pas le voir apparaître en survêtement jaune canari. Pareille tenue aurait donné du sel à la conférence assez sèche à son début, puis qui finit par s'envoler quand il entra dans les faits et démonta les mécanismes de

84

plusieurs campagnes de désinformation, la première étant due au service de renseignement de la Wehrmacht à la veille de la guerre. Ce service, feignant des maladresses, avait réussi à convaincre Staline que son état-major le trahissait, poussant le génial Père des peuples soviétiques à purger énergiquement l'Armée rouge, liquidant en premier le maréchal Toukhatchevski suivi de vingt généraux et de trente-cinq mille officiers supérieurs et subalternes. Décapitée, privée de ses meilleurs techniciens, l'Armée rouge bousculée avait manqué d'être anéantie en 1941 lors du déclenchement de l'opération Barberousse. Avec la même adresse, en 1944, les Alliés avaient persuadé Rommel et Keitel que le débarquement aurait lieu dans le Pas-de-Calais où les deux maréchaux massèrent leurs forces les plus importantes au détriment du Cotentin. Le K.G.B. avait compris la leçon et, depuis la fin des hostilités, multipliait les campagnes de désinformation, surtout dans les milieux intellectuels et universitaires, réussissant à déconsidérer tout ce qui dénonçait la dictature stalinienne, les camps de concentration soviétiques et l'impérialisme communiste.

Arrivé à la conclusion, Porter marqua un temps et demanda si personne dans l'assistance n'avait de questions à poser. Comme toujours dans ces cas-là, il y eut un flottement, des murmures lorsque, du fond de la salle, s'éleva une agressive voix de baryton :

— Le conférencier se grandirait en citant aussi quelques exemples de désinformation politique menés par les États-Unis dans le cadre de la guerre froide.

— Puis-je voir au moins votre tête, monsieur ?

— Non ! Vous la verrez après votre réponse.

Une lueur de vif amusement s'alluma dans les yeux de Porter. Il aurait sûrement crié : « Enfin ! » s'il n'avait craint d'offusquer un auditoire jusque-là bien passif. Naturellement, il avait une réponse ! Elle remontait aux Pères fondateurs de la nation américaine. Le président des États-Unis jure sur la Bible de respecter et de défendre la Constitution. Ce serment est un acte religieux qui fonde une théocratie. La vie politique américaine est placée sous la protection de Dieu qui ne souffre pas le mensonge.

Il était impossible de discerner l'ironie qu'Arthur suspectait sous ces paroles lénifiantes destinées, manifestement, à noyer le poisson. Heureusement, du fond de la salle, l'interpellateur ne se tint pas pour satisfait et on entendit de nouveau sa voix musicale :

— Vous me faites rire !

Nullement décontenancé, Porter prit un air inspiré, yeux levés au ciel, pour répondre :

— Ne vous étonnez pas que je me fasse également rire, reprit-il. Considérez, monsieur l'Invisible, que les États-Unis sont un empire. Oh, pas un empire à l'ancienne mode avec des territoires dans toutes les parties du monde. Non, nous avons été une colonie de la Couronne et nous n'aimons pas les pays colonialistes, mais notre empire n'est pas territorial : c'est l'empire du dollar. Imaginez-vous les convoitises que cela exerce sur le reste du monde ? Nous avons donc à nous défendre en usant de moyens réprouvés par l'éthique puritaine du gouvernement et imposés par les nécessités factuelles. Il n'est jamais difficile à un État de recruter des techniciens du coup d'État ou de l'entraînement des guérilleros, des spécialistes de la corruption active ou de la désinformation...

À ces mots, Arthur eut l'impression que le regard de Porter s'attardait sur lui.

— ... il est clair que ces opérations purement défensives doivent être confiées à des hommes ou des femmes prêts à sacrifier leur salut éternel à l'amour de leur pays. Et prêts également à être désavoués en cas d'échec ou de découverte de leurs machinations. Ils sont les boucs émissaires qui sauvent la face des élus du peuple. On peut aller jusqu'à les mettre en prison, jusqu'à les fusiller sans qu'ils révèlent les noms et les plans de leurs chefs. Ils ont une conception de la praxis infiniment supérieure à celle des fonctionnaires de l'État, et trouvent juste, dans certains cas, de se parjurer devant les tribunaux. En fait, laissez-moi vous dire que ces êtres appartiennent à un nouvel ordre de chevalerie dont le monde a besoin pour conserver son équilibre. Souhaiteriez-vous recevoir une liste de leurs noms accompagnés de leurs adresses ? Confidentiellement bien entendu et non pour la transmettre au K.G.B. !

— L'U.R.S.S. ne sera pas en retard d'un geste aussi généreux et ce sera la fin de la guerre froide.

Jubilant, Porter ouvrit largement les bras pour serrer contre sa poitrine ces ennemis de la veille devenus ses frères, prenant l'assistance à témoin avec une désarmante mauvaise foi :

— Vous voyez comme tout est simple ! Et personne, à Washington comme à Pékin ou à Moscou, n'y a pensé. Monsieur, je vais de ce pas faire part au président Eisenhower de votre généreuse suggestion. D'ordinaire, il aime peu que je lui parle politique. C'est un sujet qui manque de sérieux pour un militaire à la retraite, mais je ne désespère pas, lors d'une partie de golf, de lui faire entendre la voix de la raison.

— Taratata ! lança l'interlocuteur, un Afro-Américain qui se dressa debout sur sa chaise et fut applaudi uniquement par les autres étudiants.

— Ta-ra-ta-ta ! répondit joyeusement Porter.

Satisfait d'avoir mis les rieurs de son côté, il rassemblait ses notes quand un autre étudiant, grimpé à son tour sur une chaise et applaudi par son entourage, l'interpella avec un rien de nervosité :

— Mr. Porter, ne seriez-vous pas vous-même un de ces hommes sans foi ni loi, prêts à renier toute morale au nom des intérêts prétendument supérieurs de l'État ? Vous êtes un ancien de Beresford, vous avez fait une guerre très brillante dans le Pacifique et ensuite en Europe, et maintenant le bruit court que vous êtes le Père Joseph du président des États-Unis...

— Pourquoi pas l'exécuteur de ses basses œuvres ? s'exclama Porter, un large et généreux sourire éclairant son visage poupin. Au passage, laissez-moi vous féliciter de citer le Père Joseph, ce qui suppose une connaissance réelle de l'histoire de France pour laquelle nous sommes, nous Américains, si peu doués. Eh bien, pour tout vous avouer, j'aurais aimé dans ma jeunesse être un émule du Père Joseph. Hélas, il a manqué aux États-Unis un Richelieu, mais nous voilà engagés dans des comparaisons historiques qui, malgré le talent de vos professeurs, dépassent le cadre de vos connaissances. Nous reverrons cela plus tard dans l'année.

La salle rit et applaudit. Le conférencier glissa ses notes dans une pochette de cuir dont le jeune homme en bleu pétrole s'empara respectueusement.

Arthur ne le rencontra pas après la conférence. Porter fut enlevé par des professeurs qui ne souhaitaient pas voir se multiplier les interpellations et la séance finir en réunion politique. Porter dînait avec le doyen et quelques enseignants sélectionnés parmi les rares républicains de l'université réputée pour être, dans son ensemble, de tendance démocrate. Arthur regretta de n'avoir pu échanger quelques mots avec lui, mais l'intervention de l'athlétique jeune homme au costume bleu pétrole et la place réservée au premier rang l'assuraient que Porter se souvenait et entendait garder l'initiative de leurs réunions. Suite serait donnée en temps voulu. La moitié de ce premier trimestre s'était déjà écoulée. Si couramment qu'il parlât anglais, Arthur se sentait parfois perdu. Une autre langue naissait de ce côté de l'Atlantique et il devait en assimiler le turbulent vocabulaire, les élisions, la grammaire simplifiée, souvent l'orthographe. Le soir, il s'enfermait pour combler ses lacunes. Le lendemain de la conférence, on frappa un coup sourd à la porte. Concannon se tenait sur le seuil, appuyé de l'épaule contre le montant, le visage empourpré, l'œil glauque.

— Je peux entrer ?

— Et comment ! Je n'ai que du café à vous offrir.

Il haussa les épaules. Il n'était pas venu pour boire. Arthur brancha sa bouilloire et Concannon s'assit lourdement sur le rebord du lit, ses étranges et embarrassantes mains vernissées paumes en l'air sur les cuisses.

Une rumeur de couloir courait Beresford depuis la rentrée : Concannon sombrait. Vingt fois au retour de ses voyages en Europe, il avait repris possession de lui-même et donné une série de cours éblouissants sur l'histoire contemporaine, mais, cette année, il semblait incapable de se ressaisir et plus les semaines passaient, plus il s'abandonnait.

Accroché à son pupitre comme à un radeau de sauvetage, il dodelinait de la tête, tendait une main tremblante vers la carafe d'eau qu'il versait à côté de son verre, priait qu'on l'excusât deux minutes pendant que, sans pudeur, il vidait sa vessie sur le gazon devant la porte de l'amphithéâtre. On rapportait qu'un après-midi, bâillant sans arrêt, il avait dit à ses étudiants : « Ce cours est si ennuyeux que vous me pardonnerez de piquer un petit somme. Réveillez-moi quand ça deviendra intéressant. » Deux appariteurs l'avaient porté jusqu'à sa chambre. Dans le champ clos d'une université comme Beresford, tout se sait trop vite pour qu'une situation pareille puisse être corrigée. Concannon ne serait pas sacqué, mais on l'enverrait en clinique et, à son retour, le poste serait occupé. Si le corps enseignant ne lui voulait pas de bien, en revanche les étudiants l'adoraient et tentaient encore de le protéger à la fois de lui-même et des autres. En vain, semblait-il. Concannon risquait de ne pas réapparaître au deuxième trimestre.

Arthur lui tendit une tasse de café en le prévenant qu'elle brûlait. Concannon sortit un mouchoir de cotonnade et enveloppa soigneusement la tasse avant de la saisir à pleines mains et de la porter à ses lèvres.

— Attendez ! répéta Arthur.

— Je ne différencie plus le chaud du froid.

Il but presque d'un trait et son teint déjà mieux que rose passa au rouge cramoisi au point qu'Arthur craignit une attaque.

— C'est très bon, dit Concannon. Ça tue les microbes... Il faut ça... Ils sont partout... partout...

— Le matin, vous devriez venir avec moi courir

sur la piste cendrée. Rien de tel pour éliminer ce que vous appelez les microbes.

— Le meilleur moyen est encore de les noyer avant qu'ils apprennent à nager. Je vous ai interrompu ! Vous travaillez ! Vous êtes un garçon intelligent et ambitieux. C'est beau, l'ambition... Vous réussirez...

Arthur eut la très nette intuition que Concannon n'était pas venu pour seulement le complimenter.

— Vous n'avez vraiment rien à boire ?

Arthur désigna du doigt le règlement encadré dans la porte. Concannon haussa les épaules.

— Ça, c'est la théorie. Il y a une grande différence entre la théorie et la pratique. Votre ami Getulio Mendosa l'a très bien compris.

— Il risque l'exclusion.

— On n'est pas exclu pour ça. D'autant plus qu'il est une excellente publicité pour nous. Le fils du grand martyr brésilien ! Notre pays est chargé sur cette terre d'une mission divine... et paternaliste : l'éducation des fils de roi. Vous n'êtes pas fils de roi... mais quelqu'un a vu en vous un homme d'avenir, le chaînon neuf de cette garde qui sauvera l'humanité du déluge.

— Quelqu'un ?

— Vous savez très bien qui.

Tonifié par le café, Concannon se redressait et parlait de façon plus articulée. Il se leva, chancela quelques secondes, puis, de la main désigna, sans la toucher, la poche revolver de son pantalon.

— Est-ce que je n'aurais pas là une gourde en argent remplie d'une liqueur miraculeuse ?

Arthur ne trouva rien.

— C'est si urgent ?

91

Concannon s'assit sur la chaise d'Arthur, un coude appuyé sur la table couverte de livres et de papiers.

— Urgent ? Non... Important, oui..., dit-il en fronçant ses épais sourcils noirs en broussaille.

— Je demande à Getulio.

Au même étage, le Brésilien jouait au poker avec John Macomber et deux autres étudiants. Du menton, il indiqua l'armoire. Arthur choisit une flasque de gin.

— C'est pour Concannon !

— On se doute bien que ce n'est pas pour toi.

— Oh ! dit Macomber, il avait déjà son compte à six heures du soir.

Il retrouva le professeur assis à la même place, le buste penché vers la photo qu'Arthur gardait toujours devant lui : place Saint-Marc, un jour lumineux d'avant la guerre, un couple se tenait par la main, environné de pigeons qui voletaient autour. La jeune femme à l'élégance provinciale, juste un peu trop comme il faut pour son âge, charmante de naïveté, le visage rayonnant de bonheur, habillée d'un tailleur gris, jolie sûrement, fraîche surtout, la jeune femme contemplait avec admiration son compagnon qui tendait du pain aux pigeons dans sa paume ouverte.

— On ne doit jamais toucher aux pigeons. Il aurait dû mettre un gant. Ce sont vos parents ?

— 1933. Venise. Le classique voyage de noces. Il paraît que j'ai été conçu dans cette ville. Je n'en ai aucun souvenir et je n'y suis jamais retourné.

— Rien n'a changé ! dit Concannon en riant. Avez-vous trouvé quelque chose ?

— Du gin.

— Cet alcool est sans pitié. Heureusement, je suis en acier.

Il but deux gorgées au goulot et rendit la flasque. Arthur la reboucha et l'éloigna de Concannon. Il ne s'était jamais trouvé dans une situation aussi embarrassante, face à un homme qui se noyait, à qui personne ne pouvait plus porter secours. Et pas n'importe quel homme ! Une brillante et paradoxale intelligence dans un monde conformiste, un professeur dont le discours même farfelu — et surtout farfelu ! — avait libéré nombre d'étudiants de leurs préjugés sociaux et des clichés universitaires. Sa force physique l'avait longtemps préservé de la déchéance, mais le jour arrivait où, chevauchée par de tristes démons, la déchéance fondait sur lui. Il ne se défendait plus. Il succombait. On aurait juré que ça l'amusait, qu'il saluerait sa propre disparition d'un énorme éclat de rire. Arthur le prit par les épaules et le secoua dans le vain espoir de le ramener sur terre.

— Pourquoi êtes-vous venu ce soir ? Je ne peux pas vous aider. Et je ne sais même pas quoi vous dire.

Concannon leva vers lui un visage effaré sur lequel la fatigue creusait des rides noires comme de vieilles cicatrices. Des grumeaux blanchâtres collaient les commissures de ses lèvres desséchées.

— Vous n'avez rien à me dire, Morgan, mais moi, j'ai à vous mettre en garde.

— Contre qui et quoi ?

— Quelle erreur de vous être laissé placer au premier rang parmi les notables à la conférence de Porter ! Tous croient désormais que vous êtes son protégé, une espèce d'espion de Washington à son service. On se souvient qu'il a particulièrement poussé votre dossier quand il s'est agi de la bourse.

— Nous ne nous connaissions pas.

D'un moulinet du bras, Concannon rejeta ce mauvais argument.

— Et le hasard ?

Historien de formation, il ne croyait plus depuis longtemps à la logique et tirait son scepticisme ou, si l'on préfère, son désenchantement de la constatation amusée que les hommes ne cessent depuis des siècles d'imputer à leur intelligence, à l'exercice de leur raison, à leur expérience et à leur sagesse ce qui relève des caprices du hasard et de la rencontre fortuite d'événements ingouvernables.

— Il y a autre chose ! reprit Concannon.

Une toux violente le plia en deux. Tout son corps fut secoué de spasmes. Quand il releva enfin la tête, des larmes embuaient ses yeux et il dut plusieurs fois aspirer et expirer pour retrouver son souffle et sa parole.

— C'est la débâcle ! dit-il en sortant de sa poche un mouchoir de papier avec lequel il se moucha longuement avant de le considérer avec dégoût et de le jeter dans la corbeille à papier.

— Voulez-vous un autre café ?

— Dommage que vous n'ayez pas d'armagnac ou une goutte de calvados.

— Il y a le gin.

— Non merci.

— Vous feriez bien de rentrer chez vous. Je vous accompagne jusqu'à votre porte.

Concannon plongea précautionneusement deux doigts dans la poche droite de son veston et en tira une enveloppe qu'il jeta nerveusement sur la table. Arthur lut son nom sans reconnaître l'écriture. Plié en deux, le professeur paraissait décidé à ne pas l'aider et restait complètement absorbé par la contemplation de ses élégantes chaussures italiennes.

Arthur avança la main vers l'enveloppe et, après une hésitation, la retira.

— Je vois ce que c'est ! dit Concannon d'une voix affreusement rauque. Vous n'êtes pas partageux. Un jour, vous vous apercevrez que tout ce que les jeunes femmes demandent aux hommes de mon âge, c'est de tenir la chandelle... Puis-je avoir un autre café ?

— Vous ne dormirez pas.

— L'insomnie est le meilleur outil de la connaissance.

De quelle connaissance parlait-il ? Dans son état, cette nuit, plié en deux comme une marionnette cassée, la connaissance ressemblait à une lutte désespérée pour relier entre elles des visions fugitives, tout ce qui restait valide de sa belle et imaginative intelligence. Il releva enfin la tête, l'air égaré, revenu d'un long voyage dans le cosmos, et son expression fut un tragique aveu d'impuissance.

Arthur posa la tasse sur un tabouret après l'avoir débarrassé des livres qui l'encombraient.

— Je crois, dit Concannon, je crois...

— Que croyez-vous ?

— Oh, maintenant ça n'a plus d'importance.

— J'insiste.

Il but son café à petites gorgées, posa la tasse si maladroitement qu'elle tomba du tabouret et se cassa sur le parquet nu. Arthur voulut se pencher pour ramasser les morceaux, mais Concannon fut plus rapide et, tombé à genoux, rassembla les morceaux dans un mouchoir qu'il tendit à Arthur.

— Je suis désolé. J'espère que vous n'y attachiez pas de valeur.

— Juste vingt *cents*. Il n'y a vraiment pas de quoi se désoler.

Il aida Concannon à se relever et, le soutenant fermement sous les aisselles, le dirigea vers la porte.

— Je vous raccompagne.

— Non ! Je connais le chemin depuis vingt ans que je suis dans cette université de merde.

— Tout à l'heure, vous avez dit : je crois, je crois...

Concannon redressa la tête et bomba comiquement son puissant torse.

— Je crois... je crois... je suis même certain que l'amour est une punition divine... Dieu nous abandonne au Diable... Voilà ce que je crois... Je le jure... C'est la vérité...

— Je vous raccompagne.

— Pas plus loin que la porte de sortie. Je ne veux pas que vous sachiez où je vais.

— Promis.

Une neige légère chutait en tremblotant dans la lumière des lampadaires de l'allée centrale.

— Un manteau de pureté, dit Concannon quand ils arrivèrent sur le seuil après une difficile descente de l'escalier. Pourquoi sommes-nous condamnés à souiller tout ce que nous touchons ?

Il s'assit sur la première marche, délaça ses chaussures et ôta ses chaussettes, agitant drôlement les doigts de pieds.

— Pour quelques délicatesses de ce genre, on pardonnera beaucoup à ma vie... Je vous remercie de ne pas m'avoir prévenu que j'attraperai mal en marchant pieds nus dans la neige. Il ne faut jamais dire de choses inutiles. Un mot encore... Vous savez : ça va beaucoup mieux depuis ce dernier café... un mot encore... Augusta m'a glissé dans une enveloppe la lettre qui vous attend sur votre table. Elle craint que Getulio ne reconnaisse son écriture dans le courrier... Dites-moi, Morgan, vous n'avez pas peur du Diable ?

— Non.

— Très bien ! Aidez-moi à me relever.

Arthur le reprit sous les aisselles et le mit debout au prix d'un épuisant effort. Chancelant, Concannon s'appuya de l'épaule contre le chambranle, menaça Arthur du doigt : « Je vous interdis — INTERDIS — de me suivre », emplit ses poumons d'air et descendit les trois marches d'un pas mécanique et précipité pour s'engager dans l'allée déjà recouverte d'une fine croûte de neige jaunie par les cônes de lumière que diffusaient les lampadaires. Arthur suivit des yeux la grotesque silhouette du professeur sautillant avec la joie d'un enfant lâché en liberté, chaussures et chaussettes à bout de bras, jusqu'à sa disparition dans une zone de pauvre éclairage, entre une série de pavillons où les rideaux tirés des fenêtres filtraient de minces rais de lumière.

Augusta écrivait : « Arturo *meu*, pense à moi. J'espère que je te manque. À bientôt ! A. » Au dos de la photo qui tomba de l'enveloppe, il lut : « C'est Augusta Mendosa, à dix-huit ans, en pleine jeunesse, il y a trois ans, un après-midi à Paris, quai des Grands... Augustins (bien sûr). Prise par son frère, un certain Getulio. » Elle portait encore une natte. Derrière elle un bouquiniste en blouse, coiffé d'un béret landais, se penchait pour entrer dans le cadre de l'objectif. Au loin, floues, les tours de Notre-Dame. Arthur posa la photo à côté de celle des jeunes mariés de Venise. Oh, certes, les deux jeunes femmes ne se ressemblaient guère ! Le visage de la nouvelle Mme Morgan rayonnait d'un innocent bonheur et celui d'Augusta affichait une espièglerie de comédie, et la conscience que, derrière elle, une figure clownesque essayait de se glisser dans le tableau. Arthur mesurait la distance infinie qui séparait ces deux femmes et pourtant, à un moment de leur vie, elles avaient éprouvé, ne fût-ce que quelques secondes, la même joie, une joie de leur âge. Chaque fois que les yeux d'Arthur se posaient sur la photo vénitienne, un remords le poignait. Cette jeune et assez jolie femme n'avait connu qu'un bref bonheur dans la vie : même pas six ans entre le mariage et la déclaration de guerre. Après, elle avait été seule avec lui, Arthur, trop petit pour la protéger, la guider et lui donner dans la vie une confiance dont elle manquait cruellement. Le pire était peut-être que cette créature si tendre, si passionnée par son fils montrât presque de la gêne quand il s'ouvrait à elle. Elle y répondait mal, à côté, détruisant ce qu'il espérait d'elle. Même cette expression, « la cour des grands », qu'elle rappelait bien dans une missive sur trois, devenait irritante au possible. Que croyait-elle ? Qu'il ne profiterait pas de la chance offerte par la bourse d'études à Beresford ? C'était bien mal le connaître. Il travaillait durement, plus durement que la grande majorité des étudiants, refusait les distractions, les sorties et ne connaissait encore des États-Unis que le campus de l'université. Alors quand elle lui écrivait : « L'oncle Eugène s'irrite de ne pas avoir de tes nouvelles. N'oublie pas que c'est ton parrain », il déchirait la lettre. Qu'allait-il écrire à ce vieux radoteur qui après une vie passée derrière le comptoir d'une banque et maintenant octogénaire, affligé d'une odeur de pipi, la barbe grise marquée d'un filet de jus de pipe, en charentaises devant son poste de radio, écoutait douze heures par jour d'imbéciles jeux radiophoniques ? Ou, pis encore, quand sa mère insistait : « Notre cousine, sœur Marie des Victoires, se plaint que tu ne lui écrives pas. Il y a quelques années, tes lettres d'enfant la faisaient rire aux larmes. Elle les lisait à sa communauté qui appréciait ton style et voudrait bien savoir ce qu'il faut penser de l'Amérique. » L'idée de toutes ces chères bonnes sœurs écoutant sagement la lecture de ses lettres le soir après le frugal souper, réunies dans leur salon glacial seulement orné d'une image sulpicienne de la Vierge au-dessus d'un bouquet d'arums artificiels, plantées sur leurs mauvaises chaises, approuvant de leurs coiffes amidonnées la lecture du journal ou d'une lettre intéressant la communauté, cette idée le paralysait au moment où, attendri, il allait céder et envoyer quelques lignes à sœur Marie des Victoires.

Arthur écarta légèrement le rideau : la neige tombait toujours. Comment avait-il pu obéir si facilement à l'ordre de Concannon et le laisser partir seul, dans la nuit, chaloupant dans l'allée déserte, bras étendus comme un fildefériste ? Que le pauvre tombât et il ne se relèverait pas. Arthur descendit quatre à quatre et s'arrêta sur le seuil. La neige commençait d'effacer la trace des pas hésitants de Concannon qui avait dû marcher, jambes écartées, jusqu'à un terre-plein bitumé où les flocons se volatilisaient en touchant le sol. À droite et à gauche s'alignaient des bungalows réservés en général aux professeurs ou au personnel administratif. Tous semblaient muets, déjà plongés dans le silence cotonneux de la nuit. Arthur ne reconnaissait plus dans l'enfilade des maisons celle de Concannon. Il allait essayer de lire les noms sur les portes quand le maigre éclairage du campus s'éteignit comme tous les soirs à minuit. La neige fondait dans ses cheveux, un filet d'eau glacée coulait le long de sa nuque, ses chaussures basses se remplissaient d'eau. À tâtons, dans l'obscurité silencieuse et gelée, il retrouva le chemin de la Fraternité, la porte restée ouverte, l'escalier dont la minuterie fonctionnait si brièvement qu'il fallait se hâter de grimper les marches pour arriver au premier. Dans le couloir, Arthur se cogna contre Getulio au moment où la lumière s'éteignait.

— Mais tu es trempé !

— J'ai raccompagné Concannon un bout de chemin. Il neige.

— Tu me pardonneras... j'ai frappé. Personne ne répondait. J'ai repris la flasque de gin. Nous n'avons plus rien à boire. C'est une partie d'enfer.

Arthur eût donné n'importe quoi pour voir l'expression de Getulio. « Une partie d'enfer ! » Ce genre de commentaire était si peu dans les habitudes du Brésilien qu'à la seconde Arthur fut certain que Getulio avait vu la photo sur la table et même peut-être lu le bref message de sa sœur. En caressant le mur du couloir, il finit par trouver le commutateur qui marchait. Getulio, déjà éloigné de trois pas, se retourna :

— Je venais aussi te dire qu'Élizabeth et Augusta seront à Beresford pour la fête et le bal de Thanksgiving. Mais... sans doute... le sais-tu déjà par Augusta.

Il disparut au fond du couloir. Resté sans voix, Arthur regagna sa chambre. La lettre d'Augusta s'étalait sur la table, comme il l'avait laissée : le verso seul exposé. À moins d'une rare perspicacité ou d'une intuition peu probable, Getulio n'avait pas pu la différencier des autres feuilles éparses autour d'un cahier à spirales ouvert sur une page à demi remplie de notes. Même en comptant sur sa distraction affectée et son mépris pour tout ce qui ne concernait pas sa propre personne et, accessoirement, Augusta, son regard n'avait pas pu manquer la photo adossée au cadre des jeunes Morgan en voyage de noces à Venise. Rien, dans les jours qui suivirent, ne permit de déceler un changement dans l'attitude de Getulio.

Spécialement protégé par la providence des alcooliques, Concannon ne s'était pas endormi dans la neige. L'excellente idée de marcher pieds nus avait provoqué une saine réaction de son organisme épuisé. Il en fut quitte pour de douloureuses engelures et, deux jours plus tard, donna son cours les pieds enrobés de paille et de papier journal, un remède décisif, expliquait-il, découvert par des soldats allemands cloués au sol pendant le siège de Stalingrad. Le bruit courait néanmoins que son contrat ne serait pas renouvelé l'année suivante si toutefois il tenait jusque-là, ce qui devenait de moins en moins probable, sa conduite et ses écarts embarrassant au possible les autorités qui connaissaient sa popularité parmi les étudiants. Quand les engelures s'ouvrirent et qu'il eut les pieds couverts d'escarres, il fallut trois étudiants pour le hisser sur sa chaire. Apercevant Arthur après le cours, il lui dit :

— Quelle punition ! Pas de bal cette année. On a dû vous le raconter cent fois : je suis le meilleur danseur de Beresford.

— On ne m'a pas parlé de ça !

— Je ferai tapisserie.

— Augusta vous apportera des jus d'orange.

Concannon passa sa main sur son visage pour en chasser l'extrême fatigue. C'est à peine si Arthur l'entendit murmurer :

— Ce sera le rêve.

Deux heures avant le bal, Arthur essaya sa veste

101

de smoking. Déjà étroite pendant la traversée, elle paraissait encore plus serrée à la taille.

— Mon pauvre vieux ! dit Getulio à qui il posa le problème. Ta veste n'a pas rétréci. C'est toi qui te muscles avec tes 3 000 mètres tous les matins. Sans oublier la bouffe américaine.

— J'ai l'air d'un déménageur endimanché.

— Pas d'inquiétude. Les femmes adorent les déménageurs... et les bûcherons. Tu sais bien, les fameux... han... han... des bûcherons. Ça n'est pas de la blague. Assez d'états d'âme : le train des filles arrive à six heures. Nous avons tout juste le temps d'aller les chercher pour les conduire à l'hôtel...

Le « train des filles » était une légère exagération gétulienne. En descendirent à peine une dizaine de sœurs, cousines, fiancées poussant des cris de perruches et sautant au cou des garçons venus les accueillir avec le petit autocar de l'université. Arthur et Getulio s'emparèrent des valises d'Elizabeth et d'Augusta, les empilèrent dans la Cord 1930 qui n'était pas le moindre charme du Brésilien à Beresford. Elles partageaient la même chambre à l'hôtel. Getulio et Arthur montèrent avec elles malgré les protestations du concierge.

— Ce sont nos sœurs, allez au diable, espèce de vicieux !

En quelques secondes, ce fut le capharnaüm : elles vidèrent leurs valises sur les lits, étalant pêle-mêle dix robes, vingt chandails, du linge pour six mois, des escarpins pour dix ans. Un flacon de parfum ouvert dans le sac de toilette provoqua une crise de larmes d'Augusta qui voulut sonner la femme de chambre. Il n'y avait pas de femme de chambre. Augusta jura sur la tête de tous les saints de Bahia qu'elle n'irait pas au bal. Elle regagnait

New York le soir même. Quand y avait-il un train ? Impavide, Getulio choisit les robes, les bijoux, les chaussures de la soirée. En quelques minutes Arthur en apprit plus sur les femmes que dans toute sa vie précédente. Il crut correct de se détourner quand elles commencèrent enfin à se déshabiller.

— Tu es fâché ? demanda Augusta. Ou bien aurais-tu peur des femmes ?

— Ni l'un ni l'autre.

— Alors agrafe ma robe dans le dos...

Il y eut encore les fermoirs des colliers, la rose à piquer dans le corsage blanc, mais, après le trajet en train, la rose donnait d'évidents signes de fatigue et il faillit y avoir une autre crise de larmes avec la couture des bas en zigzag.

— Mon soutien-gorge a rétréci ! se lamenta Elizabeth.

— Comme mon smoking !

— Ma chérie, avec les seins que tu développes ! dit Augusta.

— Avec tes piqûres de moustique, tu ne crains rien !

Le soutien-gorge vola dans les airs et resta accroché à la suspension jusqu'après leur départ. Getulio, affalé dans un fauteuil, lisait un magazine féminin, supérieurement indifférent. Arthur aurait aimé montrer le même flegme, mais il s'amusait trop et apprenait que la frivolité est l'art consommé de séduire les hommes.

Le bal du Thanksgiving Day se donnait dans un hall décoré de serpentins multicolores et de photos des équipes de football de Beresford depuis 1930. La police locale en uniforme prêtait son orchestre. De grands jeunes hommes à la carrure d'athlètes — un peu moins impressionnants toutefois que dans leurs tenues bibendumesques de footballeurs — virevol-taient avec leurs partenaires ou dansaient joue contre joue, horriblement sentimentaux. Les isolés chassaient tout ce qui portait robe longue. Sans Eli-zabeth et Augusta, le bal aurait été le comble de l'en-nui. On se les disputait. Elles n'étaient pas sans cœur et revenaient vers Arthur, le forçant à danser.

— Je danse comme un pied... amusez-vous avec d'autres.

Elizabeth l'arrachait à une chaise ou au bar qui servait uniquement des boissons sans alcool, hypo-crisie qui ne trompait personne, chacun s'étant muni de flasques de bourbon ou de cognac.

— Jette-toi à l'eau, Arthur... Tu as peur de toi. L'Amérique, ça se gagne ! On écrase les pieds et on passe sans dire pardon ! Pourquoi Concannon n'est-il pas venu ?

Elle appuyait sa joue contre la sienne et, à la fin de chaque danse, déposait un furtif baiser sur les lèvres d'Arthur. Alors qu'au milieu de la nuit, la plu-part des étudiants, sérieusement éméchés, serraient de plus en plus près leurs danseuses consentantes, Augusta le maintenait à une distance qui ne faiblis-sait pas. Getulio, caché derrière une plante verte, ouvrait un bar clandestin : bourbon et Coca-Cola, bière et cognac. L'orchestre s'essoufflait. Le trom-pette, écarlate, s'arrêtait au milieu d'un morceau et sifflait en deux secondes un petit verre de Jack Daniel's. On ne jouait plus que des slows. Des mains de rameurs pesaient sur les reins cambrés des filles.

Quelqu'un ouvrit une porte-fenêtre et une bouffée d'air glacé envahit la salle, dissipa la fumée des ciga-rettes, les relents de sueur mêlés aux médiocres par-fums des danseuses. Il y eut une brève rixe dehors, un étudiant revint la lèvre fendue, et un autre qui s'était endormi ivre mort sur le perron fut ranimé de justesse avant d'être gelé. Augusta donna le signal du départ.

— Il faut tuer la fête ! dit-elle. La tuer avant qu'elle ne nous tue.

— Oh !... Encore un peu ! supplia Elizabeth accrochée à un sociologue champion de natation. Je reste ! Il me raccompagnera.

Le sociologue se plaignit que la société capitaliste uniquement préoccupée de profits ne permît pas à un intellectuel de posséder une voiture.

— Tu as raison, dit Elizabeth. C'est dégueulasse. On va changer tout ça !

Augusta, au contraire, trouvait la situation plutôt romantique.

— Vous rentrerez à pied en vous tenant par la taille. À la porte de l'hôtel, vous vous embrasserez longuement sans pousser de rauques soupirs. N'est-ce pas, Elizabeth ? La lune sera là. Je vois déjà la carte postale : clair de lune sur un amour naissant.

— Puisque c'est comme ça, je rentre aussi ! dit Elizabeth vexée et qui n'avait d'ailleurs aucune envie de rester avec son sociologue.

L'orchestre remisait ses instruments. Il y eut quelques minutes irréelles pendant lesquelles les lumières s'éteignirent une à une. On entendait, à l'extérieur, démarrer les vieilles voitures et les motos. Getulio remit aux policiers de l'orchestre les alcools restants. Dehors, un froid vif serrait dans une main d'acier les visages. Les invitées poussaient des cris de pintades. Avec dégoût, la Cord de Getulio démarra. Élizabeth au côté de Getulio, Augusta derrière au côté d'Arthur qui la serra, frissonnante, contre lui.

— Pourquoi ne viens-tu pas passer la semaine de

105

Noël à New York avec nous ? Tu vas t'ennuyer tout seul ici.

Dans l'ombre de la voiture, il distinguait à peine le visage, mais les yeux luisaient, phosphorescents comme d'un chat, accrochant au passage les lueurs des réverbères qui balisaient l'avenue. Arthur avoua fièrement que, n'ayant pas d'argent pour partir en vacances, il acceptait de passer quinze jours dans une famille de Boston dont le fils apprenait le français.

— Comment ? murmura Augusta. Tu es si fauché que ça ?

— Fauché, non... Mais juste !

Elizabeth, la tête posée sur l'épaule de Getulio, chantonnait : « *Oh sweet merry man — Don't leave me...* » À la réception, ils convainquirent le portier de leur ouvrir le petit salon. Getulio tira de sa poche revolver une gourde plate en argent à ses initiales et la fit passer. Elizabeth, jambes croisées à la turque, sans pudeur, renversa la tête :

— Quel enterrement ! dit-elle. Toutes les fêtes finissent par un enterrement. Chaque fois, j'ai envie de me flinguer. Et quelle bande de ploucs ! Le sociologue voulait que je lise Husserl... Jure-nous, Getulio, que tu ne nous attireras plus jamais dans un traquenard pareil...

Il jura tout ce qu'elle voulait, dodelinant de la tête et fumant un gros havane auquel il avait laissé sa bague. Augusta le lui fit remarquer :

— Tu te prends pour Al Capone ?

Ils échangèrent quelques aigreurs en portugais. Elizabeth bâillait. Arthur luttait pour discipliner les images qui passaient devant ses yeux. Il aimait les genoux d'Augusta installée à croupetons dans son fauteuil, mais plus pudiquement que son amie, et le lui dit. Getulio se leva, vacillant, appuyé au manteau de la cheminée dans laquelle brûlait un faux feu de charbon :

— Je t'interdis ce genre d'obscénités avec ma sœur !

— Ce ne sont pas des obscénités : il aime mes genoux. Personne avant lui ne les avait remarqués.

— Parce que c'est si évident ! murmura Elizabeth, écœurée.

Getulio but une longue gorgée au goulot de sa gourde.

— Vous ne trouvez pas qu'il fait horriblement froid ? dit-il après un hoquet. Qu'est-ce que nous foutons ici ? Demain, je vous emmène tous à Rio dans mon avion privé.

Avec une vivacité inattendue, Augusta déplia ses jambes et se mit debout, le bras tendu, l'index accusateur pointé vers son frère :

— Getulio, tu es beurré. Tu n'as pas d'avion privé et nous ne retournerons jamais à Rio, tu le sais bien.

— D'accord pour mon avion, mais pourquoi pas un avion de ligne avec le peuple ?

— Je te laisse dire n'importe quoi quand tu es saoul, mais pas ça !

— J'ai le droit de dire que je veux retourner à Rio !

Augusta, bouche pincée par la colère, yeux brillants, le saisit par le revers du smoking et le secoua avec une violence rageuse. Il s'effondra dans un fauteuil, la tête dans les mains. Arthur se demanda s'il pleurait.

— Tout ça est d'un ennui ! soupira Elizabeth.

— Arthur, tu sais conduire ? dit Augusta.

— Oui.

— Alors ramène-le, couche-le et s'il résiste, casse-lui la gueule.

Arthur conduisit la Cord avec une prudence qu'il ne se connaissait pas. Getulio dormait en marmonnant, la tête passée par la portière ouverte, buvant l'air glacé. Arrivé à la Fraternité, il fallut le soulever, le porter jusqu'aux toilettes et l'installer à genoux devant une cuvette.

— Je ne sais pas vomir, se lamenta Getulio.

— Ça s'apprend ! Mets deux doigts dans ta bouche.

Fort heureusement, un étudiant, ébouriffé de sommeil, en pyjama à fleurs, vint s'asseoir sur le siège des cabinets voisins, lâcha plusieurs vents pestilentiels et déféqua avec, semblait-il, un plaisir proche de la volupté amoureuse. La puanteur répandue fit enfin vomir Getulio. L'étudiant partit en reculottant ses fesses marbrées, Getulio debout, encore instable, s'appuya sur l'épaule d'Arthur.

— Ce sont des barbares. Nous leur apprendrons à chier honteusement... Arthur, une grande mission nous attend : nous éduquerons l'Amérique. Je n'oublierai jamais ce que tu as fait pour moi.

— Oh, si... tu l'oublieras. Je ne m'illusionne pas.

Couché dans son étroite chambre, Arthur lutta pour qu'aux images d'Elizabeth et d'Augusta ne se superposât pas le spectacle du Brésilien à genoux devant la cuvette des W.-C. Quelle fin vomitive et scatologique à un capricieux ballet, à un ironique quadrille qu'avaient paré de leurs caprices et de leur insouciante fantaisie Elizabeth et Augusta ! Les évoquer, murmurer leurs noms, changeait la vie, secouait la morosité de ce premier trimestre à l'université. Ce n'était pas tout de regagner la France dans trois ans, muni d'un diplôme qui ouvrirait les portes d'un monde dont il ne se faisait d'ailleurs qu'une idée très vague. Il sentait maintenant combien lui manquait une autre clé, la connaissance intuitive chez les uns, acquise chez d'autres de ce milieu cynique, désinvolte, souvent poétique où, si on n'y était pas né, on n'entrait que parrainé par des élus.

À huit heures du matin, il passa dans la turne voisine. Le Brésilien dormait encore, jaune, les traits creusés, le souffle court, son smoking jeté en vrac au milieu de la chambre, avec le linge, les chaussettes, les escarpins vernis. Tous les éléments d'un tableau réaliste, « Lendemain de fête », étaient rassemblés, jusqu'à la bouteille de vin blanc vide à côté d'un verre à dents sale. Il secoua Getulio qui gémit, se retourna contre le mur et grogna :

— Fous-moi la paix !

— C'est toi qui m'as demandé de te réveiller. Elizabeth et Augusta attendent.

— Ça m'étonnerait !

Assez rudement secoué, il prit une douche glacée, retrouva des vêtements de jour et empila n'importe quoi dans une valise.

— Jamais je ne pourrai conduire. Et nous devons être à New York ce soir.

— Elizabeth prendra le volant.

— Tu veux m'humilier !

— Oh, oui... et pas une fois, cent fois... rien que pour t'apprendre à boire.

Getulio grommela quelque chose d'incompréhensible qu'Arthur, pressé d'ouvrir la fenêtre pour dissiper l'odeur de rat qui régnait dans la chambre, préféra ignorer. Il neigeait. De fins flocons tourbillonnaient dans la bise et fondaient dès qu'ils touchaient le sol.

— Tout se complique, dit Getulio. La route sera une patinoire et les filles crieront tout le temps que je conduis trop vite. Viens avec nous, tu les feras taire.

À l'hôtel, Elizabeth et Augusta n'attendaient pas du tout dans le hall. Elles dormaient encore quand ils tambourinèrent à la porte. Augusta ouvrit en chemise de nuit, la tête enturbannée d'une serviette-éponge.

— Qu'est-ce qui vous prend ? C'est d'un commun de se lever à ces heures-là !

Elizabeth leur jeta son oreiller à la tête. Arthur tira le drap du lit de son amie qui dormait nue. Nullement gênée, Elizabeth s'assit, éclata de rire, se gratta la tête :

— Il y a le feu ?

— Exactement ! dit Getulio. N'entendez-vous pas la révolution qui gronde aux portes de la ville ? Des milliers de réfugiés sont en route pour New York où ils passeront Noël à manger du caviar et à boire du champagne.

— Pathétique ! dit Augusta qui laissa tomber à ses pieds sa chemise de nuit. J'ai un joli dos, n'est-ce pas ? dit-elle sans détourner la tête.

— Très joli ! dit Arthur, sidéré par tant de liberté chez l'une comme chez l'autre, étonné aussi que Getulio, qui supportait mal que sa sœur montrât ses genoux, ne s'offusquât pas qu'elle découvrît devant un presque inconnu sa chute de reins, ses jambes un peu fortes de gitane, contraste saisissant avec le corps blanc et léger d'Elizabeth.

— Sacré voyeur ! cria Augusta en s'enfermant dans la salle de bains.

— Elles sont folles ! fut le seul commentaire de Getulio effondré dans un fauteuil.

Leurs valises faites et remises aux deux hommes, elles descendirent comme des reines, négligeant l'appel du réceptionniste qui leur tendait la note. Getulio paya. Au moment de monter dans la voiture, il prit Arthur à part :

— Passe-moi cinquante dollars pour l'essence. Je te les rends au retour. Les banques sont fermées ce matin.

Arthur n'avait que vingt dollars pour tenir le coup jusqu'à lundi avec des barres de chocolat et du pain. Elizabeth, comprenant vite, le prit par le bras et l'entraîna à l'intérieur de l'hôtel où elle prétendit avoir oublié son sac. De sa poche de manteau, elle sortit cent dollars.

— Donne-lui ce billet... Devant toi, il n'acceptera pas.

— S'il me les rend, où dois-je t'envoyer ça ?

— Ne t'en fais pas : il ne les rendra jamais.

Getulio feignit de trouver parfaitement naturel que ce fauché eût soudain un billet de cent dollars au fond de sa poche.

— Vraiment, tu ne veux pas venir ? dit Augusta en tapant du pied sur le trottoir.

Une bouffée de chagrin étreignit la gorge d'Arthur. Il eût donné n'importe quoi pour les accompagner, mais ce n'importe quoi, il ne l'avait pas.

Des flocons de neige s'accrochaient aux sourcils d'Augusta et fondaient en glissant comme des larmes sur ses joues.

— Tu crois que je pleure, n'est-ce pas ?

— Non, je ne croirai jamais ça...

— Getulio arrangera tout pour que tu viennes un week-end.

— D'ici là, je trouverai les moyens.

En se penchant pour baiser la joue d'Augusta, il lui prit la main gauche, appuyant son pouce dans la paume à l'endroit où le gant laissait de la chair à découvert. Elle reçut le message et y répondit d'une pression fugitive. Elizabeth, plus expansive, passa un bras autour du cou d'Arthur et lui plaqua un baiser sur les lèvres.

— Tu sais qu'on t'aime, mon grand... Absolument sans raison. Et heureusement ! C'est ça l'amour ! Totalement sauvage ! Irresponsable ! Ne nous trompe pas !

Il resta sur le trottoir jusqu'à la disparition de la voiture. Une main s'agita derrière la lunette. Augusta sans doute. Ou n'était-ce qu'une illusion ? La neige tombait de plus en plus dense.

Penser à elles changeait la vie à l'université. Le souvenir des six jours sur le *Queen Mary*, de leur tumultueuse arrivée à Beresford et du drôle de départ brouillé par la neige liait les jours passés aux jours présents. Arthur n'était plus seul. Les deux nymphes, la brune et la blonde, accompagnaient gaiement sa vie. En vérité, jamais il n'avait été aussi gai alors qu'il aurait dû remâcher mille regrets de n'avoir pu accompagner ses amis à New York. Le séjour à Boston, chez les O'Connor, passa comme un éclair. La passion touchante avec laquelle les parents voulaient que leur fils de quinze ans parlât français, leur curiosité de la France et la sorte de respect dont ils entourèrent Arthur comme s'il était le juvénile ambassadeur d'une nation triomphante et non d'un pays vaincu, déchiré par sa guerre civile, tout concorda pour atténuer ses regrets.

À la reprise des cours en janvier, il plongea dans le travail. Getulio fut quelques jours en retard, refusant de s'expliquer, comme si les puissances du monde l'avaient indûment retenu pour qu'il les aidât, de son génie, à résoudre des problèmes intercontinentaux. Il cultivait à plaisir de ces mystères qui épataient les étudiants américains et laissaient Arthur de glace. La chance voulut que la bibliothèque de l'université confiât au Français la traduction d'une série d'articles parus dans une revue universitaire. La pige permettait un court week-end à New York. Arthur s'en ouvrit à Getulio dans l'espoir que le Brésilien l'emmènerait en voiture. Hélas... au milieu d'explications plutôt confuses, Getulio avoua que la Cord 1930 n'était plus au garage, mais à la casse depuis Noël. Sur la route, à l'aller, il s'était endormi. Indemnes tous les trois, ils avaient beaucoup ri.

— Il n'y a rien qui fasse rire autant que la mort quand elle rate son coup, dit Getulio. On a envie de remettre ça comme après une passe de muleta. Nous prendrons le train avec les boutiquiers. C'est fou ce qu'on apprend dans un compartiment de chemin de fer.

Son art de vivre transformait les défaites en victoires avec une touchante virtuosité. Quand, descendant du train à Grand Central, il n'aperçut pas sa sœur sur le quai d'arrivée, Getulio se souvint qu'elle abhorrait la musique d'orgue qu'une charmante vieille dame à double menton, habillée de noir et coiffée d'un plat à barbe en paille posé sur son chignon, déversait, depuis vingt ans, sur les voyageurs en partance.

— Bach au clavecin, à la flûte, au piano, au violon, Augusta délire, mais Bach à l'orgue, elle a une crise de nerfs... Va savoir pourquoi...

Arthur logeait dans un modeste hôtel de Lexington. Getulio, après avoir manifesté sa désapprobation, promit de passer à huit heures pour dîner. Ce fut Elizabeth qui vint :

— Il paraît qu'Augusta est malade. Pas grave ! Ne fais pas cette tête-là ! Getulio reste avec elle. Tu as de la chance : je suis libre ce soir.

Quelque chose en elle changeait. Il n'aurait su dire quoi, et peut-être était-ce seulement dû au fait que, sanglée dans un vieil imperméable, coiffée d'un béret de commando, elle lui parut moins féminine qu'à Noël. Dans la trattoria où elle l'entraîna, au cœur de Greenwich Village, Arthur comprit qu'Elizabeth, par une faveur spéciale, levait le rideau sur son autre vie. New York n'était pas pour elle le terrain de ses mondanités effrontées d'enfant gâtée, mais, tout au contraire, de sa seule passion réelle : le théâtre. Le théâtre qui la libérait de son pesant milieu.

Pour la première étape de sa conversion, Elizabeth avait déménagé de la 72e Rue à l'angle de la 5e Avenue et habitait un studio situé d'ailleurs au-dessus de la trattoria où ils dînaient, lieu de rencontre de beaucoup d'artistes du Village, ce qui expliquait qu'elle connût à peu près tout le monde aux tables voisines, fût embrassée dix fois par de nouveaux arrivants et autant de fois par les partants. Elle entretenait depuis quelques semaines une poignée de comédiens au chômage et cherchait une salle qui, comme elle l'expliquait assez difficilement, ne fût pas une salle où spectateurs et acteurs se regarderaient singer la vie, mais un espace où ils collaboreraient à la dramatisation d'une pièce.

Arthur écouta beaucoup ce nouveau discours qui ne manquait pas de bon sens malgré le naïf accent révolutionnaire qu'elle lui imprimait.

— Et tu sais qui je monte en premier ? dit-elle d'un air triomphant.

— Aucune idée.

— Henry Miller ! Henry Miller et Anaïs Nin.

Comme il ne manifestait pas un enthousiasme débordant, Elizabeth, avec un rien de condescendance, reprit :

— Je vois ce que c'est ! Tu ne connais pas Miller... Tu devrais avoir honte... Les Français ont été les premiers à le publier. Comme James Joyce... Et Anaïs Nin, tu sais au moins qui c'est ?

— J'avoue que non.

— Sa maîtresse pendant les années parisiennes. Elle a peu publié, à part *La maison de l'inceste*. Je les mets en scène dans un dialogue tiré de leurs livres. Ça ne te dit vraiment rien ?

— Laisse-moi du temps : je découvre ton pays, je suis un étudiant sérieux, même un peu ennuyeux. On m'a élevé avec des auteurs différents des tiens, à part Mark Twain que je relis une fois par an. Quand commences-tu ?

— Le mois prochain. Nous avons loué et aménagé un grenier à mezzanine dans la Bowery.

— ... qui ne passe pas vraiment pour un quartier d'intellectuels.

— C'est précisément ce que nous voulons : apporter le théâtre au peuple.

Un couple qui partait s'arrêta devant eux pour parler décors avec Elizabeth. La jeune femme posa sur la table une main noire d'une extraordinaire finesse. L'homme la tenait par la taille. Ils n'accordèrent aucune attention à Arthur qui n'eut même pas droit à un signe de tête quand ils s'en allèrent.

— C'est parce que tu as un costume d'employé de banque, une chemise blanche et une cravate bleue. Tu ne sais pas t'habiller. Je voulais te le dire dès la première heure. Toujours excessivement net, le col amidonné, des chaussettes trop claires avec un costume sombre, des cravates sans imagination. Libère-toi de ton style « huissier ». Prends modèle sur Getulio. On ne sait jamais comment il est habillé et pourtant chaque fois qu'il apparaît il est le roi. Cela dit, le soir où tu viendras à mon spectacle, mets ce que tu as de plus dégueulasse si tu ne veux pas qu'on te refuse l'entrée... enfin, j'exagère... Tu me comprends.

Il la retrouvait comme sur le bateau : acide, cynique, drôle avec des mots à l'emporte-pièce et une espèce de complexe dont elle ne se déferait jamais. Invivable à long terme peut-être, mais plus qu'attirante un soir, quelques jours en liberté. Une intuition lui soufflait que le moment n'était pas venu, qu'il fallait ne rien presser.

— Pourquoi t'es-tu fait couper les cheveux si court ? Tu as l'air d'une gouine.

— J'en avais assez d'être la « Vassar girl » qui secoue sa brillante et opulente chevelure pour une réclame de shampooing.

Ils finissaient de dîner quand un des serveurs prit une guitare et chanta une napolitainerie.

— Je crois qu'on me prend pour un touriste, dit Arthur. Fuyons... Y a-t-il un bar près d'ici ?

— Si tu supportes le bourbon, viens plutôt chez moi. Tu repartiras avec un livre de Miller.

Elle habitait un joli grenier à deux niveaux. La baie donnait sur un grand faux acacia décharné, éclairé par un projecteur à son pied. Ce cône de lumière blanche aveuglante repoussait dans l'ombre les immeubles à l'entour.

— Qui a eu cette idée-là ?

— Moi. Tout le monde aime ça. J'éteins à minuit.

Elle versa deux bourbons dans des tasses qu'il la soupçonna d'avoir volontairement ébréchées.

— Comment trouves-tu mon grenier ?

— Où s'assoit-on ?

— Par terre. Le progrès a supprimé les fauteuils.

Des poufs et des coussins jonchaient le sol avec des cendriers, des plateaux encombrés de verres dépareillés, le seau à glace, un pick-up ouvert, des piles de disques 33 tours. Recouverts d'un tissu mexicain, trois matelas superposés à même le plancher devaient servir de lit.

— Oui, tu y es : je dors là. Quand ma tante Helen est venue, elle a tout examiné sans marquer d'étonnement. Elle a juste dit : « Au moins, tu ne tomberas pas plus bas. »

Adossée à un pouf, Elizabeth contemplait sa tasse comme une boule de cristal.

— Je me serais bien passée de son avis, mais elle fait partie de mes « tuteurs » et, en dehors de mon allocation mensuelle, je ne peux rien sortir sans elle. Depuis la mort de mes parents, elle m'a rarement serré la ceinture. En ce moment, j'ai besoin d'elle pour entretenir la troupe pendant les répétitions.

Elle disait « la troupe » et aurait pu dire « ma troupe ». Tout reposait sur elle. D'un dossier, elle sortit des photos d'Henry Miller, d'Anaïs Nin et des deux comédiens qui les incarneraient sur scène. Si Anaïs Nin n'avait pas la beauté sulfureuse de ses écrits, la jeune femme qui jouerait son rôle troublait au premier regard : des yeux brûlants, un front court, une moue immensément dégoûtée crispant le bas du visage. Arthur découvrait le physique de Miller grâce à la photo de Brassaï : un visage asymétrique, une bouche d'une grande sensualité, un superbe front. Oui, vraiment beau à sa façon ! Arthur aima tout de suite ce paria du milieu littéraire américain aussi fermé que la haute société. Elizabeth lui prêta les deux *Tropiques* introduits clandestinement aux États-Unis. Ils finirent la bouteille de bourbon, puis deux canettes de bière tiédasses.

— Je t'offrirai bien de rester, dit Elizabeth, mais d'abord je suis morte de fatigue et ensuite George reviendra peut-être cette nuit, en tout cas demain matin à l'aube. Il n'aimerait pas trouver quelqu'un ici.

Arthur ne demanda pas qui était George. D'instinct, il le classait parmi les éphémères qui traversaient la vie d'Elizabeth comme il la traverserait lui-même, le jour venu. Rien ne pressait. Elle posa ses mains sur les épaules du jeune homme.

— Ne crois jamais la moitié de ce que te dit Getulio. Nous n'avons pas eu d'accident sur la route de Beresford à New York. En se garant devant moi pour me déposer avec mes valises, il a vu s'arrêter une Cadillac, en descendre, un cigare à la bouche, pantalon rayé et redingote, un jeune type qui a sorti un carnet de chèques. Il a acheté la Cord 1930... Comme ça ! Pour son musée. Getulio a empoché le chèque et nous avons fait la noce le soir même, il a payé un an de loyer pour Augusta et s'est commandé trois costumes. Est-ce qu'il t'a rendu les cent dollars que je t'ai passés en douce ?

— Non... tu m'avais prévenu. Il en sera sans doute de même avec le billet que je lui ai payé pour venir ce week-end.

— Imprudent !

— Ça ne coûte pas une fortune et ça m'amuse d'en faire mon débiteur. Augusta est-elle vraiment malade ?

Elizabeth lui caressa la joue avec une charmante tendresse :

— Ce sera difficile ! dit-elle en secouant la tête avec compassion. Très difficile... Mais je te comprends : elle est unique. Vraiment unique ! Tandis que des femmes comme moi se trouvent partout... Tu me perds ici, tu me retrouves à Vienne, à Paris, à Londres, à Rome, chaque fois avec un détail en plus ou en moins, un prénom différent, mais, grosso modo, la même. Alors tu comprends maintenant pourquoi je m'échappe en coupant mes cheveux, en habitant un grenier, en allant mettre en scène Anaïs et Henry dans une soupente de la Bowery où il n'y a que des ivrognes et des traîne-savates qui se décomposent sous les piliers du métro aérien.

Elle l'embrassa. Il revint en taxi. Hors le Village, New York dormait.

Il attendit toute la matinée Getulio qui n'apparut pas. Dans sa maladresse, il ne savait ni où le trouver ni où téléphoner à Elizabeth pour obtenir un numéro. Passer chez elle, c'était risquer de la mettre dans une situation embarrassante s'il tombait sur le « George » en question. Arthur, avec plus de courage dans la défaite qu'il ne s'en connaissait, plongea dans les musées, traîna dans Central Park et les rues jusqu'à la nuit tombée. La réception de l'hôtel n'avait toujours pas de message pour lui. Il retourna dîner dans la trattoria de Greenwich Village, mais Elizabeth n'y vint ni seule ni accompagnée. On le plaça près de l'entrée à une petite table où les serveurs l'oubliaient. Le couple qui, la veille, avait parlé à Elizabeth — et il se souvenait essentiellement de l'admirable main noire de la jeune femme — passa près de lui sans le reconnaître. Le lendemain, à Grand Central, en avance sur l'horaire, il se dissimula de son mieux dans un wagon de tête, seule vengeance amusante, Getulio lui ayant laissé son billet de retour. Quelques secondes avant le départ, il aperçut la face grimaçante du Brésilien qui, sur le quai, le cherchait éperdument depuis la queue du train. Un Getulio essoufflé, la cravate de travers, décoiffé apparut enfin dans le couloir, courroucé, alors que la rame s'engageait sous l'East River.

— Tu aurais pu attendre sur le quai ! Je t'ai cherché partout...

— Je croyais que tu resterais auprès d'Augusta. Comment va-t-elle ? J'espère que tu as trouvé quelqu'un pour te remplacer à son chevet.

Getulio hésita, ne sachant s'il fallait accuser le coup ou feindre de ne l'avoir pas perçu.

— Merci de t'inquiéter. Elle va mieux ce matin. As-tu eu mon message à l'hôtel ?

— Je n'ai rien trouvé.

— Vraiment ? C'est insensé ! J'ai appelé plusieurs fois, laissé mon téléphone, demandé qu'on te joigne. Tu n'étais jamais là.

En somme, il aurait voulu qu'Arthur se sentît coupable de n'être pas resté près de son téléphone et de s'être confié à une domesticité négligente. À plusieurs reprises, il revint sur l'incroyable concours de circonstances qui les avait séparés pendant ce bref séjour, empêchant le Français de revoir Augusta. Elle en avait même pleuré. Oh... pas beaucoup, juste les quelques larmes qui diluent un chagrin. Au passage du contrôleur, Getulio commença de tâter ses poches l'une après l'autre, avec une anxiété grandissante :

— Mon billet ! J'ai perdu mon billet !

Arthur sortit les deux tickets de sa poche :

— Heureusement que je pense à tout !

À partir de ce jour, il était décidé à faire souffrir Getulio. Dans la semaine qui suivit, il l'évita de son mieux et n'en fut rapproché que par les hasards d'un examen. Getulio, qui avait passé plusieurs nuits — d'ailleurs fructueuses — à jouer au poker, ne gardait pas le moindre souvenir du cours sur l'axe Rome-Berlin. Arthur, bon prince ou ravi de marquer un point, lui passa les dates, le plan d'une conclusion. Le plus dégoûtant est qu'à la proclamation des résultats, le travail de Getulio fut longuement monté en épingle par le professeur. Son mérite était, paraît-il, d'autant plus grand qu'il avait vécu la dernière guerre mondiale fort loin de son théâtre. Getulio jouait à merveille la modestie. Omettant de remercier Arthur, il osa quelques conseils sur la manière de traiter l'histoire contemporaine devant de naïfs Américains. C'était mal prévoir que l'occasion se présenterait de nouveau une semaine plus tard. Getulio vivait une période de grande veine et se couchait à l'aube après d'intenses parties de poker, une façon comme une autre d'afficher la désinvolture d'un caractère supérieur. Sans pitié, Arthur lui passa une citation prophétique de Keynes qui était en réalité de Bainville, rétablit, par un acte souverain, la monarchie dans l'Autriche de l'entre-deux-guerres et déplaça d'un an le krach américain de Wall Street. Le professeur d'histoire contemporaine parut consterné, attribuant ces méprises à la fatigue de Getulio qui, au sortir du cours, s'en prit à son ami :

— Tu t'es bien amusé !

— Chacun son tour de se payer la tête de l'autre.

N'étant, ni l'un ni l'autre, d'humeur à s'expliquer, Arthur proposa un remède de grand-mère :

— Il y a longtemps que nous n'avons pas fait le tour du campus. Je t'offre une demi-heure de pas gymnastique pour remettre tes esprits en place.

En survêtement, ils tournèrent autour des bâtiments, au coude à coude. Getulio, moins entraîné, les poumons encrassés par toute la nicotine accumulée pendant les parties de cartes, serrait les dents. Au dernier tour, livide, il dut s'asseoir sur un banc. Arthur prit son ton le plus pathétique :

— Tu ne vas pas me claquer dans les mains comme ça... sans donner l'adresse d'Augusta et le téléphone d'Elizabeth !

— Ah ! c'était ça !

— Oui, rien que ça !

Getulio, la tête entre les genoux, resta silencieux un moment. Quand il se releva, du sang revenait à ses pommettes.

— Tu aurais dû me le demander plus tôt... Ne va pas troubler Augusta. Elle se marie... oh... sans joie, mais tu t'en doutes, nous traversons, elle et moi, une crise. Elle veut en sortir. Je crains qu'elle ne se sacrifie pour moi, pour que je continue mes études. Je la supplie d'attendre. En juillet, nous toucherons l'argent de la vente d'un domaine de mon père dans le Minas Gerais. En attendant, je lui envoie mes gains au poker.

— Et tes pertes ?

Getulio éclata de rire.

— Je ne paye pas mes dettes de jeu... À ta tête, je vois que tu trouves ça très malhonnête. Arthur, tu dois repartir sur un autre pied dans la vie : les temps

122

vont être très durs pour les scrupuleux. Pourquoi veux-tu revoir Augusta ?

Arthur ne s'étonnait pas de ne ressentir aucune peine à l'annonce du mariage d'Augusta : il n'y croyait pas, il n'y croirait que si elle le lui annonçait elle-même.

— Pourquoi veux-tu revoir Augusta ? répéta Getulio.

Il se souvint du mot d'Elizabeth.

— Elle est unique.

— Oh, c'est bien vrai ! Au milieu de femmes dix fois plus belles qu'elle, Augusta, dès qu'elle apparaît, devient la seule attraction.

— Qui épouse-t-elle ?

— À la vérité, deux partis se présentent. Nous hésitons.

— Comment, « nous » ?

— J'ai mon mot à dire. Je suis son aîné, son grand frère, presque un père...

— ... et un peu son maquereau, si je comprends bien.

— Non, tu ne comprends rien avec ta psychologie de Français moyen.

— Et si, au contraire, je comprenais tout ? Allons, Getulio, donne-moi son téléphone.

— Jamais. Et à quoi bon ? Tu n'as même pas les moyens d'aller à New York pour un week-end.

Arthur lui tourna le dos et reprit le pas gymnastique dans l'allée qui encerclait le campus. Quand il passa devant le banc, Getulio agita un bout de papier déchiré.

— Si tu es réellement en manque d'amour, pourquoi ne vas-tu pas voir Elizabeth ? À part tes cravates et tes chaussettes, elle te trouve plutôt séduisant.

Arthur se vexait aisément. Comment se défendre en révélant la vérité que sa mère lui achetait chaussettes et cravates ? Qu'elle eût mauvais goût, il s'en doutait depuis quelques années, sans pour autant tolérer que l'on méprisât celle qui croyait encore, par ce geste, garder sous sa dépendance l'enfant devenu homme. Arthur se pencha sur son camarade. Getulio eut un léger mouvement de recul, offrant son cou d'oiseau à la main qui l'enserra.

— Je t'ai blessé, fit-il, la voix étranglée.

— Qu'Elizabeth me le dise, passe encore. Mais à toi, je n'admets pas.

— Pas à moi... enfin presque à moi. Arrête, tu me fais mal... Nous n'allons quand même pas nous battre ?

Le grand, le superbe Getulio en survêtement bleu, affalé à bout de souffle sur un banc, n'inspirait pas vraiment de mauvaise humeur. Sans sa superbe, il était même pitoyable, les yeux agrandis par la peur que l'étreinte se resserrât. Déjà la peau de son cou rougissait. Il avala une gorgée de salive qui fit ridiculement monter et descendre sa pomme d'Adam. Un groupe d'une dizaine de coureurs en short et maillot de corps passa près d'eux. À leur souffle mesuré, leurs foulées allongées, on voyait qu'ils s'entraînaient pour 1 500 ou 3 000 mètres. Aucun d'eux ne détourna la tête. Ils disparurent derrière un bosquet pour réapparaître le long d'un étang artificiel où leurs reflets tremblèrent dans l'eau noire sans déranger deux cygnes.

— Nous sommes grotesques, dit Getulio.

— À qui a-t-elle dit ça ?

— Augusta me l'a répété.

Arthur lâcha le cou de Getulio. Les hommes s'imaginent toujours de travers ce que les femmes se disent d'eux. Quand ils le découvrent, ils apprennent qu'elles ont une vision assassine de leurs petitesses.

— Ça ne signifie pas qu'Augusta endosse les remarques d'Elizabeth, dit Getulio en se frottant le cou rougi par la pression des doigts d'Arthur. Prends toujours le numéro de téléphone d'Elizabeth. Quand tu en auras les moyens, va la voir à New York.

— J'en ai les moyens. Tu n'as qu'à me rembourser les cent dollars que je t'ai prêtés le lendemain du bal.

Getulio leva les bras au ciel.

— Seigneur, qui m'aurait dit ça ? Je te croyais le dernier honnête homme sur cette terre de pourris, et voilà que tu me demandes de te rendre un argent qui vient d'Elizabeth. J'ai très bien vu : c'est elle qui t'a passé le billet. Elle est remboursée depuis longtemps. Je ne dois rien à personne.

— Tu n'as rien rendu. J'en mets ma main au feu.

Arthur empocha le numéro de téléphone sans ajouter un mot et regagna sa chambre. Il avait donné quelques leçons à deux étudiants du département des sciences humaines, juste assez pour un aller et retour à New York. Il appela Elizabeth.

— Tu m'avais oubliée... Je ne te verrai pas beaucoup. Nous répétons. Mais tu es assez grand pour te débrouiller seul. J'ai un lit pour toi.

— Et l'homme invisible, le George ?

— George ? Ah, oui... eh bien, il est parti. Trop de confort pour ses idées. Il ne se lavait jamais. Tu te laves, au moins ?

Arthur manqua renoncer, puis se jeta à l'eau. Non pour se laver — il était d'une propreté de sportif — mais pour savoir où Getulio cachait Augusta. Il arriva un vendredi soir de répétition dans l'atelier d'Elizabeth.

— Grimpe à la mezzanine et regarde, si ça t'amuse. Nous n'en avons plus pour longtemps.

Assis sur un pouf, jambes pendantes entre les balustres, Arthur suivit une scène qui lui parut plus comique que déroutante. À mi-hauteur d'une échelle double, une jeune femme à l'opulente chevelure noire frisée, moulée dans une robe du soir, donnait la réplique à deux comédiens, l'un en tenue de combat, une mitraillette en bandoulière, l'autre en salopette, ceint d'un baudrier garni d'outils. « ... donnait la réplique... » est une légère exagération car, rapidement, Arthur se convainquit que la comédienne répétait, interminablement, une onomatopée dont on ne saisissait que deux syllabes : « ... mammon, mammon... » Le haut symbolisme de la pièce n'aurait pu échapper au dernier des imbéciles. L'ouvrier et le soldat se renvoyaient des slogans incendiaires sur la paix et la guerre tandis que la belle brune marmonnante dodelinait de la tête, le visage à demi masqué par son abondante crinière frisée. Devant un pupitre, Elizabeth battait la mesure comme un chef d'orchestre. Une grande monotonie s'installait déjà quand la comédienne, cessant d'invoquer « mammon », commença de se dépouiller de ses faux bijoux, de son fourreau de satin noir, de ses sous-vêtements que les deux hommes se disputèrent jusqu'à ce que mort s'ensuivît. Descendue de l'échelle, la jeune fille retourna d'un coup de pied les deux cadavres et dansa au-dessus d'eux, au rythme d'une musique sauvage déclenchée par Elizabeth. La nuit tombait, estompant les immeubles voisins. Le projecteur éclaira l'acacia dont les branches bourgeonnaient déjà. Arthur découvrit avec regret que la mammoneuse plantée, jambes écartées sur les deux comédiens, n'était pas vraiment nue. Un maillot couleur chair la dessinait sans tromperie.

— Qu'en dis-tu ?

— Superbe.

Il pensait plus à la belle frisée qu'à la scène à laquelle il n'avait rien compris sinon que la chair triomphait des trivialités de la vie.

— Qui est l'auteur ? crut-il bon de questionner.

— Il n'y a pas d'auteur. Le théâtre meurt étouffé par les auteurs. Tu assistes à une œuvre collective qui dépasse la parole.

Les comédiens se congratulaient en des termes qui parurent excessifs à Arthur. La belle frisée s'enveloppa pudiquement d'un peignoir. Elle s'appelait Thelma et venait de San Francisco. Les deux hommes, Piotr et Leigh, après avoir végété dans la figuration de pièces qu'Elizabeth qualifia de « passéistes », découvraient sous sa tutelle le « spectacle-vérité » destiné à balayer les vaudevilles bourgeois. Permanents de la troupe qu'Elizabeth rassemblait à grand-peine, ils attendaient la gloire, servant épisodiquement l'un de valet de chambre-chauffeur, l'autre de cuisinier, tandis que Thelma aidait au ménage. Piotr rapporta de la cuisinette une bassine où bouillonnait encore du riz sauvage. Ils piqueniquèrent tous les cinq sur la moquette, dans des assiettes en carton. Thelma servit d'autorité un verre de lait au pauvre Arthur qui se récria :

— Désolé ! Je n'en suis pas encore là !

Elizabeth ouvrit pour lui une bouteille de vin chilien sous l'œil réprobateur de sa troupe. La conversation s'empêtra dans des professions de foi sur le végétalisme et la nourriture macrobiotique. Le riz s'avérait immangeable. Arthur tira un paquet de cigarettes de sa poche sous les regards consternés des deux hommes. Thelma courut ouvrir la fenêtre. Une bouffée d'air froid envahit le studio. Elizabeth expliqua que le Français arrivait de la vieille Europe toujours en retard sur la marche du monde. Elle fut si convaincante que ses amis contemplèrent Arthur avec une charmante commisération. Une gêne s'était néanmoins installée, si sensible à un moment que Thelma donna le signal du départ. Elizabeth ferma la fenêtre et alluma une cigarette.

— Je ne suis plus le seul à pécher, dit-il.

— Non. Et débouche une autre bouteille.

Elle régla les lumières et le studio disparut à demi dans l'éclairage indirect.

— Je les ai fait fuir !

— Quand ils n'ont plus faim, c'est assez facile.

— Tu es sans pitié !

Elle haussa les épaules et passa dans la salle de bains après avoir mis un disque. Arthur s'attristait : pourquoi, à cette heure, du Mahler qui était sublimement beau mais traînait une tristesse irrémédiable ? Elizabeth réapparut dans le peignoir emprunté par Thelma, le visage encore humide et luisant, se pencha sur Arthur, dénoua sa cravate, libéra son col de chemise et lui jeta un chandail à la figure.

— Retire ta veste. Tu ne te décrasseras donc jamais ?

— Avec toi, ce sera rapide.

Ils parlèrent, fumèrent, burent encore du vin chilien, vautrés sur le coussin mexicain.

— Tes amis, dit Arthur, sont de doux dingues. Il y en a beaucoup comme ça ?

— Une poignée, mais une poignée de prosélytes. On a vu des religions partir avec moins d'apôtres. Ils ne sont pas pressés. Donne-leur vingt, trente ans... à la fin du siècle, ils auront gagné. L'humanité vivra dans l'hygiène.

— Quelle barbe ça sera...

— Je suis inconséquente.

Plus tard, elle mit des disques de jazz. Elle en avait un plein meuble : Armstrong, Fats Waller, Ornette Coleman. Ils écoutèrent en buvant le râpeux vin chilien accompagné de rondelles d'un chorizo qui emportait le palais. Elizabeth se coucha en travers, la tête sur les cuisses d'Arthur.

— Je sais pourquoi tu es venu à New York.

— Ah ! Et quelle est ta consigne ?

— Ne donner à aucun prix l'adresse d'Augusta.

Partie à son arrivée au studio, Augusta revint dans les pensées d'Arthur. Que ne peut-on ainsi, en appuyant simplement sur un bouton, mettre en scène les images qui nous occupent, les renvoyer en coulisse, leur ménager des entractes, puis les reprendre à volonté dans le fil des souvenirs ?

— Et tu ne me la donneras pas ?

— Si ! Mais elle est à Washington pour quinze jours. Et tu n'auras pas le temps d'y aller. Prête-moi ta main.

Elle la saisit et la glissa dans l'entrebâillement de son peignoir, entre les seins.

— Ce soir, j'avais intensément besoin qu'un homme sente battre mon cœur.

— Il bat. Tu es rassurée ?

— Oui. Nous reparlerons d'Augusta autant que tu voudras.

Arthur n'était pas certain de le vouloir. Même sans une grande expérience de la vie amoureuse, il devinait qu'on ne fouille pas impunément la vie d'un être désiré. Avec sa brutale franchise d'enfant gâté, Elizabeth pouvait réduire Augusta à néant, n'en laisser surnager que des épaves charmantes, mais des épaves.

— Ne m'en dis pas de mal. Plus que comme elle est, je veux la garder comme je l'imagine, comme je l'ai aperçue sur le pont-promenade du *Queen Mary*, entre son frère et toi.

— ... et dans la cabine du bateau quand elle t'a montré ses fesses ! Je ne m'y attendais pas.

Arthur ne s'y attendait pas non plus. Dans ses rêveries autour de la personne d'Augusta, il s'inquiétait : au lieu de rester bouche bée quand la scène s'était renouvelée, mais cette fois plus ostensiblement, dans la chambre de l'hôtel de Beresford, il aurait dû tirer le drap et la couvrir ou lui jeter une serviette pour marquer sa désapprobation et lui apprendre qu'il en était encore à une autre image d'elle.

— Oh ! ne crains rien, dit Elizabeth. Je ne dis pas de mal de femmes comme elle. Ni d'hommes comme Getulio. Je suis l'amie des deux. En montant dans le train pour Le Havre, j'ai tout de suite aperçu dix vieilles têtes permanentées de tantes, des cousines de ma mère, retour d'une virée chez les bijoutiers suivie de dîners chez Maxim's. C'est tout Paris pour elles. Je paniquais quand j'ai vu ce couple bizarre : Getulio et Augusta. Je les croyais mariés. Getulio, de temps à autre, porte une alliance. Augusta aussi. C'est leur façon de tirer le rideau de fumée, de dire : « Foutez-nous la paix ! » Rien d'équivoque, rassure-toi tout de suite. Ils veulent simplement qu'on ne les interroge pas. Getulio tient à rester la seule source des informations que l'on peut glaner sur eux. As-tu remarqué ? Pas une contradiction, des choses si aisément vérifiables qu'on ne se donne pas la peine d'y aller voir. Et elle, parfaite, à l'unisson, mais si tu l'observes, tu vois des paillettes dans ses yeux quand Getulio pousse un peu trop loin ses hâbleries. Cela dit, n'oublie jamais qu'ils ont partie liée, que même consciente du rôle joué par son frère, Augusta fera toujours front avec lui. Un jour où il aura vraiment besoin d'argent, il la mariera richement. Autant dire que tu n'es pas son homme. Je les aime, oui, je les aime. Dans le train, et sur le bateau, ils m'ont ouvert les bras comme si nous nous connaissions depuis toujours. En ce moment, nos existences se croisent d'une façon qui m'amuse énormément. Ils entrent dans cette société américaine dont je ne cherche qu'à m'évader. Ils n'y sont pas encore tout à fait arrivés et moi je ne suis pas encore tout à fait libérée. Leur ascenseur monte, le mien descend. Nous sommes au même étage, mais Getulio brûle d'appuyer sur le bouton.

— Dis-moi seulement une chose...

— Laquelle ? Ce n'est pas certain que j'y répondrai.

— Est-ce vrai qu'elle va se marier ?

— Comment as-tu pu le croire ?

Concannon reposait sur le dos, les yeux fermés, la tête relevée par un large oreiller, le drap coincé sous les aisselles. Un tuyau reliait le bras droit à un goutte-à-goutte. Le bras gauche inerte tendait une main à demi ouverte, cireuse comme si le sang n'y circulait plus. Le visage du professeur, d'ordinaire enflammé de couperose au premier verre d'alcool, avait viré au gris-mauve, mais, couronnés par la vaporeuse chevelure blanche et soulignés par l'épaisse barre des sourcils noirs en bataille, les traits semblaient singulièrement calmes encore qu'à chaque expiration, les lèvres craquelées se gonflassent pour à peine se décoller et laisser passer le souffle chuinté d'une machine à vapeur sur le point de s'arrêter après quelques derniers et pathétiques hoquets.

Appelée par une sonnerie, l'infirmière laissa Arthur seul avec Concannon dans la chambre dont les stores baissés tamisaient les vifs rayons orangés du soleil couchant.

— Professeur !

Entendait-il, perdu parmi les images désordonnées qui occupaient son sommeil ? Arthur prit la main cireuse et la serra. L'infirmière avait dit :

132

« Nous n'y comprenons rien. L'hémorragie est localisée à gauche et ne devrait pas atteindre le langage et la pensée, mais, ici, le malade est apparemment aphasique. »

— Professeur... c'est Arthur Morgan ! répéta-t-il dans l'oreille du gisant.

Une paupière se dessilla, découvrant un œil plus vif qu'on ne pouvait s'y attendre, bleu toujours, mais voilé. Les lèvres se crispèrent pour un sourire. Concannon avança la main droite autant que le permettait le tuyau du goutte-à-goutte. Les doigts s'agitèrent, invitant Arthur à se rapprocher.

— Je... meurs...

Arthur n'eut pas le temps de protester.

— ... je... meurs... de soif...

Un rire étouffé déclencha une affreuse toux glaireuse. Arthur lui présenta un verre d'eau et une pipette pour boire sans se redresser.

— Bonté divine ! Pouah !

La voix était dramatiquement rauque.

— C'est un miracle ou bien vous jouez la comédie avec le médecin et l'infirmière ?

— Secret ! dit Concannon, ouvrant l'autre œil.

— Je n'ai appris qu'à mon retour hier soir. J'étais à New York.

— Avec... elle ?

— Non. Avec Elizabeth.

Comment pensait-il à ça dans l'état où il se trouvait ?

— Pourquoi refusez-vous de parler au médecin ?

— Infirmière trop moche... médecin stupide... veux qu'on me foute la paix... Pas vous... j'ai 'jours aimé les Français...

Il ferma les yeux après cet intense effort. Arthur cherchait quoi dire. Retiré en lui-même, Concannon poussa un long et profond soupir. Dans la nuit qu'il s'imposait, la parole s'éclaircit :

— J'ai su très tôt que je finirais... gaga...

— Vous n'êtes pas du tout gaga.

— Je joue les gagas... c'est pire. J'ai sommeil...

— Je vous laisse reposer.

Concannon agita la main droite si brusquement que le tuyau du goutte-à-goutte se débrancha.

— J'appelle l'infirmière.

— Vous savez... que j'ai été le meilleur danseur... de l'université ?

— Oui, je le savais. C'est encore mieux de l'entendre dire par vous-même.

Concannon se mit soudain à ronfler si bruyamment qu'on eût dit d'un râle. Arthur appuya sur la poire d'appel. L'infirmière parut aussitôt. C'était, en effet, une femme de peu d'attraits physiques et d'une incontestable autorité.

— C'est la troisième fois qu'il débranche son goutte-à-goutte.

— Il ronfle.

— Avec des poumons encrassés comme les siens, ça n'a rien d'étonnant.

Elle prit Concannon à bras-le-corps et, avec une force inattendue, le souleva pour tapoter l'oreiller et caler la tête qui dodelinait.

— Il vous a parlé ? demanda-t-elle, suspicieuse.

— Non ! mentit Arthur.

— Ne vous y trompez pas... il est encore sous le choc. Dans son semi-coma, il sait très bien que vous êtes près de lui. Il ne faut pas le fatiguer.

Arthur saisit la main droite valide et la serra fortement, recueillant en réponse une légère pression des doigts. Les joues de Concannon gonflèrent et ses lèvres s'entrouvrirent, laissant passer une bouffée

134

d'haleine fétide. Arthur fut certain que cette grimace s'adressait à l'infirmière.

— Le plus pénible, dit l'infirmière, c'est quand ils veulent parler et n'arrivent pas à trouver leurs mots. Le médecin doit passer. Il interdit les visites. Je suis obligée de vous mettre à la porte.

Une nuit avec Elizabeth ne changeait rien à la vie. Quelques minutes auprès de Concannon la changeaient beaucoup plus. De retour dans sa chambre, Arthur écrivit à sa mère, à l'oncle Eugène, à sœur Marie des Victoires, avec le poignant remords d'avoir négligé ceux qui l'aimaient naïvement, sa mère surtout, si bonne et si maladroite.

Les cours ne l'intéressaient guère. Il avait l'impression de savoir tout cela et de piétiner. Une masse incroyable d'informations était à la portée des étudiants qui ne s'en servaient guère. Chacun se spécialisait dans des domaines très particuliers. Ainsi John Macomber, dont Arthur avait rencontré le père dans le train le conduisant à Boston, ne s'intéressait-il qu'à la bataille de Gettysburg. Dans dix ans, il en saurait plus que s'il y avait participé en tant qu'officier d'état-major. En dehors de la topographie de Gettysburg et de la cinglante défaite du général Lee devant les fédéraux, John faisait partie de l'équipe de football de l'université et jouait pas mal aux cartes avec Getulio qui le plumait. Un jour, John prendrait la succession de son père à la tête de la société laitière du Massachusetts et casserait les pieds du conseil d'administration en rapportant tout à la stratégie de la bataille de Gettysburg. Avec Getulio, les rapports étaient devenus de plus en plus formels. Si celui-ci avait lu le message d'Augusta laissé en évidence sur la table pendant la courte absence du Français, il devait veiller à ce que cela ne se reproduisît plus.

Avec la mort de Concannon, Arthur perdait un bienveillant intermédiaire. L'enterrement fut particulièrement sinistre. Le doyen et quelques étudiants se retrouvèrent au crématoire. Un bref discours rappela les titres universitaires et minimisa la vie tourmentée du professeur. Les scandales avaient été trop fracassants pour qu'on le citât en exemple. Dans le groupe qui se dispersa tristement après la cérémonie se tenait une jeune femme assez forte, coiffée d'un chapeau de paille noire à ruban. Quand elle se dirigea vers lui, Arthur reconnut l'infirmière. Sous ses brusques dehors, aurait-elle eu du cœur ?

— Vous étiez peut-être son seul ami. Après son attaque, nous avons trouvé dans ses papiers une carte manuscrite avec ces mots : « En cas d'accident, prévenir Arthur Morgan. » C'est pour ça que je vous ai téléphoné de venir. Il vous a parlé, n'est-ce pas ?

— Oui, quelques mots seulement.

— Il n'était pas aphasique, j'en étais certaine. Quelques minutes avant que son cœur s'arrête, il m'a regardée dans les yeux et a dit très distinctement pour que je n'oublie pas : « Dites à mon ami Arthur : Ad Augusta per angusta. Il comprendra... » J'imagine que vous savez ce que cela veut dire.

— Oui, très bien.

— C'est de l'italien ?

— Non. Du latin. C'est un jeu de mots en latin.

— Est-ce indiscret de savoir ce que ça veut dire ?

— À des résultats grandioses par des voies étroites.

— C'était un code entre vous ?

— Augusta est aussi, plus restrictivement, le nom

136

d'une jeune fille qui nous attirait l'un et l'autre et dont la conquête semble en effet une épreuve difficile.

— Je sens que je suis indiscrète.

— Oui.

— Pardonnez-moi. J'ai souvent vu mourir. On s'habitue... puis, un jour, la mort d'un homme dont on ne sait rien, qui ne vous est rien, vous déchire. Je suppose que le professeur Concannon était un homme digne d'admiration.

— Vous ne vous trompez pas.

À Pâques, Arthur passa deux jours avec Elizabeth. Interrogée, elle restait des plus vagues : Augusta voyageait ou était malade.

— Je t'assure que je n'y mets aucune mauvaise volonté.

— Dommage ! J'aurais été flatté.

— Menteur !

Oh oui, il mentait. Un peu. Elizabeth existait par le plaisir qu'ils se donnaient l'un à l'autre. De retour à Beresford, le travail reprenait, il était heureux, sans plus. Il l'oubliait un temps, écrivait de longues lettres à Augusta et les empilait dans un tiroir fermé à clé. Avec perfidie, Getulio lui offrit de les accompagner à Chicago.

— Je n'en ai pas les moyens.

— Augusta sera déçue.

— Tu sais très bien que je ne peux pas vous suivre.

— Emprunte.

— À qui ?

— Je regrette de ne pas pouvoir te prêter trois sous. Je suis très juste en ce moment.

Au retour de ce week-end qui était probablement de pure invention, Getulio reçut un appel du directeur de l'hôtel des Bergues. Mme Mendosa avait déposé un paquet pour lui. Getulio partit une semaine et revint les poches bourrées. Dans un moment de solitude, Augusta, trompant la surveillance de son frère, avait envoyé une carte postale : « Arturo, que deviens-tu ? Je pense à toi... Il ne faut pas se décourager. La mort de Concannon est d'une tristesse si épouvantable que je suis dans un trou noir. Getulio m'a offert un très joli tailleur de chez Balenciaga, mais pour qui le mettrai-je jamais ? Arturo, tu ne fais rien pour me voir... Love. A. »

Le fait le plus marquant de ce dernier trimestre fut un appel d'Allan Porter. Il invitait Arthur à Washington. L'enveloppe contenait un billet d'avion aller et retour.

Le conseiller — si peu secret que tout le monde murmurait son nom et lui attribuait des pouvoirs hors de l'ordinaire — reçut Arthur dans son bureau de la Maison-Blanche.

— Que faites-vous cet été ?

— Je pensais retourner deux ou trois semaines en France, voir ma mère et quelques amis, pour me dire que je ne suis pas déjà trop américanisé. En même temps, ce n'est pas certain que j'aurai l'argent du voyage, et, si je l'ai, peut-être vaut-il mieux que je l'économise. Je perds trop de temps avec ces traductions et ces leçons particulières.

Porter, en bras de chemise rayée et nœud papillon écarlate, boutons de manchettes et montre-bracelet en or, assis derrière un massif bureau de faux chippendale, jouait avec un coupe-papier qui ponctuait ses questions.

— Ça ne vous dirait pas de travailler pendant les mois de juillet et d'août ?

Le ton était impérieux.

— À quoi ?

— Oh, rien de vraiment difficile : un de mes amis, agent de change à la Bourse de New York, cherche un stagiaire.

— Je connais mal les questions de Bourse.

— Raison de plus. Allons déjeuner, vous réfléchirez.

Le haut personnel de la Maison-Blanche déjeunait dans un club qui lui était réservé. Porter ne serrait pas les mains, hâtif, se contentant d'un geste désinvolte en réponse aux saluts qui l'accueillaient de table en table.

— On est très content de vos résultats à Beresford, dit-il après avoir commandé le menu et le vin sans consulter son invité.

— Qui est ce « on » ?

— Les autorités... La deuxième année vous paraîtra plus intéressante.

— Je l'espère.

— J'avoue qu'il n'y a rien d'ennuyeux comme les études. La vie est un professeur autrement amusant. En stage chez Jansen et Brustein, vous apprendrez ce qu'aucune université ne vous enseignera.

Arthur avança un argument auquel, dès qu'il l'eut dit, il ne croyait déjà plus lui-même.

— Ma mère attend mon retour.

— Votre avenir vous attend aussi, et son amour est plus fragile que celui d'une mère.

— Vous êtes cynique.

— Cynique, non ! Lucide, oui. Disons que les

choses peuvent s'arranger. Tous les jours nos avions partent pour l'Europe. Je vous trouverai en septembre une place aller et retour qui ne vous coûtera rien que le déplaisir de voyager avec des militaires.

Arthur, s'il voulait être sincère avec lui-même, devait admettre que ses réticences ne relevaient pas tant de l'amour filial que de la crainte de quitter l'Amérique où se trouvaient Elizabeth et Augusta, même si, depuis des mois, il ne parvenait pas à voir celle-ci. Invisible, elle restait un empêchement dont il mesurait la naïveté.

— Dans ce cas, j'accepte... Avec reconnaissance, dit-il.

— Je ne vous demande aucune reconnaissance.

Le club était bondé. Au bar, des retardataires attendaient qu'une place fût libre. Les tablées parlaient et riaient si fort que Porter et Arthur devaient hausser la voix pour s'entendre, ce qui excluait toute nuance dans leurs propos. Une légère odeur hygiénique flottait dans la salle sans que l'on sût si elle tenait aux lotions après-rasage de ces messieurs, à leurs pochettes parfumées ou à l'air conditionné. Deux ou trois fois, le brouhaha cessa sans raison quelques secondes et reprit aussitôt allegro.

— Un ange est passé, dit Arthur.

— Ça m'étonnerait. Il n'y a pas d'anges à Washington D.C. Ils ont renoncé. Personne ne les écoutait.

Après avoir signé l'addition, Porter regarda Arthur dans les yeux :

— Vous apprendrez beaucoup de choses en deux mois chez Jansen et Brustein. La plupart de ces choses ne doivent pas passer la porte des bureaux. Une seule indiscrétion fait capoter une opération montée depuis des mois. Je crois que ça vous amu-

140

sera de nager quelques semaines dans des eaux infestées de requins.

— Des requins ?

— Oui, à vos yeux d'Européen. Concannon ne vous a-t-il pas prévenu sur le bateau ? Les États-Unis ont un dieu : l'argent. Il absout tous les péchés. Connaissez-vous Washington ?

— Non.

— C'est la Rome moderne. Mon chauffeur vous promènera cet après-midi et vous conduira ensuite à l'aéroport. Je lui ai recommandé d'éviter les quartiers noirs... Ce ne sont pas nos meilleurs titres de gloire. Vous vous arrêtez à New York avant de regagner Beresford ?

Arthur y pensait et le souhaitait. Il n'avait pas vu Elizabeth depuis un mois.

— Ma secrétaire changera votre billet de retour. Au moins, Elizabeth Murphy vous donne-t-elle de notre société une idée un peu moins conventionnelle que la mienne.

Ainsi ce diable savait tout. Arthur se raidit. Porter le devina.

— Dites-vous bien que tout se sait et n'y voyez qu'une marque d'intérêt pour votre personne. Miss Murphy me fait toujours penser à une fable de votre grand La Fontaine : pour que les cigales continuent de chanter, il faut que des fourmis veillent à l'intendance. Je fais partie de ce que l'Amérique a de plus rigide pour qu'à l'intérieur de la citadelle les cigales continuent de chanter comme votre amie... ou de jouer la comédie. Faisons quelques pas, voulez-vous ? La voiture suivra.

Non seulement la voiture suivait, mais aussi un jeune homme en costume d'alpaga beige reconnu par Arthur pour être le même, en bleu pétrole, qu'à la descente du *Queen Mary* et à l'université, le soir de la conférence.

— C'est bien, dit Porter. Je vois à votre coup d'œil que les détails ne vous échappent pas. Croyez bien que ça m'est imposé. D'autres que moi y trouvent de l'importance. Cela fait aussi l'affaire de Minerva. Elle est persuadée que ce jeune homme avec un P.38 caché dans son holster veille sur ma conduite comme si je n'avais pas d'autre souci que de courir la gueuse dans une ville où tout le monde s'épie et se dénonce. Me voyez-vous en caleçon, dans une chambre d'hôtel avec une prostituée, surpris par un photographe et un journaliste, et le lendemain en première page du *Washington Post*, le sévère gardien de la vertu des hommes politiques, mais pas toujours de la sienne propre. À la clé, un mini-procès où un juge me condamnerait à une amende. Je vois d'ici la tête du Président éclaboussé par le scandale. Une fin de carrière foutue... Vous avez de la chance d'être français, d'être libre dans votre pays où l'on met plutôt un point d'honneur à ne pas fourrer son nez dans la vie privée des hommes publics...

Porter marchait d'un pas militaire, s'arrêtait net au milieu du trottoir sans se soucier des autres passants, saisissant le bras d'Arthur pour souligner la force de ses avertissements et le convaincre de l'étroitesse d'esprit des notables et de la presse.

— Je ne dis pas ça pour vous, assura Porter au moment de le quitter. Peut-être un jour...

— J'en suis encore loin.

— On croit ça... Le chauffeur vous promènera. Rien à voir avec New York. Une ville froide même par 40°, comme il sied au siège de la Puissance. La Puissance est glacée. Il y a des beautés. Je vous en laisse juge.

En descendant de l'avion à La Guardia, il appela Elizabeth.

— Oh, Arthur, comme tu tombes bien ! Arrive tout de suite. J'ai une surprise pour toi.

La surprise s'appelait Augusta. Plus tard, Arthur en voulut à Elizabeth de ne pas l'avoir prévenu. Sans doute le fit-elle exprès, toute à l'idée de lui prouver sa générosité, de lui faire souvenir — mais il ne l'oubliait pas — qu'ils étaient libres l'un et l'autre, et n'échangeaient lors de leurs brèves et trop rares rencontres que le plaisir envié par les anges. Pour Arthur, la rencontre fut un choc si soudain qu'il demeura muet, figé, son sac de voyage à ses pieds, comme si Augusta le prenait en flagrant délit. En six mois d'absence, elle était devenue un mythe, une idée dont la chair et jusqu'à la voix s'éloignaient de jour en jour, laissant place à une fragile statue emportée, rapportée, rendue floue par la moindre bourrasque. Il lui fallut même quelques secondes pour la reconnaître. Elle se tenait le dos à la fenêtre, le visage dans la pénombre du studio où Elizabeth, aimant ce qui est au ras du sol, n'allumait qu'une lampe basse à la tombée du jour. Nous sommes ainsi que la brutale réalisation d'un vœu secret nous laisse décontenancés, ne sachant plus si nous voulons ce que nous avions tellement souhaité, dépouillés de ce qui doublait notre vie et l'enchantait au point que l'aimée redevient un être irréel dont l'apparition bouleverse l'ordre des choses. Et comment n'être pas atterré par cette rencontre tant désirée qui se présentait enfin pour Arthur sous les auspices d'Elizabeth, le mettant dans un embarras dont pourtant aucune des deux femmes ne semblait se soucier ?

La lampe basse éclairait Augusta jusqu'aux genoux. Le reste, sa taille, son buste, son beau et noble port de tête, apparut aux yeux d'Arthur quand il s'habitua à la pénombre du studio. Alors, elle fut vraiment là et il la reconnut comme elle était, à la fois dans son souvenir et son imagination, une femme de chair et d'os, au corps moulé dans un fourreau de soie noire, un simple collier de perles autour du cou, deux légers coquillages d'or aux oreilles, la taille ceinte d'un ruban argenté qui retombait du côté droit. Si l'on soupçonne d'après ses laconiques cartes postales qu'Augusta nourrissait à l'égard d'Arthur rien qu'un peu des sentiments qu'il nourrissait lui-même pour elle, la rencontre était trop inattendue pour qu'ils n'en fussent pas choqués. Tout cela était-il vrai ou l'avaient-ils inventé ? Il n'était déjà plus assez jeune pour se bercer d'un amour romanesque. Les raisons qui l'attiraient vers Augusta s'expliquaient mal. Même plus lucide, il n'aurait pu se les avouer. Qu'elle y eût répondu à mots couverts lui paraissait encore incroyable.

— Eh bien ! dit Elizabeth, étonnée de leur silence, je croyais que vous alliez vous sauter au cou ! Il y a quelque chose que je ne sais pas ?

Arthur effleura des lèvres la joue fraîche d'Augusta.

— Tu ne fais rien pour me retrouver, dit-elle.

— Getulio fait tout pour que je ne te retrouve pas.

— Quand te verrai-je ?

— Maintenant ! Regarde, je suis là ! J'ai baisé ta joue et, sans en avoir l'air, j'ai caressé ton bras.

— Un vrai viol ! dit Elizabeth.

Augusta n'avait que cinq minutes. Une voiture venait la chercher pour la conduire à une soirée. Où ? Elle ne le précisa pas. Ni si Getulio y serait.

Elle n'aurait rien eu à se mettre sans Elizabeth qui lui prêtait une robe. Une robe d'ailleurs impossible. On ne pouvait ni monter ni descendre un escalier, à plus forte raison c'était dramatique dans une maison de trois étages sans ascenseur et un quartier populaire. Pourquoi Elizabeth ne venait-elle pas habiter 72e Rue au lieu du Village ? Un vrai coupe-gorge. Et il fallait voir comment les gens s'habillaient dans la rue : en jean et polo, et tous les trois pas on suffoquait sous les odeurs de friture des tratorias italiennes, des bistrots français. Ou, pis encore, dans l'escalier, on se heurtait à un couple de tantes qui se tenaient par le petit doigt et empestaient le patchouli, « ... tu sais, ce que les bonnes se mettent sous les aisselles quand elles font le ménage ».

— Ton numéro est fini ? demanda Elizabeth.

— Oui.

Et Augusta, en larmes, se jeta dans les bras d'Arthur.

— Sauve-moi si tu es un homme.

Elizabeth appuya sur le commutateur et, dans la cour-jardin, l'acacia flamboya.

— Il ne manquait plus que ça pour que la scène fasse pleurer Margot.

Arthur caressait la nuque d'Augusta blottie contre lui, sans pudeur. Il eut envie d'elle. Par-dessus l'épaule nue, il apercevait la cour, l'arbre, les maisons voisines, l'une rouge grenat, l'autre vert pomme. Des fenêtres s'allumaient. Un bras baissa les stores à l'étage d'en face.

Augusta se détacha de lui, masquant à deux mains son visage :

— Je suis défigurée !

— C'est le moins qu'on puisse dire, répondit Elizabeth, la prenant par la main et l'entraînant vers la salle de bains où elles s'enfermèrent.

Le sac de voyage abandonné au milieu du studio invitait à repartir. Arthur hésita. Il était encore temps de briser avec ces deux êtres, de leur échapper et de vivre la vie que Porter lui dessinait si bien. Il les entendait parler en anglais : la voix bien timbrée d'Elizabeth calmait la voix exaltée d'Augusta. Sur le sofa gisaient une robe à paillettes, un tutu de danseuse, un vieux tailleur fripé. Elizabeth avait dû puiser dans la garde-robe de sa troupe avant de trouver le fourreau de soie noire. Le locataire du dessus mit un disque de Presley sur son électrophone. De l'escalier parvint le bruit d'une altercation qui se termina par des pas précipités. Le voisin baissa le son. Augusta sortit la première.

— C'est affreux, je suis en retard... Arturo *meu*, c'était magnifique de te revoir. Tu n'as vraiment pas vieilli... si, si, je t'assure, tu es le même, tu ne parais pas ton âge ! C'est tellement agréable de se retrouver seulement tous les six mois. On n'a pas le temps de se lasser. À dans six mois... tu promets ? N'est-ce pas ?

— Je serai à New York en juillet et août.

— Alors appelle-moi. Mais ne dis rien à Getulio. Tu sais comme il est étrange. On ne devine jamais sa réaction. C'est un impulsif. Je crois qu'il a un peu peur de toi. Il m'a dit qu'un jour tu as failli lui casser la gueule. Tu sais que je ne te l'aurais jamais pardonné.

— Donne-moi ton numéro de téléphone.

— C'est 567... Écoute, ça n'a pas d'importance, je ne m'en souviens jamais. J'habite chez des amis sur la 5e Avenue. Elizabeth connaît tout ça par cœur. Elle te le dira.

146

Elle lui prit le visage entre les deux mains et posa un rapide baiser sur ses lèvres. La porte franchie, elle se retourna, la main déjà sur la rampe.

— J'ai eu beaucoup de peine à la mort de Concannon. Getulio n'a pas voulu que j'aille à l'enterrement.

— Il n'y était pas lui-même.

— Getulio n'aimait pas Concannon. C'est trop long à t'expliquer. D'ailleurs il n'aime personne. Si... moi... peut-être. Pauvre de moi ! Toujours en larmes. Et ridicule. Arturo, ne m'oublie jamais.

Ils l'entendirent descendre à pas précautionneux le raide escalier. Elizabeth passa dans la chambre qui donnait sur la rue.

— Arthur, viens voir !

En bas stationnait une Rolls-Royce blanche au chauffeur noir en livrée qui ouvrit la portière à Augusta. Elle s'engouffra dans la voiture sans penser à lever les yeux.

— Dieux du ciel ! soupira Elizabeth. L'avons-nous déjà perdue ?

Deux mois plus tard, la réponse était oui et non.

Ses examens passés sans encombre, Arthur revint à New York et entra chez Jansen et Brustein. Elizabeth l'hébergea les premières nuits et ils convinrent de ne pas s'imposer l'un à l'autre, d'autant qu'elle entamait les répétitions d'une pièce dont elle entendait garder le secret. Non loin de chez elle, il loua pour deux mois, dans Rector Street, un petit studio au dernier étage, confortable, sans plus : un lit, une armoire, une table et une chaise, une douche, au mur de vieilles gravures des souverains autrichiens. La cantine du capitaine Morgan était son seul apport. Mrs. Paley, la logeuse, une Hongroise, avait connu des jours meilleurs et prétendait même au

titre de danseuse étoile du corps de ballet de Budapest avant le démantèlement de l'Empire austro-
hongrois. Elle grasseyait joliment le français et, de
temps à autre, passait l'aspirateur avec des airs de
princesse déchue merveilleuse de courage dans l'adversité. Par la fenêtre pointait la flèche de Trinity
Church. Le siège des agents de change, Jansen et
Brustein, était à trois pas. Arthur arrivait à huit
heures et repartait à cinq quand, après une journée
frénétique, le quartier retombait dans la torpeur et
que des tonnes de papiers débités par télex cou-
vraient la chaussée et les trottoirs de Wall Street
devant le Stock Exchange. On ne rencontrait guère
Mr. Jansen enfermé dans son bureau et recevant les
visiteurs au compte-gouttes. Il singeait les gentle-
men de la City de Londres : costume rayé croisé,
chemises bleues à col blanc amidonné, cravate unie.
Son associé, Brustein, dépenaillé, pantalon en
accordéon, veste froissée aux épaules maculées de
pellicules, la cravate en bataille, débordait de vita-
lité, un mot gai aux lèvres, appelant les employés
par leurs prénoms, serrant dix fois les mains, et avec
ça un jugement d'une rapidité éblouissante, un
esprit de décision qui faisaient la fortune de la
firme. La rumeur voulait qu'il ait été un des génies
du service du chiffre pendant la guerre. De ce temps
datait son amitié avec Porter.

Les employés s'entassaient dans une rotonde d'où
la vue plongeait, par une enfilade de gratte-ciel, vers
les eaux jaunes de l'Hudson. Ils étaient une douzaine dans cette pièce vitrée, torride au moindre
rayon de soleil. Arthur ne fut pas long à percevoir
leur hostilité. Il n'avait pas gravi les échelons, et des
instances a priori détestées le protégeaient. Au
début, il eut du mal à se concentrer dans le brou-

haha des conversations, le harcèlement du téléphone, les interruptions continuelles, puis, peu à peu, il s'isola grâce à un conseil de Brustein :

— Ils sont idiots. Ignorez-les et ils vous respecteront. Wall Street, c'est la jungle. Il n'y a pas besoin de se défendre : il faut toujours attaquer comme si on allait mourir.

— Je ne suis que de passage.

— N'oubliez pas qu'on peut vous offrir de rester, alors l'un d'eux devra sauter. Ce sera la courte paille. Méfiez-vous en particulier d'une des deux femmes, Jenny. Elle en veut au monde entier. À vingt-cinq ans elle a déjà divorcé deux fois. Ça promet ! Gertrude porte sous son abondante chevelure rousse un appareil acoustique. Elle est sourde et, naturellement, entend très bien. C'est une fille de grand avenir.

À l'heure de la pause, les employés se relayaient, mais certains restaient à leur bureau mâchonnant des sandwichs et buvant du Coca-Cola, devant leurs machines à écrire et leurs calculatrices, se contentant de débrancher le téléphone.

— Ils crèvent de trouille qu'on prenne leur place, dit Brustein en riant. Venez manger un morceau avec moi. Ils n'en dormiront pas pendant six mois...

Attablés dans un petit bistrot qui jouait au troquet parisien, Brustein se dévoila un peu plus :

— Allan a tort de se mettre en évidence. On lui tire dessus. Il était bien plus efficace en restant dans l'ombre, mais nous sommes tous comme ça ! Un jour, nous mourons d'envie de montrer notre nez. En même temps, on ne se débarrasse jamais de vieilles camaraderies. N'entrez dans le système Porter qu'avec une infinie prudence : c'est de la glu... Assez parlé. Savez-vous que j'ai une grande prétention ? Je suis le meilleur connaisseur de Cézanne de tous les États-Unis. Aimez-vous Cézanne ?

— Oui, mais j'ai peur d'avoir à réviser mes leçons si je dois en parler avec un fanatique...

— Alors, je vous donne rendez-vous dans quinze jours et je vous bombarderai. Préparez vos défenses.

Les autres employés descendaient jusqu'aux ombrages de Battery Park et s'installaient sur un banc face à l'estuaire survolé par des myriades de goélands et de mouettes accompagnant les entrées et les sorties des cargos, des paquebots et des remorqueurs. Arthur aimait Battery Park. Le matin, levé à six heures, il allait y courir. Une demi-heure de pas gymnastique l'aidait à supporter une journée assis à sa table. Le soir, il cherchait un cinéma ou un théâtre, mais le plus souvent restait chez lui à préparer la deuxième année à Beresford.

Elizabeth le surprenait en montant le rejoindre dans sa chambre après minuit. Les répétitions la tuaient de fatigue. Ayant viré Piotr et Leigh qui ne comprenaient « rien à rien », elle avait engagé Jerry, un jeune étudiant de New York College, un Noir « terriblement » beau. Elizabeth se déshabillait devant Arthur avec la liberté qu'elle mettait dans toute sa vie. C'était un bonheur de la voir ainsi se dénuder, si près de la perfection qu'on oubliait de la désirer. Contrairement aux apparences, elle restait d'une extrême pudeur au moment le plus intense. De retour de sa gymnastique dans Battery Park, il la trouvait encore endormie et lui préparait un thé avec des croissants frais. Dans cette ville écrasante, écrasée par la chaleur de l'été, le plaisir qu'ils échangeaient était le seul lien d'Arthur avec la vie. Le reste l'indifférait. Ce monde ne serait jamais le sien. Mais où se trouvait le sien ? Il écrivait plus régulièrement à sa mère, dorant quelque peu sa vie, l'encourageant à consulter un cardiologue depuis qu'elle avouait des étourdissements. Il la reverrait en septembre. Elle vivait pour ce retour : « ... tu ne sauras jamais combien ta réussite aux examens enchante la famille. Nous nous réjouissons de ta belle situation chez l'agent de change... » Ah, si elle avait pu voir où il travaillait avec une douzaine d'autres employés, l'entassement, le bruit, la ronde des coursiers qui entraient et sortaient dégouttant de sueur, et, en fin de journée, les corbeilles débordant de papier imprimé, de bouteilles d'eau minérale, de graphiques périmés, de brouillons, elle n'ajouterait pas : « ... ça y est, mon cher petit garçon... pour moi, même si tu deviens un important financier, tu seras toujours mon "petit garçon"... tu joues dans la cour des grands ». De quelles illusions se nourrissait-elle ? « ... tu ne me parles plus de tes amis brésiliens ! Je suppose qu'ils sont dans leur famille pour les vacances. Et cette jolie Américaine ? Tu n'en dis rien. Je connais ton goût pour les secrets. N'y a-t-il pas anguille sous roche ? Tu sais qu'on ne peut rien me cacher. Je lis entre les lignes ! »

De mois en mois, le fossé se creusait. Avec honte et déchirement. Le travail l'aidait à se fuir, les nuits avec Elizabeth apportaient une trop fragile paix qui s'évanouissait quand elle se détachait de lui et voguait dans le sommeil, raide comme une gisante. Une étrangère. Une passante. Si, pour se rassurer, Arthur lui prenait la main, Elizabeth se dégageait et l'abandonnait jusqu'à l'heure où New York s'ébrouait et donnait de la voix. La rumeur s'amplifiait, déferlait en torrent par le bas Broadway. Au pas gymnastique dans Battery Park, il imaginait une conversation idéale avec Elizabeth : « En continuant de rester aussi prudents, en séparant bien nos deux existences pour qu'elles ne se heurtent jamais, tu sais que notre histoire peut durer toute une vie... ! Je t'entends... "Quelle horreur !", mais nous ne nous mentons jamais ! Qui en dit autant ? Enfin... c'est de la théorie... As-tu remarqué, malgré ton inattention à ces choses-là, que nous n'utilisons jamais le verbe "aimer" ? Il ne passe pas tes lèvres. Les a-t-il jamais passées ? Et il ne vient pas non plus aux miennes. Même s'il venait, par distraction, ton éclat de rire me rappellerait à l'ordre. En anglais, c'est plus facile : le charme de "I like you" est immense quand on le compare au banal, usé jusqu'à la corde, "I love you". L'italien a inventé une merveille de justesse introuvable dans aucune autre langue : "Ti voglio ben." Je te veux du bien. Tu me veux du bien. Nous nous voulons du bien. Un joyau de civilisation, une montagne de tendresse derrière les mots : du respect, de la générosité, de l'amitié. Je rentre, je n'oublie pas les croissants. Tu boiras ton thé assise dans le lit. Tu as de très beaux seins qui ne se fatigueront jamais, tu vas te rhabiller et disparaître. Tu détiens seule la clé de nos rendez-vous. Tu ne me la confieras pas et tu ne feras rien pour que je revoie Augusta. »

En quoi il se trompait. Brossant ses cheveux, elle dit, un matin :

— Que je n'oublie pas ! Getulio voudrait déjeuner avec toi samedi.

— Pour m'annoncer le mariage d'Augusta ?

— Non. Elle sera là. Et aussi un ami brésilien qui aimerait te connaître.

— J'en doute.

152

— Arthur, aime-toi un peu. Juste un peu.

— Je ne vois pas quel intérêt je présente pour qui que ce soit dans le milieu fréquenté par Getulio.

— Tu acceptes ?

— Naturellement, j'accepte, rien que pour savoir dans quel piège Getulio veut m'attirer.

De cette chose impalpable, peut-être inexistante qu'est le passé, que gardons-nous ? À peine quelques mots dont nous ne savons plus s'ils ont été réellement prononcés ou si c'est nous qui les inventons dans le naïf désir de nous justifier, de croire que nous avons vraiment existé tel jour, telle heure cruciale dont le souvenir nous poursuit. Seules des images — parfois même reliées entre elles comme un film dont un censeur aurait coupé les meilleurs ou les pires passages, ôtant toute logique à leur enchaînement —, seules des images surnagent et permettent de reconstituer un épisode du passé dont nous sommes assurés qu'il a été un carrefour fatal. Là, tout s'est décidé. Un pas à gauche au lieu d'un pas à droite, une minute de retard, et toute une vie bascule dans l'inconnu.

Pourquoi Arthur, de ce samedi matin de juillet à New York, se rappelle-t-il d'abord sa longue marche dans la ville, de Rector Street jusqu'à la 72e Rue, dans la fournaise de Broadway, puis de la 5e Avenue, les trottoirs brûlants, les feux de signalisation qui cassent son pas, le couple égaré qui demande son chemin en une langue qu'il pense être du lituanien, le chien jaune efflanqué qui le suit depuis le Stock Exchange et le quitte Times Square, une patineuse à roulettes en short et débardeur bleu, tournant comme une folle autour de Rockefeller Plaza, jolie, saine, une peau de pain brûlé, les cheveux décolorés noués par un catogan. Après, il y a un hiatus comme si, magiquement, Arthur est transporté, par ce que les Italiens appellent « ministero angelico », de la patineuse de Rockefeller Plaza à la porte vitrée du Brasilia qu'un portier maintient ouverte pour qu'il reçoive de plein fouet le regard anxieux d'Augusta assise à une table face à l'entrée, devant deux hommes qui tournent le dos. L'un découvre un début de calvitie comme une tonsure ecclésiastique : Getulio en voie de devenir chauve. L'autre, au contraire, présente une nuque frisée, une chevelure corbeau plaquée sur les tempes par une épaisse couche de brillantine : le Brésilien affairiste, objet de cette rencontre. Ces deux chevelures disparates sont accessoires dans le film qui a déjà commencé et dont le début sera peu à peu deviné. Le son est coupé. Il n'y a plus sur l'écran que le regard bleu d'Augusta dans une succession de plans grossissants jusqu'à éliminer le décor clinquant du restaurant et même l'hôtesse en costume de Bahia, qui, avec une gentillesse dépourvue d'ambiguïté, prend Arthur par la main pour le guider, dans le dédale des tables occupées, jusqu'à Getulio qui se lève et, après qu'Augusta a tendu sa joue au Français, présente l'un à l'autre Luis de Souza et Arthur Morgan. Celui-ci n'a encore aucune idée de ce qu'on lui demandera, il sait seulement qu'il court un risque à cause d'Augusta, de ses bras nus, de la jolie robe en surah orange qui découvre les épaules et la gorge, de la musicalité des voix brésiliennes autour de lui : la Bahianaise, le maître d'hôtel, un Carioca, le sommelier, un Pauliste. Le son est raccordé : une allègre chanson brésilienne flotte dans la salle, on apporte des cocktails, gin aux fruits de la Passion, et, au centre de la table, dans un seau à glace, un flacon de cachaça à boire en trou normand, entre les plats.

Les détails sont ennuyeux. Disons en bref que Souza cherche un renseignement qu'Arthur peut lui procurer en ouvrant, chez Jansen et Brustein, le dossier d'une société gérée par les deux agents de change. Arthur proteste : il est en stage, la vingt-cinquième roue du carrosse et n'accède qu'aux dossiers qu'on lui confie.

— Allons, dit Getulio, ne fais pas le modeste. À un dîner, la semaine dernière chez les Lewis, Brustein a parlé très élogieusement de toi.

— Tu m'étonnes !

Contre la jambe d'Arthur s'appuie la jambe d'Augusta. Il n'est pas le rien qu'il prétend, elle est là, à son côté, face aux deux complices, aux mensonges de Getulio. On lui verse un verre à liqueur de cachaça. C'est du feu. Arthur essaie de penser à autre chose, à Elizabeth traversant nue la chambre et, les deux bras levés, découvrant ses fraîches aisselles blondes pour brosser ses cheveux courts. Il se demande si Luis de Souza est l'homme auquel Getulio veut vendre sa sœur. Il a envie de s'enfuir avec elle, de gifler ce rastaquouère de Souza, de traiter Getulio de maquereau ou de les tuer tous les deux. La cuisse d'Augusta pèse contre la sienne. Dans le studio d'Elizabeth, elle s'est lovée contre lui. Rien que ce souvenir le rend infiniment supérieur aux deux hommes qui croient le manipuler.

Après il y a une coupure, un blanc dont il ne mesure pas la durée. Il marche dans la 5ᵉ Avenue avec Augusta. Luis et Getulio sont partis en taxi. En le laissant seul avec elle, ils croient jouer un atout décisif, mais peut-être cette dernière carte est-elle de trop, comme ont été de trop les fastueux pourboires de Souza au petit personnel. Arthur, méfiant et fier, ne se laissera pas confondre avec les larbins d'un restaurant. Sa main serre au-dessus du coude le bras nu d'Augusta. Elle a une envie de magasins.

— N'aie pas peur, Arturo *meu* ! Je n'achète rien. Je suis une voyeuse.

Elle a surtout envie de s'amuser et d'interloquer les vendeuses avec des questions faussement innocentes. Chez Tiffany's, devant l'écrin d'un collier de rubis :

— D'après votre expérience, ce sont les maris qui achètent ce genre de bijoux, ou les amants ?

Au rayon lingerie de Bloomingdale's, elle interroge une jeune fille aux cheveux coupés à la garçonne :

— Vous n'avez rien de rose et noir ? Mon mari préfère le noir, mon amant le rose. Je ne peux quand même pas me changer trois fois par jour.

Dans une librairie :

— Je cherche le *Kama-sutra* en braille. Ce n'est pas pour moi. Je l'ai déjà lu deux fois. Et vous ?

L'air conditionné des magasins rend la rue encore plus irrespirable. Augusta porte la main à sa gorge découverte.

— Je suis certaine d'attraper la mort. Est-ce que ça ne serait pas mieux pour tout le monde ? Pour Getulio qui n'arrive pas à joindre les deux bouts et bâtit tous les jours des combinaisons mirifiques qui nous sauvent de la rue. Pour toi, mon chéri, qui prétends m'aimer.

— Je ne t'ai jamais dit ça.

— Ça se voit comme le nez au milieu de la figure. Où habites-tu ?

— Dans le bas Manhattan.

— J'ai envie de connaître ton appartement.

— Ce n'est pas un appartement, c'est juste une

chambre indépendante que me loue une ancienne danseuse hongroise.

— Je veux visiter ton galetas.

— Ce n'est pas du tout un galetas et c'est à deux pas de Jansen et Brustein, à trois d'Elizabeth.

Un taxi les conduit Rector Street. Le chauffeur, un Noir, sourit dans le rétroviseur quand ils parlent français.

— Je suis haïtien... Ça me plaît d'entendre parler français. Et encore plus qu'on me dise merci ou s'il vous plaît.

Les cheveux de cet homme sont une drôle de boule noire frisée. Il porte des lunettes de soleil bleues. Arthur se demande pourquoi aujourd'hui il remarque les cheveux de tous les gens qu'il rencontre. Sur le palier, ils se trouvent nez à nez avec Mrs. Paley, qui sort de chez Arthur un chiffon et une brosse à la main.

— J'avais un pressentiment que vous auriez de la visite aujourd'hui. J'ai juste donné un petit coup. Tout est toujours si bien rangé chez vous ! Un vrai plaisir.

— M. Morgan m'a longuement parlé de vous, dit Augusta. Vous devriez écrire vos Mémoires. Peu de femmes ont vécu ce que vous avez vécu.

Arthur sourit : c'est à peine s'il a mentionné le nom de Paley et qu'elle a été danseuse. Il s'aperçoit avec ahurissement, car désormais ça le poursuit, que Mrs. Paley porte une perruque grise aux longues boucles qui pendouillent.

— Dans quelle langue voudriez-vous que j'écrive mes Mémoires ? Je ne parle plus le hongrois depuis longtemps. L'allemand, je le déteste. Le français ? Je zézaye.

— M. Morgan m'a assuré que vous avez eu une liaison avec une altesse royale...

Mrs. Paley a un geste vague.

— C'est bien possible ! À cette époque-là, on ne demandait pas les papiers d'identité à chaque coin de rue.

De peur que la conversation ne s'éternise, Arthur ouvre la porte de sa chambre, entre et parcourt du regard ce très petit univers où il n'y a pas d'autres signes d'une présence que les siens. Elizabeth repart comme elle est venue. La table, les livres empilés sur la cantine, le lit sagement recouvert d'une cretonne ornée de cavaliers et de jeunes femmes se baignant dans un étang, un bien médiocre décor pour recevoir Augusta, mais elle l'a voulu. Du palier, elle exerce encore sa séduction sur Mrs. Paley avec une candeur calculée.

— N'avez-vous jamais songé à ouvrir un cours de danse ?

Mrs. Paley, trop heureuse, s'enferre. Ses locataires sont moins aimables, toujours à se plaindre. Elle cite Diaghilev, Lifar, Balanchine. Les Russes ont tout accaparé. Elle n'a jamais aimé les Russes. Arthur sait bien qu'Augusta, effrayée par sa propre audace, puisque c'est elle qui a demandé à venir, retarde le moment de se trouver seule avec lui. Quand, enfin, elle le rejoint et qu'il referme la porte, renvoyant Mrs. Paley à ses moroses considérations sur les grandeurs qui s'effondrent, Augusta — il le voit dans son attitude mécanique et embarrassée, dans la nervosité de ses mains qui s'étreignent pour ne pas se trahir, dans la coloration des pommettes et le regard qui le fuit pour interroger le médiocre décor de la chambre —, Augusta dit d'une voix blanche qu'il ne lui connaît pas :

— Arthur, quelle chance tu as ! Tu te contentes de si peu ! Tu seras facilement heureux dans la vie. Getulio est l'opposé. Il a envie de tout ce qu'il n'a pas. Ça m'étonne toujours que vous soyez amis.

— Ne joue pas les innocentes. Getulio et moi, nous ne sommes pas amis.

— Il parle de toi si gentiment. Aujourd'hui, il t'a présenté un grand ami qui pourra t'être utile dans l'avenir...

Arthur a envie de répondre qu'il s'occupera seul de son propre avenir, loin de Getulio, mais il a eu trop d'exemples de la complicité animale du frère et de la sœur pour prendre ce risque. Augusta feuillette un cahier de notes, ouvre un livre, contemple les gravures accrochées au mur.

— Qui est-ce ?

— L'archiduc Rodolphe.

— Et là ?

— L'impératrice d'Autriche-Hongrie. Peut-être préfères-tu que je dise Sissi comme dans les romans pour femmes seules.

— Ah... quelle tragédie ! À Genève on m'a montré l'endroit où elle a été assassinée.

Puis, s'asseyant sur le lit dont elle lisse la cretonne du plat de la main, la tête penchée, le regard ailleurs :

— Qu'est-ce qui nous arrive ?

— Ça fait six mois que je désespère de te voir. Getulio monte la garde.

— Pas tant que ça, aujourd'hui...

— Il y a une raison.

— Oui, j'ai voulu connaître l'endroit où tu vis.

— Je ne vis pas ici.

— Alors où vis-tu ?

— Dans ma tête, et ma tête est pleine d'Augusta

qui ne se ressemblent pas et tournent dans le même cercle.

De la rue monte la litanie de New York, une sirène de police. Des avions glissent dans le ciel du bas Manhattan et se dirigent vers La Guardia ou, tels de grands milans, décrivent des cercles de plus en plus rapprochés quand la piste n'est pas libre. Le quartier est désert. Ils sont des milliers à cuire au soleil des plages de Long Island. Arthur, accoudé à la fenêtre, tourne le dos à Augusta dont la voix lui parvient à travers un écran.

— Je ne gêne pas trop Elizabeth dans ton cercle ?

— Elle appartient à un autre cercle. Elle me voit quand elle est libre.

— Tu n'as pas besoin de me le cacher : elle est ta maîtresse, n'est-ce pas ? Oh, ne réponds pas ! Ça ne lui coûte rien à elle...

— Tu devrais le lui demander.

Il se retourne. Augusta est étendue sur le dos, les mains jointes derrière la nuque. Elle n'a entre son corps et Arthur que la légère robe d'été qui se creuse entre les jambes comme si elle était nue.

— Arthur, tu ne joues jamais au jeu de la vérité ?

— Non, c'est un jeu de menteurs.

Combien de temps passe ainsi ? Il est difficile de s'en souvenir. Il semble qu'ils ont beaucoup parlé et se sont souvent tus. Le soir glisse lentement ses ombres sur Manhattan. Une rafale de vent tiède qui sent la mer et le gazole monte de l'Hudson, s'engouffre dans Rector Street, soulève un tourbillon de poussière, emporte magiquement des boîtes de carton, des journaux, des sacs vides qui volent jusqu'aux premiers étages avant de retomber en crissant sur la chaussée. Dans le ciel rose et gris, d'une rare innocence au-dessus de la dévorante mégalopole, les clignotants des avions transatlantiques tracent, comme des météorites, de fumeuses paraboles.

Augusta dit :

— Getulio croit que tu es bête. C'est lui qui l'est. Toi, tu comprends tout. J'ai vite compris, moi, que tu n'aimes pas Luis, pas parce qu'il est sûrement véreux, mais parce qu'il donne trop de pourboires.

— Getulio veut te vendre à lui ?

Augusta éclate de rire.

— Quelle idée !

— À qui était la Rolls en bas de chez Elizabeth ?

— À personne, Arturo *meu*. Getulio l'avait louée une fortune pour que j'aille à une fête dans le New Jersey. Je devais faire un effet bœuf. Malheureusement, il y avait déjà trente Rolls au parking quand je suis arrivée en retard. Toutes de l'année. Quelle humiliation !

Un peu plus tard, elle se lève, marche de long en large dans la pièce, allume une lampe de chevet, ouvre le placard où pendent les deux seuls costumes d'Arthur, la cantine où il y a plus de livres que de linge, une raquette de tennis, des chaussures à crampons, la photo du père et de la mère lors de leur voyage de noces à Venise. Augusta la prend et l'approche de la lumière :

— Ne me dis pas... J'ai deviné. Tu leur ressembles. Est-ce qu'ils ont connu le bonheur ?

— Je crois. Brièvement.

— Ça doit être merveilleux.

— Oui, mon père a eu ça avant de mourir.

Arthur sent bien qu'elle hésite, que son va-et-vient dans la pièce retarde le moment où les propos futiles ne suffisent plus à combler le vide qui les

161

sépare. Le charmant visage d'Augusta si animé depuis leur rencontre au Brasilia s'est fermé. Est-ce l'heure où le drame de son enfance remonte irrésistiblement à la surface et lui serre la gorge quand tombe la nuit qui éteint le monde ?

— Tu as quelque chose à me dire.

Elle s'arrête et le regarde, la main sur sa gorge où apparaissent des rougeurs comme si une invisible poigne cherchait à l'étrangler avant qu'elle parle.

— Il paraît que tu es le seul à avoir vu Seamus à l'hôpital.

Entre eux, ils disaient toujours Concannon, le professeur Concannon. Rien que pour éviter l'étrangeté de ce prénom qui ne se prononce pas comme il s'écrit.

— Qui te l'a dit ?

— Getulio.

Augusta hausse les épaules :

— Il ne l'a jamais aimé. C'est vrai que Seamus ne pouvait plus parler ?

— Il l'a fait croire au médecin et à l'infirmière.

— Pas à toi ?

— Non, il m'a demandé à boire. Je lui ai passé un verre d'eau, il a dit : « Bonté divine... pouah ! » et l'a quand même bu. Et puis il m'a rappelé qu'il avait été le meilleur danseur de l'université.

— Rien pour moi ?

Est-ce là qu'elle voulait en venir ? Jamais il ne l'aurait cru.

— Si. Il voulait savoir si j'étais allé à New York pour te retrouver. Tu pleures ? La première fois que je t'ai vue, tu m'as dit : « Une femme qui pleure est ridicule. »

— Alors, je suis ridicule.

Elle essuie une larme qui allait rouler sur sa joue.

— À l'infirmière, dit Arthur, il a laissé un message. Elle me l'a rapporté sans le comprendre : « Ad Augusta per angusta. » Il me semble que ça nous est destiné.

Elle s'approche de la fenêtre où elle s'accoude avec Arthur. Deux goélands se sont aventurés dans l'étroit boyau de Rector Street et s'élèvent au-dessus des immeubles pour se volatiliser dans le ciel.

— Il faut que je rentre. Getulio m'attend. Je devais être de retour à cinq heures. Dieu seul sait ce qu'il est en train d'imaginer ! S'il avait ton adresse, il serait déjà ici, un pistolet à la main, décidé à venger mon honneur et tu serais un homme mort.

— Un homme mort ne vengerait pas ton honneur que, d'ailleurs, je te prie de remarquer, je n'ai même pas cherché à offenser.

— Je le sais.

Il veut la prendre dans ses bras. Elle le repousse avec une douceur et une fermeté inattendues.

— As-tu pris une décision ?

— Pour l'affaire de votre ami Luis ?

— Oui.

— Je redescends sur terre... Je prendrai une décision lundi.

— Je ne te pousse à rien, mais tu feras toujours croire à Getulio que je te l'ai demandé, n'est-ce pas ?

— Promis.

— Accompagne-moi jusqu'à un taxi. Je n'ai pas envie de te quitter.

L'ascenseur est un vrai panier à salade, d'une rare saleté, maculé du sol au plafond de dessins et d'inscriptions obscènes qu'Augusta lit à haute voix, avec un grand sérieux, tandis qu'ils descendent :

— Je reconnais ton écriture, mais vraiment je ne te savais pas ce talent de dessinateur.

— Oh, quelques vantardises, des gamineries... Les nuits d'insomnie, je m'enferme dans l'ascenseur et je t'écris en me faisant peut-être un peu trop valoir.

Ils s'arrêtent brutalement au rez-de-chaussée. Arthur enlace Augusta et l'embrasse. Elle appuie sur le bouton du douzième étage et ils remontent, redescendent plusieurs fois, se cherchant des lèvres. Une dernière fois en bas, elle se détache et lui prend le visage entre les mains :

— Maintenant cet ascenseur sordide est sacré. Chaque fois que tu le prendras, tu seras obligé de penser à moi. Partout où nous irons dans la vie, nous sublimerons la laideur et l'obscénité. Rien ne nous atteindra.

Ils marchent vers Broadway, hèlent un taxi en maraude conduit par un gnome dont la tête dépasse à peine la hauteur du volant. Il mâchouille un cigare éteint. Celui-ci est chauve, note Arthur.

— Arturo... un secret : en septembre, Getulio m'abandonne pendant quinze jours. Il doit aller à l'étranger. Sans moi. Ne me laisse pas seule. Emmène-moi où tu voudras... Ne m'embrasse pas dans la rue... Laisse-moi partir...

Impatient, le gnome se trémousse sur son siège, accélère son moteur au point mort.

— Cher prince charmant, je monte dans votre superbe carrosse si vous me laissez dire deux mots à M. Morgan avec qui j'ai entrepris, cet après-midi même, de sublimer la laideur qui écrase le monde moderne. N'est-ce pas, roi Arthur ?

— Avec ce type et son tacot puant, tu auras du mal.

— Qu'est-ce qu'il a mon tacot ?

— Je l'adore, dit Augusta. Écoute, Arturo, une chose dont tu te souviendras : si cet après-midi tu

164

avais profité de mon innocence pour me violer, je
me serais laissé faire.

— Nous parlerons plus tard de ton innocence.

— Où m'emmèneras-tu ?

— Ça dépendra de mes moyens.

— Moi, je m'en vais ! éructe le gnome.

— Écoute, Arturo *meu*, si tu es très pauvre nous
irons dans un endroit très pauvre et, pour oublier
notre misère, nous ferons l'amour comme des dieux.

— Et si je t'emmène dans un palace ?

— Nous essayerons que ce ne soit pas trop triste.
Elizabeth te dira quand je serai libre.

— Ton adresse ?

— Tu ne veux quand même pas que je perde tous
mes mystères d'un seul coup ?

Du bout des doigts, elle lui caresse les lèvres et
monte dans le taxi qui démarre furieusement. Par la
portière, passent un bras et une main qui agitent un
mouchoir rose.

Qu'y a-t-il de vrai dans tout cela ?

Brustein se servait avec les doigts, piquait une frite entre le pouce et l'index, la portait avec gourmandise à sa bouche rose et charnue. Pareil avec les feuilles de salade qu'il saupoudrait abondamment de sel. Les serviettes en papier avec lesquelles il s'essuyait la main jonchaient la table.

— À Marrakech, dit-il, j'ai passé une année enchanteresse : je travaillais le matin dans une banque américaine, le soir je m'étais fait des amis marocains fous de cuisine. Ils m'ont convaincu qu'on ne goûte les choses les plus délicates qu'en plongeant les doigts dans les plats. Entre les mets, passent une aiguière et un bassin d'argent avec des pétales de rose ou une feuille de géranium rosa. Comparés à ce haut degré de civilisation, nous sommes des dégénérés. Jansen est mon plus sûr ami, mais, quand je mange mal, il réprime à grand-peine une nausée. Un homme ultrasensible. Il est né en Suède où tout est si propre, si hygiénique, si correct qu'il ne parviendra jamais à être tout à fait américain.

Arthur se demandait qui peuplait l'Amérique trente ou quarante ans plus tôt quand Brustein né à Prague vivait au Maroc, Jansen en Suède, les Men-

166

dosa au Brésil, Concannon en Irlande, Mrs. Paley en Hongrie. Dans cette cafétéria affectionnée par l'agent de change, les Sud-Américains l'emportaient nettement sur les blonds Germains. À la table voisine, on parlait portugais. Les deux serveuses étaient asiatiques, rondes avec de gros mollets, les jambes arquées comme les vieux adjudants de cavalerie. Par le guichet de la cuisine passait la tête d'un énorme Noir, hilare, les dents jaunes. D'où tombait samedi matin, alors qu'Arthur se rendait au Brasilia, ce jeune couple lituanien qui demandait son chemin dans Broadway ? Il cherchait en vain les vrais Américains, ces Indiens à la peau cuivrée dont il ne connaissait jusqu'ici que deux spécimens insensibles au vertige, les laveurs de carreaux de l'immeuble où officiaient les agents de change.

— J'aimerais rencontrer des Américains, dit Arthur.

— Mon cher, pour cela il faut sortir de New York. Ici, c'est l'antichambre. Regardez sur une carte l'étroitesse de Manhattan. Tout est effroyablement étranglé entre les deux bras de l'Hudson. À l'air libre, vous vous dites que les États-Unis commencent au-delà de New York et qu'ils sont très peu peuplés, contrairement à ce qu'on croit. J'avais votre âge quand mes parents ont quitté la Tchécoslovaquie pour les raisons que vous devinez. Une fringale m'a pris. Pendant un an, j'ai parcouru le pays en tous sens, dans les autocars Greyhound qui ne coûtaient presque rien. J'avais cinquante dollars par mois. Pas le pactole. J'ai lavé des assiettes, rentré les foins, vendu des journaux dans les rues de Chicago, été figurant dans un film de Cecil B. De Mille. Je me suis nourri de glaces à la fraise et de chiens chauds. En somme le parfait trajet du futur milliardaire américain, à ceci près que je ne suis pas devenu milliardaire... enfin, peut-être... si un jour je vendais ma collection de tableaux, mes deux Cézanne, mon Renoir, mon Modigliani, une admirable série de gouaches de Picasso, et, bien entendu par tradition, puisque j'ai eu une enfance tchèque, une collection unique de dessins et d'affiches de Mucha.

Brustein tournait en rond et Arthur s'amusait en attendant patiemment la minute où l'agent de change se déciderait.

— Porter m'a dit grand bien de vous. Je m'étonne toujours que cet homme si informé fasse parfois confiance à sa seule intuition. Il prétend avoir du flair : un septième sens tout à fait irrationnel.

— Quand vous étiez officier du chiffre, vous aviez aussi du flair.

— Ah ! Il vous l'a raconté... Deux coups de chance, j'ai brisé le code des Japonais et celui de la Kriegsmarine. Pur hasard... J'essayais une clé et la serrure s'ouvrait... Prenons une glace pour faire passer le goût de ces hamburgers graillonneux.

On leur apporta, dans des verres à pied grands comme des vases, d'extravagantes combinaisons multicolores de glaces, de fruits rouges confits, de crème battue surmontés d'un parasol brandi par une poupée en sucre candi.

— Il y a un moment où le mauvais goût devient un art, dit Arthur.

Cette remarque plongea Brustein dans un abîme de réflexions :

— À propos, dit-il, la cuillère suspendue au-dessus de son dessert, à propos de cette Sociedade mineira de Manaos, je pense qu'il faut généreusement inciter M. Luis de...

— ... Souza...

— ... M. Luis de Souza à s'en emparer. Elle est en position de faiblesse depuis trois ans avec des bilans désastreux. Les actions sont au plus bas sur le marché, mais, confidentiellement, on murmure que des forages récents font espérer du pétrole.

— Et s'il n'y a pas de pétrole ?

Brustein prit un air désolé.

— Alors, M. Luis Machin boira un bouillon. C'est le genre de risque que des affairistes comme lui rencontrent dans leur vie. Il s'en remettra ou il ira en prison.

— Je ne veux pas sa ruine.

— Dites-vous que, dans notre métier, nous ne souhaitons la ruine de personne. Nous voulons créer des richesses qui circulent, nous voulons un univers de millionnaires qui ne savent pas quoi faire de leur argent. Comment pourrions-nous continuer sans eux ? Vous apprendrez très vite, Arthur : nous ne créons rien, nous spéculons sur la bêtise, la vanité, la cupidité ou le manque d'intuition. Je suis quand même surpris que cet homme ait choisi un stagiaire encore très novice, sans craindre qu'il vende la mèche. Et puis... après tout... M. de Souza a peut-être raison. À vous de décider. Je ne vous parle pas de votre conscience. Tout va trop vite sur la place de New York pour qu'on ait le temps de l'interroger.

— Alors ?

Brustein sourit, avala une cuillerée de glace et repoussa son assiette. Une lueur malicieuse passa dans ses yeux clairs.

— Sans l'y pousser, laissez-le lancer son O.P.A. Il nous débarrassera d'un canard boiteux. Je verrai avec Jansen comment vous en savoir gré.

— Et s'il y a vraiment du pétrole en Amazonie ?

— Ne me faites pas rire.

L'après-midi, Getulio téléphona chez Jansen et Brustein. Arthur donna le feu vert, partie parce que Brustein le séduisait, partie parce qu'il avait détesté les manières de Souza. L'opération terminée, il trouva en fin de mois, en plus de son salaire, une discrète enveloppe qui résolvait la question matérielle de la fuite avec Augusta en septembre. Brustein prit un air contrit quand il le remercia :

— Désolé pour M. de Souza... Les bruits sur les forages de pétrole sont plus que prématurés, disons... inexistants.

— Vous le saviez ?

— Sait-on jamais rien avec une absolue certitude ? J'ai toujours vécu du doute et du hasard.

Elizabeth continuait d'apparaître aux alentours de minuit, irrégulièrement, avec une désinvolture dont il ne lui tenait pas plus rigueur que de ses absences ou de ses brusques apparitions. Trouvant Arthur en train de préparer ses examens d'octobre, elle se déshabillait en un tournemain.

— Tu es trop sérieux. Ça te perdra. Je suis crevée. Bonne nuit.

Entortillée dans le drap, elle s'endormait aussitôt. Une heure après, le drap rejeté, elle était nue, allongée sur le dos, une main sur la poitrine, l'autre sur le ventre comme la pudique Ève de l'Arco Foscari du palais des Doges. Que venait-elle chercher auprès de lui ? Le matin, au retour de son pas gymnastique dans Battery Park, elle dormait encore ou était partie. Arthur, lentement, commençait de lui ressembler. Il prenait ce qu'elle offrait, c'est-à-dire bien peu et beaucoup : une présence dans cette ville gargantuesque qui ne lui prêtait pas plus d'attention qu'à un moucheron. Quand ils trouvaient le temps de se parler, la conversation restait à mi-distance de chacun d'eux, sur un terrain neutre même quand revenaient les noms de Getulio et d'Augusta. Oui, les répétitions se poursuivaient. Jerry, la nouvelle recrue, apprenait tout avec une déconcertante facilité. Thelma ne montrait aucune imagination, mais elle embellissait. Dès son apparition un souffle passait sur la petite scène aménagée dans le studio où la pièce prenait lentement forme. Piotr et Leigh, en tournée dans l'Ouest, jouaient une pièce « bourgeoise ». Ils étaient perdus pour le théâtre. Du coup, elle abandonnait leur diététique et Arthur la soupçonnait même certains soirs d'abuser du vin chilien. Quant au théâtre qui accueillerait le spectacle, Elizabeth avait décidé que ce serait un hangar désaffecté des docks.

— Tu n'imagines pas la beauté de cette salle : des poutrelles géantes, des fenêtres brisées, une espèce de poussière collante sur les murs et au plafond de tôle ondulée, des colonies de rats qui se livrent de furieuses batailles en couinant la nuit, toute l'image d'une civilisation morte sur une planète morte. Les spectateurs ne se dépayseront pas. C'est le monde dans lequel ils vivent, les yeux soigneusement fermés pour ne pas ignorer qu'ils piétinent de la merde et des ruines.

— Ça va être du délire !

Quel homme trouverait place auprès d'elle ? Un matin, alors qu'il se douchait porte ouverte de la petite salle d'eau, elle lui cria :

— Tu as un joli dos et des fesses de chérubin.

Il admirait que, sans jamais faire d'exercice, elle fût aussi souple et parfaitement musclée, capable du

171

grand écart, du poirier. Ils se provoquaient comme deux enfants. Alors qu'elle buvait un café et mangeait des croissants frais dont il peinait, après son départ, à ramasser les miettes éparses dans les draps, il lui dit :

— J'ai une chance inouïe : en ta personne, j'ai rencontré la femme androgyne de la mythologie. Je suis à la fois ton amant et ta maîtresse.

— Et avec Augusta ?

— Nous vivons encore dans l'imaginaire.

— Gare à la chute !

— Tu me secourras.

— Ne me prends pas pour une infirmière.

Il ne s'illusionnait pas sur ce chapitre. Au moment le plus imprévisible, elle disparaîtrait et peut-être alors commencerait-il à mieux la comprendre. Mais quelle curieuse introduction à l'ambiguïté de la vie que cette liaison sans passion, peut-être même sans amour, sûrement sans mensonge, sinon sans omission ! Pourquoi ne voulait-elle pas qu'il vînt la retrouver chez elle ? Si elle le permit à peine deux fois pendant ce long été, il eut l'impression qu'avant son arrivée, elle dissimulait tout signe d'une présence étrangère sauf les accessoires de sa pièce : un paravent, un lit d'hôpital, une chaise bancale.

Plus tard, Arthur devait se souvenir de ces deux mois dans l'étouffant New York de l'été comme du tournant de sa vie. Chez Jansen et Brustein, il avait mesuré l'agressivité du milieu des affaires, la férocité de la compétition. Ses collègues lui parlaient à peine, beaucoup parce qu'ils s'inquiétaient de l'amitié montrée par Brustein à ce jeune étranger trop rapide à se mettre au courant, un peu parce qu'ils craignaient de le voir s'implanter bien qu'il les eût, à plusieurs reprises, rassurés en parlant de sa seconde année universitaire et de son retour en France.

Gertrude Zavadzinski, la jeune collaboratrice qui dissimulait un appareil acoustique sous son opulente chevelure rousse, avait été la seule à échanger quelques mots avec lui en dehors du bureau. On l'appelait Zava, sobriquet facile et unisexe correspondant bien à son physique plutôt rude : de larges épaules, des mains de lutteuse, un visage rond au nez épaté, criblé de taches de rousseur, des manières hommasses, un air toujours sur la défensive. Mû par la politesse naturelle du milieu qui l'avait élevé, Arthur s'était effacé devant une porte pour la laisser passer. À son étonnement, elle parlait français avec un accent qui n'empruntait rien au nasillement américain.

— Je reconnais les manières françaises.

— Vous auriez pu me le dire plus tôt.

Après cinq heures, ils s'étaient retrouvés dans un bar du bas Broadway à boire de la bière.

— Je suis née à Varsovie en 1930. Nous parlions tous français à la maison.

Venus en vacances à New York le mois précédant la déclaration de guerre, ils étaient restés.

— À Varsovie, mon père travaillait dans une banque. Ici, il a été balayeur, chauffeur de taxi, conducteur d'autobus, gardien d'immeuble, et ma mère dame de compagnie. J'ai fait mes études au Brooklyn College. Nous vivons toujours ensemble. Nous parlons français entre nous.

Portant nerveusement sa main à ses cheveux pour s'assurer qu'ils cachaient bien son appareil acoustique, elle s'exprimait en petites phrases courtes qui ne souffraient pas de réponses.

— Je suis ceinture noire de judo. Deux fois par semaine, je boxe dans un gymnase féminin. Ça se sait. Personne ne se paye longtemps ma tête. D'ailleurs j'entends beaucoup moins mal qu'on ne le croit. Venez dîner un soir chez nous. Mes parents seront tellement heureux de parler avec un Français.

Il y était allé, ému de rencontrer dans le malheur cette fidélité à une éducation européenne que l'Amérique avec son poids dans le monde, ses jeans, ses voitures de boyards, son Coca-Cola, ses musées bourrés de chefs-d'œuvre et sa galopante technologie rendait — pauvre éducation européenne ! — un peu plus désuète chaque jour, abandonnant au bord des routes rectilignes de la nouvelle civilisation des épaves vite pitoyables. À peine quinze ans avaient suffi à écraser ce couple, peut-être raffiné autrefois, en tout cas fier d'appartenir, grâce à l'usage du français, à une Europe privilégiée, sans frontières, comme celle qu'avaient connue Stendhal et Joseph Conrad. Désormais cloîtrés dans un exigu trois-pièces de Brooklyn, face à une enseigne lumineuse dont, chaque dix secondes, les éclats rouges enflammaient la salle à manger malgré un cache de linoléum noir collé à la fenêtre, les Zavadzinski attendaient une apocalypse incertaine. Leur seule raison de survivre était cette fille victorieuse de son infirmité, promise, espéraient-ils dans leur goût si typique des Polonais pour la féerie, à un grand avenir qui les vengerait de leur échec au pays de cocagne.

— Le rêve américain... le rêve américain ! répétait Thadée Zavadzinski, la voix pleine de rancœur. Quel mensonge énorme pour des gens comme nous qui avions deux bonnes, une voiture, une maison de campagne !

174

Sa femme lui saisissait la main qu'elle caressait du pouce pour le calmer.

— Tu es un ingrat ! Si nous étions restés à Varsovie, nous serions morts ou dans la misère. Notre bonheur c'est Gertrude. Elle sera tout ce que la vie ne t'a pas permis d'être.

Cette soirée plutôt pénible s'était mélancoliquement terminée. Gertrude avait accompagné Arthur jusqu'à un autobus. Personne ne dormait dans cette chaleur moite et malsaine. Sur les perrons des immeubles, des familles entières vautrées sur les marches ou carrément couchées sur les trottoirs guettaient le moindre souffle d'air frais.

— Vous avez été gentil, Arthur ! Ils en parleront longtemps. Ils ne voient personne. Nos parents sont partis dans l'Ouest. Un de mes deux cousins est à West Point, l'autre est chirurgien à San Francisco. Ils ne parlent ni français ni polonais. On ne les voit plus. Nous n'habitons pas un quartier assez chic.

Arrivés à l'arrêt de l'autobus, il avait voulu la raccompagner jusqu'à sa porte.

— Ensuite, il faudrait que je vous remonte le chemin. Nous en aurions jusqu'à l'aube.

— Je suis très capable de m'orienter et, si je me perds, de demander autour de moi. Apparemment tout le monde dort dehors cette nuit.

Elle avait éclaté de rire.

— Alors votre sort serait bon. Deux minutes après vous vous retrouveriez en caleçon, sans un sou et sans avoir compris ce qui vous arrive.

— Et vous ?

— Ils me connaissent. J'en ai déjà tabassé deux ou trois. La paix est signée. Je circule les mains dans les poches... Ne racontez pas au bureau que vous avez rencontré mes parents. J'ai beau n'être pas une

175

beauté, ils inventeront n'importe quoi pour vous tourner, me tourner en dérision. Nous ne méritons pas ça. Nous sommes beaucoup mieux qu'eux... N'est-ce pas ?

Cette fille était du granit, taillée en force physiquement et moralement pour survivre dans un monde sans pitié. Elle n'étoufferait pas, elle gardait un jardin secret, ce morne appartement de Brooklyn où ses parents remâchaient leur défaite, n'espérant plus qu'en elle.

— Pourquoi ai-je envie de vous confier ce que même mon père et ma mère ne savent pas ? Un otorhino m'a examinée il y a six mois. Une opération peut guérir ma surdité accidentelle. Encore deux ou trois ans et je me la payerai... Un matin, au bureau, je compte apparaître les cheveux coupés court à la garçonne et on verra que je n'ai plus d'appareil.

Ainsi tel était son rêve. Arthur mesura sa propre pauvreté. Qu'était-ce que rêver d'Augusta en comparaison de la victoire ambitionnée par Gertrude ? Rien. L'autobus approchait. Ils s'étaient donné l'accolade comme deux guerriers. À travers la vitre, il avait vu, coupée en deux, distordue par le reflet des enseignes lumineuses, la grande silhouette masculine de Gertrude qui s'éloignait à pas de grenadier.

En s'ouvrant, la porte de l'ascenseur éclaira de sa lumière jaune Elizabeth assise dans l'obscurité sur la dernière marche de l'escalier, la tête dans les mains.

— Tu rentres tard !

— Il n'est pas minuit. Mrs. Paley aurait pu t'ouvrir.

— Et me raconter sa vie ! Merci.

Il eut à peine le temps de se doucher, elle était sur

le flanc, nue, entortillée dans le drap à son habitude, dormant ou feignant de dormir. Au retour de Battery Park le matin, déjà envolée, elle avait laissé, dans le lit, le parfum chic et cher qui la trahissait, et, sur la table, un mot griffonné : « Merci. E. »

Merci de quoi ? Comme elle se protégeait ! Ils n'avaient pas échangé plus de trois mots, pas une caresse. Qu'elle ait eu, à un moment de la soirée, le soudain et impérieux besoin d'une présence jusque dans son sommeil troublait Arthur plus que si elle avait risqué un aveu. Une ombre venait de se glisser entre eux qui se croyaient naïvement au-dessus de ces mièvreries. On ne l'est jamais, faut-il croire. Nous nous barricadons en vain. Le soupçon passe, s'infiltre, creuse des galeries souterraines, surgit comme le furet au sortir du terrier.

Arthur vécut une mauvaise journée, poursuivi dans la routine du travail par un mal à l'aise qu'il chassait un instant et sentait revenir dès qu'il levait la tête. En vain espéra-t-il un signe de Gertrude Zavadzinski. Absorbée par le télex du Stock Exchange, elle ne le voyait pas plus que les jours précédents et, à cinq heures, dehors avant lui, disparut dans la foule que dégorgeaient les bureaux. L'orage qui menaçait depuis le matin éclata comme il regagnait Rector Street par les quais. En quelques minutes, les rues se transformèrent en torrents, les femmes coururent vers le métro, leurs légères robes d'été indécemment collées au corps par la pluie et les gerbes d'eau sale soulevées par les voitures dans les flaques de la chaussée défoncée. Arthur arriva trempé chez lui. Mrs. Paley l'attendait sur le palier.

— Donnez-moi votre costume, je le mettrai à

sécher dans ma cuisine. La dame de l'autre jour, vous savez... l'Espagnole...

— Elle est brésilienne.

— Ah ! J'aurais cru... à son accent... Elle a laissé un mot pour vous.

« Arturo *meu*... ça y est... Getulio s'absente le 1er septembre pour quinze jours. J'ai prévenu Elizabeth, je te retrouverai chez elle avec ma valise. Sais-tu déjà où nous irons ? Le mieux serait une île déserte avec le confort moderne. Je ne te dis pas que je t'aime, tu serais tout de suite odieux. Mademoiselle Augusta Mendosa qui t'embrasse. »

Par la fenêtre restée ouverte le matin, la pluie avait laissé une flaque sur le parquet, éclaboussé les livres et un cahier de notes sur la table de travail. Entrée sur les talons d'Arthur, Mrs. Paley se rua sur les dégâts, une serpillière et une bassine à la main.

— C'est de ma faute... J'aurais dû m'en douter. Laissez-moi faire.

À genoux, elle épongea le parquet, tendant une croupe qui avait dû, autrefois, recevoir pas mal de flatteries.

— J'espère que la lettre arrivée au courrier de ce matin n'est pas trop mouillée...

Arthur reconnut l'écriture de sa mère. Sur l'enveloppe au timbre français, la pluie avait dilué l'encre, brouillé son nom et laissé seuls, à gauche, les mots : « Amérique, par avion. » Bien que sermonnée plusieurs fois sur cette impropriété, Mme Morgan continuait de cultiver l'idée qu'une seule Amérique existait, celle où son fils s'initiait aux jeux de la cour des grands.

— Ne restez pas comme ça ! Changez-vous. Allez... pas de pudeur ! Je ne suis plus d'âge à prendre ça pour une invite.

178

Enveloppé dans une serviette de bain, il lui tendit sa chemise et son costume trempés. L'orage s'arrêta aussi brusquement qu'il s'était déchaîné, libérant les bruits ordinaires de la ville : la sirène des pompiers, le miaulement d'un long-courrier descendant vers l'aéroport de La Guardia, la corne de brume d'un remorqueur remontant l'Hudson. Mrs. Paley tordait au-dessus de la bassine la carpette gonflée d'eau.

— À New York, dit-elle, même les orages sont atteints de gigantisme. Il y a dix ans, c'était un tremblement de terre en Californie, deux cents morts, dix mille sans-abri. L'été dernier, un cyclone sur la Floride : cent morts, des millions de dollars de dégâts. Ils ne savent rien faire comme tout le monde. Quand j'ai rencontré Stephen à Budapest en 1920, il m'a dit qu'il était diplomate. Après, j'ai compris qu'il était seulement garde du corps de l'ambassadeur, mais trop tard... Je l'avais suivi jusque dans le Wyoming où il possédait des milliers d'acres... En réalité, il vivait avec ses parents sur une petite ferme avec deux vaches et deux cochons. Pas de quoi me payer un collier de perles. Je l'ai lâché, mon cher monsieur, et j'ai travaillé. Après la guerre, je serais bien retournée en Hongrie sans les communistes. En même temps, je me dis que j'ai connu l'amour... Vous savez ce que c'est, monsieur Morgan ?

— J'apprends.

— Si vous m'aviez vue dans la cour de la ferme avec le père édenté, la mère qui lisait la Bible toute la journée et mon diplomate de Stephen qui ne se lavait plus et buvait dix pintes de bière tous les soirs ! Moi, l'ancienne-étoile-des-ballets-de-Budapest, j'avais apporté dans ma valise mes chaussons, mes collants roses, des tutus ! Pour danser dans la cour de la ferme parmi les crottes de cochon et les bouses de vache ! J'ai tout laissé là-bas, dans le Wyoming...

Elizabeth avait raison : on ne provoquait pas Mrs. Paley. Même à genoux, manches relevées découvrant ses maigres bras tavelés, elle racontait volontiers sa vie. Arthur n'écoutait plus, tournant et retournant dans sa main l'enveloppe de sa mère. Peu encouragée par son silence, l'ancienne-étoile-des-ballets-de-Budapest se releva. Ses articulations craquèrent joyeusement.

— Voilà ce que c'est ! La vie passe... On vieillit.

— À tous les âges.

Elle s'envola avec sa bassine, sa serpillière, son éponge et les vêtements d'Arthur. Il ne retarderait pas indéfiniment l'ouverture de la lettre.

« Je n'étais pas très bien la semaine dernière, mais la perspective de te voir arriver bientôt m'a requinquée... (*Il n'y avait qu'elle pour utiliser ces mots.*) J'ai fait repeindre ta chambre. Tes costumes sont revenus comme neufs de chez le teinturier. J'espère que tu n'as pas trop forci à faire tous ces exercices. En France tu pourras rejouer au tennis. Une corde de ta raquette avait pété (*croyait-elle se mettre à son niveau en employant ce mot ?*), je l'ai portée au magasin de sport. Le vendeur l'a réparée sans me faire payer et m'a demandé de tes nouvelles. Tu pourras jouer chez les de Moucherel (*comment, vivant dans les milieux militaires, n'avait-elle pas appris l'omission de la particule dans le nom de famille isolé ?*) avec leurs deux filles, Marie-Ange et Marie-Victoire, que tu n'as pas vues depuis des années. Nous sommes aussi invités à passer un week-end (*est-ce bien l'orthographe ?*) à Laval chez nos cousins Dubonnet. Antoine Dubonnet qui est dans la politique — tu t'en souviens sûrement, il est conseiller municipal — est très intéressé par l'Amérique et voudrait que tu lui en parles. Sa fille, Amélie, que tu as connue en vacances à Bénodet, est en passe de devenir infirmière spécialisée dans la "gériatrie". Je suppose que tu sais ce que c'est. Elle a coupé ses cheveux que tu lui tirais quand, petite fille, elle portait de longues nattes. Nos pensions de veuves d'officiers morts au front ont été revalorisées. Je me débrouillais bien avant, je me débrouillerai mieux après. De quoi as-tu besoin ? Tu m'as dit que tu gagnais agréablement ta vie chez ces Jansen et Brustein (ce dernier n'est-il pas juif ?). Tu n'auras donc pas de mal à payer ton billet de retour en France. Je t'embrasse, mon cher fils chéri. Pour moi tu es toujours le compagnon merveilleux de ma grande solitude, Jeanne, ta Maman. »

Arthur en aurait pleuré. Comme elle pleurerait elle-même au reçu de la lettre annonçant qu'il ne reviendrait pas en France avant l'année prochaine. Leurs vies se séparaient, mais pourquoi fallait-il que ce fût si cruellement, le pire étant qu'elle cacherait avec enjouement son immense déception, ferait face avec ce courage allègre dont il n'avait jamais été dupe et qui soulevait plus encore les remords de son fils et de son entourage. Déçue, elle ? Oh, non ! Mais le seraient les cousins, les parents éloignés qui attendaient avec enthousiasme — du moins à force de l'affirmer le croyait-elle — Arthur, le messager des temps nouveaux dont l'Amérique mythique était le phare. Il tourna vers le mur la photo accusatrice des jeunes mariés en voyage de noces à Venise.

Dans la trattoria encore à demi vide à cette heure, les garçons en pagne et gilet rayé erraient nonchalants, se curant les ongles et les dents. Il choisit une table isolée au fond de la salle et, du vestiaire, appela Elizabeth. Le téléphone sonna longuement.

— Ah ! c'est toi, Arthur... où es-tu ?

— À la trattoria en bas de chez toi. Je t'attends.

— Je ne peux pas venir.

— Fais un effort.

— C'est important ?

— Oui.

Il y eut un silence. Elle devait couvrir le microphone de sa main.

— Je ne t'entends plus.

— Bon... je descends dans un quart d'heure.

On lui apporta une bouteille de frascati qu'il avait presque vidée quand elle apparut en robe pervenche, les yeux fardés de bleu argent, les lèvres corail, le front ceint d'un bandeau indien. Une autre. À qui plut l'étonnement d'Arthur.

— Oui, ça m'arrive. Dans les grandes occasions.

— Alors, j'ai peur de te décevoir.

— J'étais dehors quand l'orage a éclaté. Je suis rentrée trempée.

— Moi aussi.

— Je me suis séchée et endormie. J'étais loin, loin quand le téléphone a sonné.

— Tu reviens facilement sur terre.

— Oui, et j'ai faim.

La trattoria se remplissait de la faune habituelle. Elizabeth connaissait la plupart des couples et Arthur s'amusa de leur étonnement en la voyant maquillée, en robe pervenche comme une très jeune fille, elle qui prônait déjà, bien avant la mode, l'uniforme des jeans et des spencers passés à l'eau de Javel, les colliers exotiques et les ongles argentés.

— Il n'y a rien de plus rassurant qu'une femme

qui a faim. Marie-Ange et Marie-Victoire n'ont jamais faim.

— Je ne connais pas ces deux Marie.

— Deux haridelles. Tu ne les connaîtras pas. Elles habitent Laval et n'en sortiront jamais.

Elizabeth allumait cigarette sur cigarette, en aspirait quelques bouffées, les écrasait dans le cendrier qui fut bientôt plein.

— Tu ne crains pas pour ta voix ?

— Ma voix est trop aiguë. Il faut que je l'éraille. La vie d'artiste est faite de ces sacrifices agréables. Comment veux-tu qu'une Murphy s'impose sur scène si elle parle comme une précieuse ridicule de Park Avenue ?

— Ça dépend de ce que tu joues.

— Fais-moi confiance. Ce n'est pas le rôle d'une précieuse ridicule.

Un peu plus tard, après une troisième bouteille de frascati pas meilleure que les précédentes, Elizabeth prit la main gauche d'Arthur et la plaqua paume ouverte sur la table pour la scruter, sourcils froncés.

— Tu lis dans la main ?

— Madeleine, ma vieille nourrice française, est très forte. À vingt ans, sur les champs de foire, elle a gagné sa vie en prédisant l'avenir aux bouseux.

— Elle a lu dans ta main ?

— Elle a toujours refusé. Elle ne veut pas savoir, ni que je sache.

Arthur n'était pas sûr non plus de le vouloir. Il allait retirer sa main. Elizabeth le retint fermement.

— Ce n'est pas le moment de te défiler. D'ailleurs, tu ne peux plus : j'ai vu.

— Quoi ?

Elle promena son index sur la ligne de vie qui se prolongeait bien au-delà de la paume.

— Pas d'accrocs. Une courbe géométrique parfaite. Qui ne t'envierait pas ?

— Moi-même.

Pas d'accrocs ? Il en voyait venir qui se multipliaient sur sa route.

Un des serveurs, assis de guingois sur une table, accordait sa guitare.

— Cette trattoria est un coupe-gorge, dit-il. Fuyons !

Elle examinait toujours la main ouverte.

— Amours heureuses...

— Merci, c'est trop beau.

— Attends... amours brèves.

— C'est la définition même des amours heureuses. Elizabeth, je t'en prie, partons avant qu'il chante *O sole mio*.

Un couple entra : une jeune femme asiatique, le cou serré dans une minerve, un homme d'une trentaine d'années en costume de velours côtelé beige, la chemise ouverte sur un torse velu. Ils esquissèrent le même geste de la main à l'intention d'Elizabeth et s'assirent loin d'eux.

— Ces deux-là s'aiment, dit Elizabeth. Elle était danseuse et il écrit des romans que toutes les maisons d'édition lui refusaient. Le mois dernier, dans une crise d'amour aiguë, ils se sont pendus. La poutre a craqué. Il est tombé en se cassant le coccyx. Le ridicule. Il a appelé au secours. Les voisins sont venus la dépendre. Il y a des chances pour qu'elle porte une minerve toute sa vie. Elle ne dansera plus jamais, mais un éditeur a lu un article sur les deux pendus de Greenwich Village et va publier le roman qu'il refusait six mois plus tôt. Tu vois : l'amour sert à quelque chose.

Le serveur grattait sa guitare et répétait cent fois le refrain : « Capri, petite île... »

— Et à nous ?

— Pas à nous.

Elle sourit innocemment et plaqua sa paume sur celle d'Arthur.

— Je ne sais plus où j'en suis, dit Arthur.

— Dans ta main, il y a la marque d'une rare dualité, comme si deux hommes vivaient en toi.

— Je ne suis pas deux hommes. Je suis tantôt l'un, tantôt l'autre.

Elle ôta sa main et de l'index suivit une ligne qui coupait une autre ligne à peine marquée.

— Il y a quand même une minute, une heure, un jour où les deux hommes ne font qu'un. Que se passe-t-il ce soir ?

— Je suis un monstre. Je vais faire une peine atroce à la seule femme de ma vie. Elle me pardonnera et m'enverra un chandail immettable qu'elle a tricoté en regardant ma photo pendant les longues soirées d'été. En ai-je assez dit ?

— Oh, oui ! Tout le monde n'a pas la chance d'être orphelin. Mais à part ça — que tu as déjà décidé, qui est fait, qui gâchera un peu ton plaisir d'avoir Augusta pour toi seul —, à part ça... sais-tu ce qui t'attend après ?

— Je n'ai pas d'illusions.

— Le risque est grand.

— Je monte quand même au feu.

— Tu es brave.

Devant le perron de l'immeuble de brique aux huisseries peintes d'un vert agressif, Elizabeth posa ses mains sur les épaules d'Arthur.

— Je ne t'invite pas à monter.

— Tu pourras venir chez moi.

— Il faut laisser passer du temps.

Lui avouer qu'il la trouvait infiniment plus désirable ainsi, en robe, la gorge et les bras nus, son front ceint d'un bandeau indien qui la rajeunissait de dix ans. Au fait, quel âge avait-elle ? Vingt-cinq, vingt-six au plus, d'une insolente maturité.

— Le 1er septembre elle sera chez moi. Le matin vers onze heures. N'arrive pas avant et ne la fais pas attendre. Je souhaite que ce ne soit pas trop difficile. Sais-tu où vous allez ?

Non, il n'en avait encore aucune idée. L'enveloppe de Brustein ne permettrait pas de folies. Il avait imaginé quelques jours à Cape Cod ou, plus simplement, à Long Island, mais elle détestait la mer.

— Si tu veux, j'ai hérité un bungalow à Key Largo. Je téléphone et on le prépare. La plage est à trente mètres, le club nautique et son restaurant à deux cents.

— Elle n'aime pas la mer.

— Arrange pour qu'elle ne voie que toi. Elle voulait une île déserte avec le confort moderne. Key Largo en septembre, c'est presque ça. Je suis héroïque, n'est-ce pas ?

— J'aimerais te dire des douceurs, beaucoup de douceurs mais j'ai peur que tu ne ries et que ça ne passe pas.

— Il faut attendre. Je ne suis pas non plus sûre de moi. Nous nous verrons fin septembre. Ou en octobre. N'oublie pas que la première de ma pièce est aux alentours du 30 octobre.

— Je serai à Beresford.

— Tu sécheras les cours. Arthur, par moments, par moments seulement, tu es trop sérieux.

186

Elle était déjà montée de deux marches et le dominait d'une tête. Sa mince silhouette légère, couleur pervenche, éclatait de grâce sous la pauvre lumière du perron.

— Tu es très désirable ! dit-il bêtement, si peu fier de cette platitude qu'il haussa les épaules.

— On ne m'a jamais beaucoup dit ça, et d'ailleurs, peu importe... je préfère ne pas l'être. Les femmes désirables, il y en a à la pelle. Des poupées. Les États-Unis sont un formidable réservoir de poupées de tous les âges. Tu me vois dans un club de veuves, les cheveux violets, parée de verroterie comme une châsse, empestant un parfum de Paris ? Je veux échapper à ça. J'essaie une autre vie.

— Au moins, promets-moi de ne pas te pendre comme la Chinoise.

— Il faut être deux pour ça.

Elle grimpa rapidement les marches et, dans le mouvement, le bas de sa robe se souleva, découvrant la saignée de ses fines jambes nues. Sur le seuil, elle se retourna, porta deux doigts à ses lèvres pour lui envoyer un baiser :

— Adios caballero !

Est-ce tout ce qui fut dit ce soir-là ? Sûrement pas, mais Arthur n'oubliait pas l'essentiel : la main plaquée sur sa paume pour en masquer les lignes qui parlaient trop, et la fermeté sans équivoque d'Elizabeth traçant désormais une frontière entre eux. Dans un jeu aussi libre, il y en a toujours un qui, à un moment inattendu, refuse, à la surprise entière de l'autre, d'être dupe d'une convention dont il découvre soudain les dangers et les artifices. Arthur ne pouvait plus douter que la venue d'Elizabeth, son attente sur les marches de l'escalier dans l'obscurité,

187

leur nuit sans un geste ni un mot, le lit vide à son retour de Battery Park avec des croissants soudain ridicules à la main avaient une signification très au-delà des mots qu'ils auraient pu échanger. Le portrait d'Elizabeth s'agrandissait. Au début, il s'agissait à peine d'une esquisse mais, lentement, elle y avait ajouté, ici et là, des touches plus sensibles, des harmonies dans la couleur et des nuances dans le vibrato de la voix. Jusqu'à quel point regrettait-elle de se prétendre invulnérable ? Née coiffée, elle n'avait de cesse qu'on oubliât ses origines, son argent, cette « café society » américaine rejetée par elle avec tant de farouche énergie. Madeleine, sa vieille gouvernante, quand elles s'épanchaient l'une l'autre, disait dans son rude langage provincial et paysan : « Ne pousse pas le bouchon trop loin. » Aussitôt Elizabeth se jetait dans ses bras, cachait son visage entre les seins opulents de cette femme admirable de tendresse et de raison, et pleurait, pleurait. « Quelle chance tu as, ma chérie, de pleurer vraiment, et si bien ! Il y en a qui singent les larmes. Toi, tu es une vraie pleureuse et je sais bien que je suis la seule auprès de qui tu oses. »

À part Arthur auquel Elizabeth se laissait aller à en parler avec une exaltation soudaine, nul ne connaissait ses relations avec cette mythique femme dont rien n'avait pu altérer le sens commun et une formidable et sévère bonté. Français, il était seul à comprendre l'attachement et la reconnaissance éperdue d'Elizabeth envers Madeleine qui lui avait appris non seulement le français parfait des bords de la Loire, mais aussi de surprenantes tournures populaires à la cocasserie énorme dans la bouche d'une étrangère.

Arthur revint à pied jusqu'à Rector Street dans la

ville à l'odeur de pierre à fusil et de chien mouillé après les éclairs et l'orage de l'après-midi. De la chaussée, des trottoirs, les tonnes de chaleur emmagasinées depuis deux mois ressortaient par les bouches d'égout et les soupiraux, en nappes de brume que déchiraient les phares des voitures particulières ou des taxis jaunes courant vers le quartier des théâtres et des music-halls. Douchée par la violente pluie, la ville s'endormait en silence dans l'orgueilleuse nuit, rafraîchie, débarrassée de ses miasmes, à peine troublée par de rares passants surgis comme des ectoplasmes d'une nappe de brume pour disparaître dans une autre nappe aussitôt refermée sur eux.

Il n'y a rien de tel que de marcher dans une ville la nuit pour se parler dans la tête, rebâtir sa vie et le monde de surcroît, s'inventer un discours parfait, dire à l'amie quittée un instant auparavant les mots les plus justes sans lui laisser placer une réplique, ou écrire avec une facilité enchanteresse une lettre particulièrement difficile : « Chère Maman, je crains de beaucoup te décevoir. Tout était arrangé pour que je puisse te rejoindre en septembre et voilà que, d'une part, Mr. Brustein me confie une enquête auprès d'un investisseur de Miami et que, d'autre part, les premiers cours de Beresford commencent plus tôt que je ne pensais. Si je venais ce serait à peine pour deux ou trois jours, une dépense au-dessus de nos moyens. Mieux vaut remettre à Noël que nous passerons ensemble à Paris sans avoir besoin de rendre visite à l'oncle Machin ou aux cousines Choses. Crois bien que... »

Ce n'était pas si difficile que ça de mentir à distance et elle serait fière de son sérieux et de la confiance que lui témoignait déjà, après si peu de temps, la charge Jansen et Brustein. Il jouait dans la cour des grands ! Avec Elizabeth, les choses n'étaient pas aussi simples. D'abord, elle répondait et sa réponse ne traversait pas l'Atlantique avant de revenir vers Arthur, ensuite tout, dans sa personne et son caractère, annonçait un combat, une défense agressive. Femme plus qu'elle ne le voulait, elle tenait à conserver ce privilège. « Tu aurais dû me parler, disait-il, et j'aurais dû te parler. À force de jouer les malins, nous nous sommes à peine croisés. Je croyais que nous avions inventé une relation exceptionnelle entre deux êtres sans préjugés... » Sans préjugés ? C'était à la fois plat et inexact. Des préjugés il en avait, bien que la conduite d'Elizabeth les mît en déroute depuis leur première rencontre. Il n'était même pas certain qu'après un bref atermoiement (ce George disparu dans une trappe), il ne lui reprochait pas d'avoir, avec un naturel désarmant, ouvert son lit. « Tu comprends certainement qu'il est irritant pour un homme de mon âge de se rendre compte que tu décides de tout : du jour, de l'heure et presque de la façon dont nous allons baiser. Tu t'amènes chez moi sans prévenir. Ce soir où tu me refuses ta porte, jamais je ne me suis senti aussi proche de toi que pendant ce dîner malgré le guitariste qui chantait "Capri, petite île..." Veux-tu que nous tombions dans la banalité en nous regardant dans le blanc des yeux, en nous susurrant des mots d'amour comme Mimi et son étudiant ? Et si Augusta ne m'attirait pas autant, m'aurais-tu prêté la moindre attention ? » La réponse manquait. Il était incapable de l'inventer.

Dans l'ascenseur qui le montait à son douzième étage, il relut, l'accent et la tonalité d'Augusta dans la tête, les obscénités qui maculaient les parois. Comment interprétait-elle ces dessins : une forêt d'obélisques, des montagnes de portes cochères, et, parfois, un obélisque s'engouffrant dans une porte cochère ? Mrs. Paley prétendait connaître l'artiste auteur de ces graffiti : un comptable retraité qui avait mis quatre verrous à la porte de son appartement et sortait, hiver comme été, en imperméable, un journal à la main. Un soir, en la croisant, il avait brusquement relevé son journal déployé, dévoilant les restes plutôt flasques de ses prétentions déjà anciennes : « Je lui ai dit que ça ne me gêne pas et qu'il faut bien que tout le monde prenne l'air de temps en temps. Il a paru très déçu et, depuis, ne me salue plus. »

Ouvrant la porte de l'ascenseur, Arthur découvrit, dans le rai de lumière, Elizabeth assise comme la veille sur la dernière marche de l'escalier.

— Tu en as mis du temps ! Je parie que tu es revenu à pied.

Dans la chambre, elle dit :

— N'allume pas... c'est tellement meilleur... déshabille-moi... ne dis rien... ne bouge plus...

Le matin, elle dormait quand il se leva et, pieds nus, en silence, mit de l'ordre dans la chambre, plia la robe pervenche sur le dos du seul fauteuil, le linge sur une chaise à côté des escarpins, épingla sur la porte un mot en lettres capitales : ATTENDS-MOI.

Elle ne l'attendait pas, elle était déjà dans la rue, hélant un taxi, quand il apparut en survêtement, la sueur au front, des croissants à la main dans un sac en papier. Il lui en tendit un et tous deux mangèrent debout sur le trottoir devant la porte ouverte du taxi.

— Ce soir ? dit-elle.

— Oui. Pas avant minuit. Je dîne chez Brustein.

— Merveilleux ! Tu as déjà des dîners d'affaires.
Mon petit Arthur ira loin.

— Je n'y suis pour rien.

Elle lui caressa la joue avec tendresse.

— L'ennui, dit-elle, c'est que nos vies n'aillent pas
dans la même direction.

— Je n'ai pas de talents, je veux dire des talents
comme ceux que tu aimes.

— Oh si ! Tu en as un ! Majeur même. Nous en
reparlerons ce soir.

Elle rit, gênée comme une enfant qui a dit une
énormité, souffla sur son doigt un baiser en direction d'Arthur, monta dans le taxi et lui tendit le
papier du croissant :

— Un souvenir. Arthur et Elizabeth ont mangé un
croissant Rector Street et se sont dit au revoir après
une nuit d'amour.

Brustein surprit Arthur en lui annonçant qu'Allan
Porter et Gertrude Zavadzinski dîneraient avec eux.

— Je les ai invités pour plus tard. Nous avons une
petite demi-heure à nous deux. Ma femme n'est pas
prête. Espagnole, elle vit à New York comme elle
vivait à Séville. Elle a autant de mal à se coucher
qu'à se lever, ce qui a fait de ses journées une succession de retards fort irritants au début de notre
mariage, mais je m'y suis plié au point de les trouver
reposants. Si, par un hasard miraculeux, elle était à
l'heure, je crois que je serais profondément perturbé. Allan se débrouille autrement. Il a aiguillé sa
Minerva vers les adventistes du Septième Jour, une
secte complètement imbécile qui a captivé cette
emmerdeuse. Minerva est une prosélyte infatigable.

Elle évite les quartiers pauvres et exerce plutôt son apostolat dans les districts les plus chics de Washington. Un jour, comme je la taquinais, elle m'a répondu : « Les riches ont aussi une âme à sauver. Personne ne pense à eux. » Vous voyez le genre ! Venez dans cette pièce que j'appelle mon oratoire : j'ai des beautés à vous montrer. Vous ne direz pas de bêtises en regardant mes trésors, d'ailleurs quelqu'un comme vous ne peut pas proférer de bêtises. Vous le sentirez tout de suite : ma collection vit parce que je l'aime. Chaque tableau est une étape de ma vie. S'ils étaient dans des musées, ces tableaux et ces dessins ne respireraient pas l'amour comme chez moi. Dépêchons-nous avant que Porter et Zava n'arrivent et ne commencent à parler affaires ou politique... Ah oui... vous vous étonnez de rencontrer Zava ici ! Allan s'intéresse à elle... Non, non, ne pensez pas à mal. Le physique de cette curieuse fille ne s'y prête pas. En revanche, son intelligence nous attire. Son cerveau est une belle mécanique silencieuse. Pas un grincement ! Son loyalisme sans faille à l'égard des États-Unis en fait une personne des plus intéressantes du point de vue qui nous tient à cœur. Vous commencez à comprendre, monsieur Morgan — ou plutôt cher Arthur, si vous n'y voyez pas d'inconvénient puisque à partir d'après-demain vous ne serez plus employé de Jansen et Brustein —, que les Américains de fraîche date sont les plus loyaux serviteurs de leur nouvelle patrie alors que ceux qui sont établis depuis des générations, par une réaction bien naturelle parce qu'elle tient à l'ingratitude fondamentale de la nature humaine, sont les premiers à la trahir.

Brustein sortit une clé de son gousset et ouvrit la

porte d'une rotonde dont les baies donnaient sur Central Park et le Metropolitan Museum :

— Ce n'est qu'un début d'amateur, un hommage à mon père. Là où elle est, son âme doit s'émerveiller et s'épanouir. À Prague, il était le premier expert de l'impressionnisme. Ses moyens ne lui permettaient pas de s'offrir quoi que ce fût, mais, quand j'ai gagné mon premier argent à la Bourse, il m'a ordonné — vous entendez : ORDONNÉ ! — plutôt que de m'acheter une nouvelle voiture, d'acheter un dessin de Cézanne qui passait en vente publique. J'ai obéi. Le soir même, je lui ai montré le dessin. Mon père est mort dans la nuit. Je n'ai jamais vu visage plus heureux. Je verrouille cette porte non parce que je crains les vols, mais parce que je suis certain que mon père — enfin son âme, son âme apaisée — vient le jour, la nuit errer entre les murs de cette rotonde. Il y est chez lui, ne veut pas qu'on le dérange et s'amuse de voir son nom écrit au plafond bien que ce soit un peu kitsch, comme disent les Allemands...

Dans une rosace se déroulait la spirale : Jacob Brustein Museum, Prague 1892-New York 1945. Arthur aurait aimé s'attarder. Brustein ne lui en laissa pas le loisir.

— Vous reviendrez : ce tableau et le dessin à la plume de la Sainte-Victoire dans la brume du matin suffisent pour aujourd'hui. Il ne faut pas tout mélanger.

Il referma la porte et rebrancha l'alarme.

— Maintenant que vous me connaissez mieux que mon épouse, que Jansen mon partenaire depuis dix ans qui collectionne des boutons de porte du XIXᵉ siècle, qu'Allan Porter pourtant mon meilleur ami et que mes collègues de la Bourse qui m'ont sur-

194

nommé le Renard des Balkans, sobriquet peu géographique, mais, vous vous en êtes aperçu, les Américains ne savent pas la géographie, suis-je tellement plus rusé qu'eux ? Ma femme vous dira que non. C'est le rôle des épouses de rabaisser les réputations de leurs maris. Vouée, dès sa naissance, à la Vierge de la Begonia, on l'appelle plus souvent Begonia que Maria. Ça m'enchante. J'ai épousé une fleur. Tout le monde ne saurait en dire autant. Dans un instant, Begonia fera son apparition — apparition est le mot exact — parée, laquée, coiffée, parfumée, joyeusement décolletée, si belle que, malgré ma taille, je me sens un moucheron à côté d'elle depuis que, converti au catholicisme, je l'ai épousée à Séville.

Il entraîna Arthur dans le salon et versa d'autorité une âpre rasade de bourbon sans lui demander son avis.

— Vous êtes français ! Quelle belle carte de visite dans le monde ! Quel crédit on vous fait ! Profitez-en sans vergogne. Dans la foule, on distingue toujours un Français des autres. Hier, Porter s'est intéressé à vous, aujourd'hui... c'est moi... et aussi Mlle Zavadzinski.

— Zava ?

— Vous n'êtes pas au bout de vos étonnements.

En effet, il n'y était pas. Pendant le dîner, Porter, Brustein et Zava échangèrent quelques propos qui parurent sibyllins à un perplexe Arthur. Maria de Begonia présidait, imposante, silencieuse, un peigne en écaille incrusté de strass planté dans son lourd chignon noir, réfrénant à grand-peine, semblait-il, une envie de chanter : « Si tu ne m'aimes pas, je t'aime/Et si je t'aime, prends garde à toi... » Mais peut-être était-ce un cliché dans l'imagination d'Arthur, et peut-être encore se contentait-elle de surveiller l'ordonnance du dîner servi par un extra au teint d'autant plus noir qu'il portait veste blanche boutonnée au col.

— Le café vous sera servi dans le bureau de Karl ! furent les premières paroles de Begonia se levant après le dessert.

Quand elle s'absenta un moment, accompagnée de Zava, Brustein assura que, si sa femme parlait peu en leur présence, elle se rattrapait dès qu'elle se trouvait seule avec lui, mais, évidemment, les questions abordées à table ne la passionnaient guère. Dans le creuset américain, il y a ceux qui s'intègrent à la seconde où ils posent le pied sur les quais de New York, et ceux qui resteront toujours des étrangers sur une terre d'accueil, où il n'y a, à part les Indiens, que des intrus. Begonia ne fréquentait que des Espagnoles, et encore fallait-il qu'elles fussent andalouses. À la rigueur, elle acceptait dans le cercle restreint de ses relations féminines — elle ne connaissait pas d'hommes — des Sud-Américaines, bien qu'elle eût quelques réticences snobinardes à leur égard. Brustein s'enchantait de ces réticences qui les plaçaient, elle et lui, au-dessus des autres dans une société terriblement stratifiée. En revanche, leurs deux fils de six et sept ans se comportaient déjà comme des Américains de souche : fous de bandes dessinées, de base-ball, agités par la musique rock'n roll, se bourrant de pop-corn au cinéma, incapables de prononcer trois mots d'espagnol et un de tchèque.

— Ils sont heureux ainsi ! De quoi me plaindrais-je ? L'amusant est que s'ils ont des enfants, ceux-ci, un jour, chercheront leurs racines et apprendront l'espagnol et le tchèque, iront sur les tombes de leurs ancêtres à Prague et à Séville.

L'extra apportait les cafés dans le bureau-bibliothèque, suivi par Begonia et Zava.

— Les enfants sont couchés ! dit celle-ci avec un vif soulagement.

Les affreux petits jojos l'avaient aspergée d'eau avec des poires à lavement.

— Ce sont des diables, dit Begonia avec orgueil.

Arthur rêva qu'elle allait se saisir de castagnettes et danser une séguedille. Hélas non ! tout ce que cette importante personne trouva à dire fut bref et péremptoire :

— Karl ne met jamais de sucre dans son café.

L'importance de ce trait de caractère n'échappait à personne et même Brustein montra sa satisfaction d'entendre souligner un aspect pourtant peu secret de sa forte personnalité. Arthur en aima mieux cet homme si attachant et si heureux.

— Où en êtes-vous de vos projets dans un avenir proche ? demanda brusquement Porter, moins enclin à s'extasier sur les propos de Mrs. Brustein.

Arthur faillit bien répondre que l'avenir, pour l'instant, se réduisait à la perspective de Key Largo non sans une légère ombre : l'attitude équivoque d'Elizabeth, mais il paraissait évident que Porter se moquait de ce problème.

— De quoi voulez-vous réellement me parler ? demanda-t-il, agacé par ce qui se disait et ne se disait pas lors de cette réunion hétéroclite.

— Avez-vous l'intention de rester aux États-Unis ?

— Aucunement.

Begonia sonna l'extra qui devait écouter derrière la porte et apparut aussitôt.

— Le plateau de liqueurs, Benny.

Benny disparut.

— Il s'intéresse à notre conversation, dit Porter.

Brustein sourit.

— Sans importance ! Je le connais depuis longtemps. Vous me l'avez recommandé, n'est-ce pas, Allan ?

— Ah, voilà ! Son visage me disait quelque chose.

Puis, tourné vers Arthur :

— Je vous posais la question parce qu'elle est d'importance. Nous offrons à nombre d'étudiants étrangers des séjours et des études aux États-Unis pour qu'ils développent ensuite, dans leurs pays respectifs, les méthodes que nous leur apprenons. Malheureusement, soixante pour cent de ces initiés décident à la fin de leur université de rester ici, et notre but est totalement manqué.

— Alors pourquoi ne pas leur faire signer l'engagement, après leurs études à Beresford, Yale, Harvard ou Berkeley, de regagner leurs pays respectifs et d'y développer les thèses économiques et morales américaines ?

— Ce serait contraire à nos principes. Nous avons besoin d'amis dans le monde.

— Après avoir gagné une guerre mondiale et sauvé la face en Corée ?

Porter leva les bras au ciel comme un homme qui se noie, agitant ses petites mains grasses.

— Je me demande souvent si la pire chose qui puisse arriver à un peuple, ce n'est pas de sortir victorieux d'une guerre.

— L'Europe occupée par les Alliés se couvre d'inscriptions : « G.I's go home ! », dit Brustein. Notre politique est ouvertement critiquée à Paris comme à Londres.

Benny revenait avec un plateau de cognacs et d'alcools blancs. Begonia reprit vie et les servit l'un après l'autre, puis, Benny ayant disparu, assise de nouveau, elle étouffa un bâillement. Il en fallait beaucoup plus pour détourner Porter de son discours. D'après lui, le pire venait des États-Unis eux-mêmes où toute une classe remettait le système en question jusque dans les plus hautes sphères de l'État et des universités. Le maccarthysme n'était pas sans fondement mais poursuivait une politique de délation et d'exclusion incompatible avec les principes de la démocratie américaine, éclaboussant d'ordures le régime d'un pays attaché à ses libertés.

Arthur voyait bien où Porter voulait en venir et commençait à s'agacer de ces circonlocutions.

— Que me proposez-vous ? dit-il avec une brusquerie qui provoqua un sourire amusé de Zava.

— Mais rien, mon ami. Et vous, qu'espérez-vous ?

Arthur n'espérait rien et s'étonnait seulement de l'intérêt manifesté par ces deux hommes. Des brillants sujets, il y en avait des centaines comme lui et il ne se considérerait jamais comme l'un d'eux. La sollicitude de Porter le mettait mal à l'aise alors que le caractère de Brustein, si direct, si chaleureusement amical, si proche malgré leur différence d'âge et de situation, le trouvait sans défense. Il allait répondre par une boutade quand il rencontra le regard de Zava. Elle le suppliait de ne pas s'emporter, de rester près d'eux, près d'elle dans ce projet encore très vague dont elle entendait tirer parti pour, un jour, avoir sa revanche sur tout ce que la vie lui avait infligé : des parents incapables de se relever de leur chute, sa surdité, des mains et des pieds de géante, des cheveux d'un roux frisé qui lui avaient valu les sarcasmes de ses camarades de classe. À Paris, Mme Morgan n'attendait-elle pas aussi que son fils jouât dans la cour des grands ?

— Je n'arrive pas à me donner de l'importance, soupira Arthur, fort convaincu qu'en effet il n'en avait aucune dans l'état actuel des choses.

Brustein vint à son secours :

— Il s'agit de demain, d'après-demain. Nous vous aiderons.

Begonia, de plus en plus dévorée d'ennui, se leva pour repousser un livre dont le dos à nervures déparait l'alignement d'une étagère. On prit ce geste pour une invite au départ, Zava n'avait presque rien dit, mais dans l'antichambre, alors qu'Arthur l'aidait à passer une légère cape sur ses épaules, elle lui prit discrètement la main et la serra sans équivoque.

Comme de l'après-midi passé par Augusta dans la chambre de Rector Street, que reste-t-il des quinze jours à Key Largo ? Une série de brefs films lâchement mis bout à bout, dont Arthur ne cessera, les années suivantes, de se jouer les séquences avec chaque fois des regrets infinis et des remords non moins durables.

La première séquence représente le taxi arrêté en bas de chez Elizabeth, Arthur grimpant deux à deux l'escalier pour sonner. La porte s'ouvre : Augusta est là, une valise à ses pieds, le visage dévoré d'angoisse. Elle est à ce point paralysée qu'il se demande si tout n'est pas remis en question, si elle ne vient pas au rendez-vous pour lui annoncer qu'ils ne partiront pas ensemble, qu'elle ne peut pas quitter New York, que Getulio a remis son voyage.

— Qu'est-ce que tu as ?

Les lèvres d'Augusta tremblent comme si elle sortait d'un bain glacé. Il croit qu'elle va sangloter et la prend dans ses bras. Blottie contre lui, elle se calme. Ce qui s'ouvre devant eux, à cette seconde, est une aventure dont ils savent bien, l'un et l'autre, qu'ils ne sortiront pas indemnes.

— Partons vite.

— Elizabeth n'est pas là ?

— Non... évidemment. Tu lui en demandes trop.

La séquence suivante se déroule à Miami. En descendant de l'avion, la chaude moiteur de l'air les surprend. Ils arrivent de New York où c'est déjà un précoce automne. En Floride, l'été se prolonge. Les hommes sont en short ou pantalon clair et chemisette bariolée, les femmes en robe légère, les jambes nues et dorées. Tout le monde a l'air en vacances. Augusta trépigne parce que sa valise est la dernière sur le toboggan. Une voiture les conduit à Key Biscayne. Augusta demande qu'ils s'arrêtent devant un magasin de vêtements et entraîne Arthur. C'est vrai qu'il n'est pas habillé pour la Floride. Elle choisit deux maillots de bain, un pantalon de toile, des T-shirts. Non, elle n'a besoin de rien, que de saris. Arthur, avec inquiétude, la voit en acheter trois. À ce train-là, ils raccourcissent leur escapade d'un, peut-être deux jours.

Puis ce sont d'autres images. Elizabeth a tout organisé. Au port les attend la vedette blanche du club nautique de Key Largo. Nonchalamment assise sur la proue, ses longues jambes brunies pendant de chaque côté, une jeune femme en short bleu et polo jaune fume un cigarillo qu'elle jette dans l'eau huileuse du port dès qu'elle les aperçoit. Un air de profond ennui est peint sur son visage bronzé. Ou peut-être est-ce seulement son mépris pour les touristes en baguenaude, admirant les yachts à quai. Un ruban rouge maintient derrière les oreilles ses cheveux blonds décolorés par le soleil et le sel.

— Ah, vous voilà enfin ! L'avion avait du retard ?

202

— Non, c'est nous qui nous sommes mis en retard.

Voyant leurs achats que le chauffeur sort du taxi, elle sourit :

— Je vois ! C'est pas beaucoup la peine... On s'habille pas à Key Largo : un short, un pantalon, un maillot, un chandail pour le soir. Y a personne. Sauf le week-end. Je tiens le bar du club et je m'occupe du bungalow d'Elizabeth. Pas trop dur : elle vient une fois par an. Mon nom est Mandy. Et vous ?

— Augusta et Arthur.

D'une poigne solide, elle embarque les valises, les abrite dans le cockpit, tend la main pour aider Augusta à monter.

Dans le rapide défilé des images suivantes qu'il faudrait accompagner d'une musique spécialement composée pour les harmonies du vert sombre des îlots, des palétuviers, du ciel pâle et creux, de la mer d'un bleu d'acier, de la côte de Floride, plate, diluée dans le mirage tremblant des brumes de chaleur, Mandy s'impose : coiffée d'un bonnet de laine bleue, assise, dos tourné, sur la passerelle du Bertram qu'elle pilote d'une main attentive aux chenaux jalonnés par les bouées vertes et noires. Les tarpons, réveillés en sursaut, bondissent et plongent dans le sillage de la vedette. Augusta se couche dans la cabine. Arthur aperçoit ses jambes, les pieds déchaussés qu'elle croise et décroise.

Trois heures après, Mandy abaisse la double manette des gaz. Le Bertram pique du nez, se glisse silencieux entre un fanal vert et un fanal rouge déjà clignotants. La nuit est proche. Quelques yachts sont au mouillage, voiles carguées, recouverts de tauds déjà luisants de l'humidité du crépuscule. Mandy longe la jetée, dérange deux pélicans qui dormaient la tête sous l'aile, accoste une passerelle de bois. Un gaillard en débardeur et short maculés d'huile, au ventre en œuf, les bras tatoués de serpents verts, vient à leur rencontre, saisit Augusta à la taille et la pose à terre pas plus lourde qu'une plume. Arthur saute et veut aider au débarquement des bagages, mais l'homme l'écarte :

— Laissez, c'est mon affaire. On a plus vite fait. Mon nom est Cliff.

La nuit est tombée en ces quelques minutes. Une brise fraîche secoue les branches des pins sauvages et le feuillage des frangipaniers dont la suave odeur parfume une risée. Cliff et Mandy, portant les valises, les précèdent sur le chemin de terre qui, après le port, longe la plage jusqu'au bungalow blanc. Mandy allume la véranda, le living-room, la chambre et sa salle de bains, la cuisine. Meubles en rotin des Philippines, fauteuils recouverts d'une toile de Jouy aux teintes pastel. Des lithographies d'Audubon sur les murs, des coraux sculptés, quelques coquillages vernis, des bois flottés sous vitrine dans les étagères.

— Une île déserte avec le confort moderne, c'est bien ce que tu voulais ?

— Tu as l'intention de me séquestrer ici pendant quinze jours ?

— Et quinze nuits.

Mandy a vite fait de leur indiquer comment tout fonctionne : le réfrigérateur, la cuisinière, où se trouvent le linge, les couverts, le plateau du petit déjeuner s'ils préfèrent le prendre ici.

— Ça tombe bien, dit Augusta, Arthur est un merveilleux cuisinier comme tous les Français.

Le visage de Cliff s'éclaire. Malgré sa tête de pirate, sa barbe de huit jours, son bedon heureux, ses bras de déménageur qui pendent inutiles, encombrants, depuis qu'il a posé les valises, il est touchant, presque vulnérable, et on peut se demander si, des deux, le mâle n'est pas la grande cavale et sa tranchante autorité. Oui, le visage de Cliff s'éclaire parce qu'il est à la fois l'homme à tout faire du club et son cuisinier.

— Cliff a préparé un dîner.

— Une soupe de poisson de Marseille et des magrets de canard à la Monclar.

Il dit « Ma-ar-zeille » et « Moon-klarr ».

— Miss Murphy a téléphoné que vous choisiriez les vins. Du champagne est au frais.

Mandy et Cliff sont partis. Augusta inspecte la chambre, appuie du poing sur le grand lit.

— Et toi ? Où dormiras-tu ?

— J'ai aperçu une chaise longue sur la véranda.

— Tu ne peux pas dormir dehors ! Les serpents, les alligators et les moustiques vont te manger.

— Ne t'inquiète pas.

— Je ne veux pas me retrouver veuve demain matin. Qu'est-ce que je ferais ?

Après, il y a encore la salle vide du club avec ses panneaux de bois vernis, les tables et les chaises en acajou, la photo en pied du fondateur Patrick Murphy, père d'Elizabeth, l'inévitable roue de gouvernail transformée en lustre, les lampes tempête qui n'éclairent rien, les mi-coques en vitrine, les photos de la course des Bermudes et de l'America avec *Resolute* dépassant *Shamrock IV* sous voile aurique en 1920. Mandy a mis un pantalon noir, une chemise blanche et noué une lavallière. Derrière le comptoir, elle prépare un seau à glace, le champagne et des flûtes, branche un électrophone. Voix de Sinatra. Plus tard, par la porte battante de la cuisine, Cliff apparaît, rasé, en blouse blanche et toque gaufrée, un mouchoir rouge noué autour du cou. Augusta et Arthur sont assis à une table près d'une large baie. Dans la nuit noire clignotent les fanaux d'entrée du port. Le détroit entre les Keys et la côte de Floride est vide de bateaux. C'est une étrange sensation, une attente comme au théâtre quand le rideau tarde à se lever. Sans la voix de Sinatra, ils seraient à bord d'un vaisseau fantôme. En scrutant l'ombre épaisse, on distingue peu à peu les hauts palmiers aux toupets agités par le vent qui forcit. Mandy apporte les assiettes de bouillabaisse.

— Le cyclone se détourne vers Cuba.

Le cyclone ? Ils ignoraient qu'un cyclone menaçât.

— Ça fait trois jours que la radio l'annonce, dit Mandy.

Augusta pâlit.

— Et si le vent emportait le toit du bungalow ?

— Il y a plein de couvertures dans le placard de notre chambre.

— Notre chambre ? Nous ne pouvons pas faire ça à Elizabeth !

— J'adore ton humour.

Ils appellent Cliff et Mandy qui s'assoient avec eux. On débouche une autre bouteille de champagne. Mandy fume des cigarillos.

— Havanes... La nuit, des vedettes s'arrêtent. Nous troquons essence contre cigarillos. Ne vous inquiétez pas si vous entendez du bruit. Restez chez vous.

Cliff a ôté sa toque. Il a eu très chaud dans la cuisine et s'essuie le front avec son tablier pas très propre.

— Je connais la France. Deux fois, après la guerre, j'ai fait escale au Havre sur un Liberty ship. Il n'y avait plus rien debout.

Arthur essaie de couper court aux souvenirs de l'ancien marin, mais Augusta relance la conversation feignant le plus vif intérêt pour les escales au Havre de l'ancien mécanicien des Liberty ships.

— On n'a vraiment pas eu de chance, dit Cliff. La première fois, le bordel avait été rasé par une bombe anglaise. La seconde fois, une loi avait supprimé les bordels.

— Comme ça devait être triste ! dit Augusta d'un ton si désespéré que Mandy daigne rire.

— Ça alors, c'est drôle. L'an dernier, je racontais mes escales au Havre et Miss Murphy a dit la même chose que vous !

— Elle vient souvent ? demande Arthur.

— Pas vue depuis un an. J'ai l'idée que Key Largo ne l'intéresse pas. Elle, vous le savez comme moi, c'est plutôt une intellectuelle.

Mandy, une torche électrique à la main, les raccompagne au bungalow.

— Demain, vous connaîtrez le chemin par cœur.

Augusta ferme les battants des moustiquaires, tire les rideaux, verrouille la porte-fenêtre de la véranda.

— De quoi as-tu peur ?

— Et s'ils venaient nous assassiner ? Eux ou leurs amis contrebandiers...

— Cliff et Mandy n'ont pas la tête à ça !

— Bien sûr, c'est après le crime que l'assassin a une tête d'assassin.

Il lit sur son visage qu'elle a vraiment peur et la prend dans ses bras. Elle l'écarte doucement.

— Attendons... veux-tu ? J'aimerais... j'aimerais... que tu dormes sur le divan avec un couteau à portée de la main... J'ai vu des grands couteaux de boucher dans la cuisine. Laisse la porte ouverte. Si on m'attaque, tu entendras...

Arthur hésite trop, pour lui répondre, entre jouer le jeu ou se moquer. Augusta ouvre sa valise et se lamente : elle a oublié ses chemises de nuit. Arthur lui offre une de ses chemises de jour, et, quand elle sort de la salle de bains, elle apparaît, boutonnée jusqu'au col mais le pan au ras des fesses.

— Je suis grotesque... Tu ne m'aimeras plus...

— Je crains le contraire.

Elle lui tend ses lèvres et se couche, relevant le drap jusqu'au menton.

— C'est bien vrai que le cyclone se dirige vers les Caraïbes ? Tu ne crois pas qu'ils ont dit ça pour nous rassurer ?

Au milieu de la nuit, elle l'appelle :

— Arturo *meu*, Arturo...

— Je suis là !

— Tu dormais ?

— Oui, et je rêvais que tu m'appelais au secours.

— Je ne sais même pas où nous sommes.

— À Key Largo.

— Où est-ce ?

— En Floride.

— Retournons à New York demain.

— Et si Mandy ne veut pas ?

— Nous volerons le bateau.

— Je ne saurai pas le piloter. Mais, toi, demande-lui. J'ai la vague impression qu'elle n'a rien à te refuser.

— Tu veux dire que tu resterais ici, seul, sans moi ?

— Je ne suis pas blasé, ici c'est le paradis : champagne à volonté, le club pour nous seuls, une maison de poupée dans la jungle, toi dans ma chemise, ce qui n'est pas le moindre enchantement de cette île.

— Je ne t'aurais jamais cru aussi cynique.

Quelques minutes de silence avant que la timide voix d'Augusta s'élève de nouveau.

— Si je te demande de me rejoindre, jure-moi que tu n'en profiteras pas... Jure-le !

— N'exige pas l'impossible.

— J'ai cru que tu étais un gentleman.

— Profonde erreur.

Quelques minutes passent encore avant qu'Augusta pousse un faible cri.

— J'entends quelqu'un tourner autour de la maison. Je suis sûre que c'est Cliff.

— Il n'y a personne.

— Comment le sais-tu ? Regarde par la jalousie sans l'ouvrir.

Arthur se lève, manœuvre la jalousie malgré la recommandation d'Augusta. Des nuages gris et bleus défilent dans le ciel pâli par la lune.

— Tu le vois ?

— Je ne vois rien que la nuit fabuleuse.

— Puisque tu ne veux pas venir, c'est moi qui viens.

Elle apparaît dans l'embrasure de la porte. Il ne distingue que la chemise blanche sans tête ni jambes. Augusta se précipite sur le divan et s'enroule dans la couverture.

— Et moi ? dit-il en s'allongeant à côté d'elle sur l'étroite couche.

Augusta lui tourne le dos. À l'aube, il tire un pan de la couverture et se love contre elle, passe un bras sous les reins tièdes et nus d'Augusta. Il attend il ne sait quoi, peut-être le bonheur ou qu'une vague l'emporte vers une nouvelle vie qui commencera avec le lever du soleil. Elle dort ou feint de dormir profondément, ignorant ou feignant d'ignorer le désir d'Arthur. Elle ne bouge pas quand il se détache d'elle plus meurtri que s'ils avaient fait l'amour toute la nuit. Il est grand jour. Arthur prépare du thé, des jus de fruits, un plateau et sort dans le jardin cueillir une rose rouge. À quelques pas plus bas la côte décrit une courbe bordée par une mince demi-lune de sable beige. La mer caresse le sable et, de l'eau, sortent une tête aux cheveux plaqués, un visage luisant, la poitrine et le ventre nus, les jambes de Mandy. Arrêtée, elle s'offre à la lumière tremblante filtrée par le feuillage des palmiers et les pins sauvages.

— C'est la meilleure heure. Vous devriez m'imiter.

Sur le sable elle ramasse une serviette qu'elle noue autour de sa taille.

— Où étais-tu ? demande la voix embrumée d'Augusta.

— Dans le jardin. Une divinité marine, nue comme Ève, sortait de l'eau.

— Mandy ?

— Oui, sûrement pas Cliff.

— Elle fait exprès.

— Ce serait trop flatteur.

Il pose le plateau sur la table basse de la véranda, entre deux fauteuils. Augusta s'assied et croise les jambes. Un éclair. Comme il reste sous le choc, elle dit :

— Tu es un voyeur.

— Et toi une allumeuse.

— Tes chemises sont trop courtes. On n'a pas idée. Tu n'as pas assez d'argent pour acheter des chemises avec un long pan ? Comment est-elle cette Mandy ?

— Blonde.

— J'ai toujours pressenti que tu préférais les blondes. Qu'est-ce que je fais ici ? Tu savais bien que je n'aime pas la mer...

Elle n'aime pas la mer, c'est vrai, et ne se baignera jamais. En sari, assise sur la plage, étreignant ses genoux pliés, elle suit Arthur des yeux, le rappelle s'il s'éloigne trop, se lève et va au-devant de lui avec un peignoir.

— Tu es gelé !

— N'exagérons rien. Il fait plus frais dehors. L'eau est à 27.

Il aime qu'elle le sèche en frictionnant avec le tissu-éponge le dos, la poitrine, les reins, le ventre et les cuisses. Elle s'enhardit, il est sans pudeur sous le peignoir.

— Tu es vraiment dégoûtant ! Un rien te met dans tous tes états.

— Un rien ? Ce rien, tu le cherches...

Les saris achetés à Key Biscayne la protègent du cou aux chevilles. S'ils se promènent, Augusta coiffe un large panama prêté par Mandy. Un après-midi pendant la sieste, elle baisse enfin sa dernière

211

défense. Leur plaisir est immense. Ils le poursuivront comme de jeunes affamés et plus rien d'autre n'aura d'importance, même le spectacle de Mandy sortant de l'eau chaque matin, nue, son corps lustré d'huile, s'enveloppant les reins d'une serviette et partant à pas légers vers le club.

Des yachts viennent de Miami et de Flamingo pour le week-end. Le club s'anime. Deux Asiatiques servent à table. D'où sortent-ils ? Dans la cuisine, une jeune femme d'ébène qui prend de l'embonpoint aide Cliff. « En semaine, il la séquestre », dit Mandy. Des couples dansent le samedi soir. Un groupe se baigne devant le bungalow au milieu de la nuit. Les cris des femmes et le gros rire des hommes réveillent les aigrettes endormies dans la crique voisine. Le lundi tout rentre dans l'ordre. Le club et Key Largo leur appartiennent de nouveau. L'aide de Cliff et les deux Asiatiques ont disparu. Mandy passe devant le bungalow après son bain. Augusta a raison : Arthur est un voyeur, non que Mandy l'attire mais son énigme l'émeut. Émergeant de l'eau, elle est à l'image de ces kouros que l'on retire de la mer grecque après trois mille ans : le bassin étroit, les épaules carrées, le visage casqué par les cheveux mouillés. Rarement un sourire affleure ses lèvres. Sa voix aux accents rauques a aussi une certaine timidité. Elle parle peu et il est probable qu'elle utilise un langage cru parce qu'elle n'en connaît pas d'autre. Avec la redoutable intuition des femmes sur leurs rivales, Augusta dit :

— Je n'ai jamais vu un être s'aimer autant et se garder si bien.

Arthur pense qu'Augusta ne s'aime pas assez, du moins pas autant qu'il l'aime.

— Heureusement que tu es là, dit-elle, appuyant sa tête au creux de l'épaule d'Arthur. Il faut m'aimer pour deux, sinon je vais me noyer. En es-tu capable ?

L'après-midi le soleil frappe le bungalow de face. La côte des Everglades est à peine discernable dans la buée qui monte de ses marais. Augusta s'allonge sur le lit. Il dénoue le sari et la regarde sans la toucher.

— Tu me compares à Mandy ? Je ne suis pas aussi belle. Je le sais bien. Je vieillirai mal.

— Elle ne vieillira pas. Elle est en marbre. Le marbre est glacé. Toi, tu es une fleur. Il faut te cueillir vite...

Qu'il la respire et Augusta sombre dans l'inconscience, yeux fermés, poings serrés sans qu'un mot s'échappe de ses lèvres. Revenu à elle-même, elle l'attire contre sa poitrine, lui baise le front, caresse sa nuque. Les plaisirs séparés débordent de rêves.

Les jours passent. Ils ne les comptent pas, tant il est délicieux de ne vivre que pour l'autre. Key Largo est un puits d'oubli. Un soir Elizabeth téléphone. Ils sont dans la salle du club et Augusta prend l'appareil sur le comptoir du bar. Arthur n'entend que les réponses brèves, embarrassées, croit-il.

— Tu veux lui parler ?... Non !... Il me fait signe qu'il t'embrasse... Qu'est-ce que tu as, Elie ? Tout est sublime, grâce à toi... Nous rentrons dans quatre jours... Non, nous ne pouvons pas rester ici toute la vie. Getulio sera libre le 15. Il aura besoin que je sois là... Non, non, je t'en prie, ne dis rien... Ne fais rien... Nous t'aimons...

Elle revient à la table, tête baissée sous le regard d'Arthur.

— Elizabeth t'embrasse...

— ... et refuse de me parler.

— Nous lui en demandons trop, je te l'ai déjà dit.

Il ne veut pas y penser et ne veut pas qu'on l'y invite. C'est le moment de sa vie où il faut ignorer les obstacles, bien que, à la gêne d'Augusta, il devine qu'elle dissimule une part importante de la vérité. Arthur franchirait des montagnes pour arriver à elle si elle ne restait pas tête baissée, l'air buté dans un dernier effort pour se défendre d'une inquisition trop brutale.

— Augusta, nous sommes assez grands pour tout nous dire.

— Toi, tu es assez grand. Pas moi. Réponds : as-tu été l'amant d'Elizabeth ?

— Oui.

Il n'a pas hésité une seconde. Ah, comme il aurait dû ! Il le sait maintenant que le « oui » est parti comme une flèche impossible à rattraper si ce n'est en attaquant à son tour, mais plus tard quand ils seront seuls dans le bungalow, Augusta se déshabillant devant lui avec la même impudeur délicieuse qu'Elizabeth chez elle ou à Rector Street. Elle est exquise ainsi, libérant ses cheveux bleu de nuit, dénouant le sari mordoré qui dessine sans une ombre son corps si féminin quand on le compare à celui si masculin de Mandy, mais ce n'est pas à celle-ci qu'Augusta pense se comparer. L'idée qu'Arthur a pris avec Elizabeth les mêmes plaisirs qu'avec elle est, soudain, venue brouiller l'espèce d'innocence dans laquelle ils ont vécu ces jours heureux.

— Je suppose, dit-elle, qu'elle fait ça beaucoup mieux que moi.

— Non. Différemment.

Elle brosse ses cheveux, assise nue sur un pouf devant la coiffeuse de la chambre. Il voudrait toujours se souvenir d'elle ainsi : reins fièrement cambrés, les épaules douces d'une adolescente, reflétée jusqu'au nombril par le miroir qui encadre son image de face, les beaux seins mûrs tressaillant à chaque coup de brosse.

— Je ne connais pas assez de « choses », dit-elle.

— Ce n'est pas ce que j'attendais de toi. Et puis, sincèrement, il n'y a pas de « choses », comme tu dis.

Terrain dangereux, il le pressent, mais une question le brûle. La poser est un besoin irrésistible et s'il ne l'a pas encore fait, ce n'est pas qu'il craigne la réponse, c'est que l'image d'Augusta est si fragile. Un rien peut en ternir la poésie. Quelle intuition la conduit, elle, et l'incite à le devancer, sinon le vertige du précipice au bord duquel ils sont arrêtés depuis qu'Arthur a confessé sans fard qu'il a passé des nuits avec Elizabeth.

— Tu ne m'as jamais demandé si j'ai connu un autre homme que toi.

— Ce n'est pas nécessaire.

— Je pensais bien qu'il n'avait pas eu la force d'âme de se taire.

— Tu parles par énigmes. Est-ce que je le connais ?

— Tu l'as connu.

— Il est mort ?

— Oui, presque dans tes bras.

La brosse s'est arrêtée sur la nuque d'Augusta. Le regard se dirige vers lui qui ne bronche pas, qui attend, qui cherche peut-être une réponse, n'importe

215

laquelle mais susceptible de détourner le nuage en train de les voiler l'un à l'autre. Certes, Concannon avait mis Arthur sur la voie, mais était-ce imaginable ?

— Getulio n'en a rien su. Il l'aurait tué. Ne va pas croire...

— Je ne crois rien.

— Il a essayé. Il parlait beaucoup... Il était si intelligent. J'avais peur de ses mains... Tu te souviens... Après... après, j'ai imaginé ces « choses »... Il me prenait sur ses genoux.

— Arrête.

Cette nuit-là, ils dorment séparément. Au petit matin, il guette Mandy. Une nappe de brume flotte élégamment sur les eaux et voile les côtes de Floride. Mandy arrive sur la plage, dénoue le pagne de sa serviette et s'avance lentement dans les vaguelettes, bras écartés en balancier. Elle disparaît dans une bulle ouatée et réapparaît peu après nageant une longue brasse coulée qui attire un barracuda blanc argenté de la taille d'un grand brochet. D'un moulinet du bras, elle l'écarte et se laisse porter à plat ventre sur le sable, bouche ouverte, avalant des gorgées d'eau et les rejetant comme un cétacé. Elle aperçoit Arthur et le salue de la main avant de se redresser, et, debout, glorieuse, de voiler son ventre fleuri avec la serviette abandonnée. Augusta dort sur la moitié gauche du lit. Il se glisse à son côté et l'attire.

Il n'est plus jamais question de Concannon. Ils parlent d'autre chose. Par exemple :

— Tu n'as pas protesté quand j'ai annoncé que

nous prendrions l'avion pour Miami. Je croyais que tu détestais voler.

— Avec toi, je n'ai plus peur de rien.

— Et tu acceptes de venir à Key Largo alors que tu n'aimes pas la mer ?

— Tu l'aimes... N'est-ce pas une raison suffisante ?

Ou bien un après-midi :

— À moins que tu ne te caches, je ne t'ai pas vue prendre de calmants...

— Tu es mon calmant. Ne me quitte jamais et je ne craindrai plus rien.

— Je ne te quitterai pas. C'est toi qui me quitteras.

Comment ne le devine-t-elle pas ? Ou si elle le pressent, pourquoi feint-elle de ne pas y croire ?

Le lendemain éclate un orage. Des tonnes d'eau tombent du ciel. Le toit résiste mal. Une tache s'élargit au plafond et il faut placer une bassine à côté du lit. Les gouttes tombent, irrégulières, tantôt lentes, tantôt pressées. Augusta ne le supporte pas et bourre de coton ses oreilles. Cliff, en ciré jaune, accourt et grimpe sur le toit. Son pas est si pesant qu'on s'attend qu'il passe à travers. La mer d'un bleu laiteux est devenue de plomb fondu. Quand la pluie s'arrête, le vent s'engouffre dans le vide laissé par les nuages, secoue à l'arracher la baie vitrée donnant sur le jardin, ploie les pins arthritiques, retrousse la jupette des palmiers. Un tourbillon de pétales rouges et blancs s'élève comme des papillons au-dessus du massif de rosiers. Ils feignent de lire chacun une revue — le *National Geographic* pour Arthur, *Vogue* pour Augusta — mais leurs pensées divaguent ailleurs, attirées et repoussées par la tempête qui a ourlé la mer des Keys d'ordinaire ennuyeuse et plate comme un lac. Cliff a réparé la fuite et descend par une échelle qu'une rafale renverse dès qu'il a mis pied à terre. Il enlève son ciré jaune et les rejoint. Arthur lui offre un verre de bourbon. Cliff claque de la langue. Le pantalon glissé au-dessous de l'œuf de son estomac et son débardeur flottant découvrent le cratère du nombril encerclé de poils noirs frisés.

— C'est juste une petite brise, dit-il. La queue du cyclone qui s'est étouffé tout seul au large de Cuba.

— Vous avez un drôle de nombril, remarque Augusta.

Il plonge son index dedans et le tourne joyeusement.

— Ma compagne adore. Toujours à farfouiller dedans avec le doigt pour voir si j'y cache pas des choses.

Le bourbon sec empourpre ses pommettes et allume ses yeux, deux vrilles grises dans le visage boursouflé, balafré de rides.

Quand le vent n'en peut plus, un silence mortel tombe et l'horizon se dégage. Sur les Everglades, un cumulus grisâtre abaisse un rideau de pluie. Cliff boit d'un trait un deuxième bourbon et s'en va de sa démarche chaloupée d'orang-outan, balançant les bras. Sur la plage, deux aigrettes blanches battent des ailes et jacassent.

La nuit, il sent Augusta soudain si crispée, si loin de lui, qu'il se détache d'elle pour scruter son visage plein d'effroi et peut-être de dégoût.

— C'est plus fort que moi, dit-elle. Je n'arrive pas à effacer l'image de l'affreux nombril de Cliff. Tous ces poils frisés... J'ai envie de vomir.

— Tu es folle !

Elle retient une nausée et renverse la tête en arrière.

— Plus jamais, plus jamais, tu entends, nous ne pourrons faire l'amour. Il y a ce nombril affreux et le doigt de la négresse...

Il la secoue, elle se défend, le corps arqué, dur comme d'une statue de pierre. Arthur la saisit aux épaules et la plaque sur le lit en désordre.

— Arrête !

La tête d'Augusta dodeline sur l'oreiller, en proie à une crise de nerfs. Il la saisit par le menton, elle se dégage. Alors, prenant du recul, il la gifle deux fois. Elle s'immobilise, les yeux grands ouverts.

— Tu m'as frappée !

Elle se blottit contre lui. Deux larmes de joie ont coulé sur ses joues.

— Alors... tu m'aimes...

En aurait-elle douté ? Ils restent enlacés jusqu'à l'aube.

Il n'y a plus qu'un jour. Après l'orage de la veille, le temps a fraîchi. La mer entoure Key Largo d'une ceinture d'eau sablonneuse et dépose sur la plage de ces bois flottés qu'Elizabeth recueille et met en vitrine. Arthur s'est endormi au petit matin. Augusta le secoue par le bras.

— Tu vas manquer le bain de Mandy !

Il s'agit bien de Mandy ! Arthur a rêvé de Concannon sur son lit de mourant, des mains pâles, transparentes, posées sur le drap, ces mains qui avaient caressé Augusta, peut-être par surprise, mais sans qu'elle eût la force de se défendre. Nous avons tous nos ombres. Qu'on les dissipe et nous sommes nus.

— Tu n'es plus le même, dit-elle.

— Oh, si ! Seulement, je ne savais pas qui j'étais avant de te rencontrer.

Il a préparé comme chaque jour le plateau du petit déjeuner et sort pour cueillir une rose mais la tempête a défleuri le parterre qui embaumait jusqu'à la véranda.

— C'est un signe ! dit Augusta, mélancolique quelques secondes, puis, riant, elle tire sur la chemise trop courte pour couvrir ses cuisses.

Elle a oublié sa terreur de la veille. Arthur reste le seul gardien de ce souvenir.

Tôt le lendemain, le Bertram quitte le port. Sur le môle, Cliff agite brièvement le bras, vexé qu'Augusta ait eu un réflexe de dégoût quand il a voulu la hisser à bord. Elle a préféré le bras de Mandy. Cliff range les parbatages. On ne voit plus que sa silhouette accroupie. Arthur est le seul à se retourner. Le bâtiment du club s'enfonce sous les arbres et les massifs de lauriers, puis c'est le tour du bungalow à l'ombre allongée des pins et des palmiers. Arthur a le temps de voir la compagne de Cliff plus noire que nature dans sa blouse blanche. Elle a déjà fait le lit et posé sur la balustrade de la véranda les draps et les couvertures. On efface. Quelques minutes avant le départ, Augusta, qui a abandonné deux des saris dans l'armoire de leur chambre, et ne s'est pas aperçue qu'Arthur en avait dissimulé un dans sa valise, a passé un tailleur de voyage. Elle est soudain livide ; ils vont manquer l'avion : prévenu par une trahison d'Elizabeth, Getulio les attend à la descente de l'avion, il tuera Arthur. Fouillant dans le sac à main d'Augusta, celui-ci a retrouvé les calmants qu'elle a aussitôt avalés avec une docilité enfantine. À bord, elle s'est glissée dans la cabine et enroulée dans une couverture comme à l'aller. Quinze jours d'un bonheur volé se referment sur eux. Mandy a pris leur vie en main. Assise sur la passerelle du Bertram, elle pilote le canot dans le chenal, rasant les bouées. Elle a passé sur son T-shirt jaune un épais chandail de marin bleu à grosses côtes. Un bonnet de la même laine est rabattu sur ses oreilles. Peu à peu, à la montée du soleil, elle se dépouille et Arthur retrouve avec plaisir les belles épaules carrées du kouros, la taille pincée, le casque de cheveux blonds qui volettent dans le vent. Elle se détourne et lui tend une barre de chocolat. Il n'oubliera pas cette énigme, ni la mer plate, opale autour des îles.

À peine la clé tournait-elle dans la serrure que Mrs. Paley apparut sur le palier, une lettre et un télégramme à la main.

— Je ne savais pas où vous joindre. Vous auriez dû me laisser une adresse. C'est peut-être urgent...

— Rien n'est jamais urgent.

— Vous restez quelques jours ?

— Jusqu'à la fin du mois.

— Je n'ai encore personne après vous. Si vous avez besoin d'une chambre, dites-le-moi.

— Je ne pense pas. Les cours commencent le 1er octobre.

— J'ai fait le ménage hier, mais vous aviez laissé tout bien en ordre...

— Merci.

Il regretta sa sécheresse et lui sourit. Sans doute attendait-elle qu'il ouvrît le télégramme devant elle qui mourait d'envie de savoir.

— J'espère que ce n'est rien de grave... En tout cas, le soleil et la mer vous ont fait du bien.

— Je vous verrai demain.

Il lut le télégramme près de la fenêtre. Son regard se porta sur les toits, le ciel rougi, les tours déjà étincelantes de lumières. Des rues montait le grondement sourd des voitures qu'il avait oublié pendant ces quinze jours. Il relut :

« Mère décédée brusquement le 10 à 16 heures. Arrêt du cœur. Enterrement le 12. T'attendons. Condoléances. Émilie. »

Émilie, celle qui annonçait les morts avec un si joyeux appétit. Cinq jours déjà. Où était-il à cette minute-là ? L'avait-elle appelé une dernière fois ? Et pourquoi ne pleurait-il pas ? Comme si le remords le punissait en lui refusant même les larmes. Sur l'enveloppe de la lettre courait l'écriture penchée, un rien archaïque. Le timbre oblitéré donnait la date et l'heure d'envoi : le 9 à 15 heures, bureau de la rue des Saints-Pères. Donc la veille de sa mort. Qui l'avait découverte ? Il déchira la lettre sans l'ouvrir. Ces moments-là défient à jamais l'oubli.

De chez sa logeuse, il appela Allan Porter à Washington, eut la chance de tomber presque aussitôt sur lui.

— Je m'en occupe, dit Porter. Raccrochez. Je vous rappelle.

— Vous voilà bien seul, dit Mrs. Paley. Vos jeunes amies vous aideront à passer ce terrible moment.

— J'en doute.

Porter rappela moins de cinq minutes plus tard : un avion militaire s'envolait le lendemain à 8 heures pour le Bourget. Sans cette main secourable, il n'aurait même pas pu gagner Paris avec ses cinquante derniers dollars. À l'aéroport de Miami, Augusta s'était attendrie devant un bracelet d'argent ancien.

Quand cesseraient ces problèmes ? Le téléphone sonna en vain chez Elizabeth. Il espéra la trouver au restaurant italien en face de chez elle. On lui dit qu'elle était partie jusqu'à lundi. Il se contenta d'un sandwich et d'un café dans un drugstore sur le point de fermer et rentra à pied. Longeant l'immeuble des douanes, son chemin habituel pour rejoindre Rector Street, il s'étonna d'une surprenante statue qui ornait l'entrée : une plantureuse femme appuyée d'un coude sur une tête de sphinx, de l'autre sur la crinière d'un lion, penchait son visage atone en avant comme si elle appelait le passant à voix basse. Dénudée jusqu'à la ceinture, elle bombait un torse d'athlète affligé de deux très petits seins nus et nettement divergents. Un facétieux avait maquillé en rouge les ongles de son énorme pied droit. Arthur était cent fois passé devant la mystérieuse allégorie de la douane sans remarquer cet idéal féminin des années 1900. Les sculpteurs officiels n'avaient-ils jamais vu un corps grec comme celui de Mandy ou la troublante minceur adolescente d'Augusta ?

L'ascenseur arrêté au onzième, il se déchaussa pour monter en silence à l'étage supérieur sans éveiller l'attention compatissante de Mrs. Paley. La valise rapportée de Key Largo attendait sur le lit. Il en renversa le contenu : maillots, shorts, chemisettes bariolées, et le sari, celui qu'elle portait le dernier soir, encore imprégné de son parfum. Il le rangea sur un cintre dans l'armoire et jeta le reste à la poubelle. Puis, assis sur une chaise devant la fenêtre ouverte qui découpait un rectangle de ciel constellé, il attendit l'aube, saisi, au hasard des images du passé, de brusques sanglots qui lui serraient la gorge à l'étrangler.

Au retour de Paris, il eut enfin Elizabeth au téléphone.

— Tu as de la chance que je réponde. J'ai dû oublier de décrocher. Nous sommes en pleine répétition. D'où viens-tu ?

— De Paris. Ma mère est morte pendant que j'étais à Key Largo. Je ne l'ai su qu'au retour.

— C'est difficile de dire quelque chose dans ces cas-là !

— Ne dis rien.

— Tu es malheureux ?

— Oui. As-tu vu Augusta ?

Elle se taisait et il y eut un vague bruit de fond, une voix d'homme et une voix féminine. Il répéta :

— Augusta ?

— Il faut que je t'en parle. Passe me voir demain matin. Es-tu seul ce soir ?

— Oui.

Après un bref conciliabule avec les deux voix lointaines, elle reprit :

— Viens dans une heure.

Arrivé en avance, à la nuit tombée, il marqua les cent pas devant chez elle. Une jeune femme dévala le perron joyeusement : il reconnut Thelma, la jeune comédienne frisée qui jouait les crucifiées. Un grand garçon élancé, noir de peau, en veston rose et nœud papillon vert, la suivait. Ils s'embrassèrent rapidement sur la joue et partirent chacun de son côté. Arthur attendit quelques minutes avant de monter. Elizabeth ouvrit la porte en peignoir, démaquillée, le visage luisant de crème. Voulait-elle le décourager ? Il n'était pas venu pour ça.

— As-tu dîné ?

Elle prépara une assiette de sandwichs dans la

cuisine. Arthur contemplait l'acacia illuminé avec son feuillage d'été. En ombre chinoise, derrière un store baissé, une femme ôtait un chandail ou une blouse.

— Je ne t'ai pas encore remerciée pour Key Largo.

— Augusta l'a fait. Tiens... débouche ce bourgogne.

— Tu ne bois plus ton affreux vin chilien ?

— Chauvin !

— Avoue que c'est meilleur.

— J'avoue.

Elle arrangea des coussins près d'une table basse et posa les verres, l'assiette de sandwichs entre eux.

— Augusta est à New York ?

— Je ne crois pas.

— Elle a refusé de me donner son adresse. Elle est repartie sur son nuage. Nous faisons monde à part. À Key Largo, la princesse m'a offert un entracte ou, plutôt, une saynète comme on en joue en matinée, pour les personnes défavorisées.

Elizabeth se dirigea vers le pick-up et prit un disque.

— Non ! Je t'en supplie. La musique me paralyse. J'ai besoin de parler.

— Tu ne dois rien y comprendre, dit-elle.

Comprendre ? Mais que comprendre sinon que l'on n'a de prise sur rien, que l'amour, la mort, la paix, le succès, les défaites sont tapis dans l'ombre et vous sautent à la gorge au moment où l'on s'y attend le moins. Personne ne commande à ce jeu de colin-maillard. Il avançait les yeux bandés alors que tous avaient tout compris avant lui. À Key Largo, il isolait Augusta et l'ailleurs n'existait pas. À peine relâchée, elle se mettait hors de portée.

— En effet, je n'y comprends rien.

Elizabeth l'éclaira. Pas complètement. Un peu. Getulio n'était pas parti pour l'étranger. Il avait passé trois semaines en prison. Le motif ? Oh... presque rien ! Un excès de vitesse et une caution payée avec un chèque en bois. Son ami, l'affairiste brésilien, Souza, l'avait sorti de là. En déconfiture Souza ? Non, pas du tout. Arthur vit s'avancer la menace. Pressent-on ces choses-là ? Et si elles arrivent, est-ce parce qu'on les a pressenties ? « Les contrariétés attirent les contrariétés », disait sa mère, toujours prête à trouver du courage dans l'adversité en puisant un réconfort dans le répertoire inépuisable de la sagesse des nations. Mais s'agissait-il seulement de contrariétés ?

— Je te dirais bien quelques mots, murmura Elizabeth.

— Lesquels ?

— Tout dépend de toi. Ils te consoleront ou te désespéreront.

— Je prends le risque.

— Un jour, elle dira qu'elle n'a aimé que toi.

En vérité, il n'avait jamais espéré la garder. À peine débarquée de l'avion de Miami, elle n'était plus à lui. Tout s'effaçait. Une étrangère et un homme de rencontre. Même pas un geste quand son taxi s'éloignait.

— Tu savais son « aventure » avec Concannon ?

Elizabeth éclata de rire.

— Tout le monde le savait. Il était fou d'elle, mais imagine-le violant une vierge brésilienne ! Il en aurait été incapable. Il a dû la tripoter un peu. Impressionnée, elle se laissait faire, mais pour arriver au but, il aurait fallu une autre sorte d'homme que lui. Non, petit Arthur, tu es le premier. Un peu trop respectueux encore si je crois ce qu'elle m'en a dit. Mais peut-être étaient-ce les formes à prendre avec elle ! C'est une bien curieuse personne. Elle ne demandait que ça et en avait une peur bleue.

— Je crois que ça me manquait pour devenir un homme.

— Oh, j'ai confiance, mais bronze-toi vite... Quand pars-tu pour Beresford ?

— Après-demain. Je dois passer chez Jansen et Brustein. Ils me reprendront peut-être l'été prochain. Brustein est très chic avec moi. Pourquoi ? Je suis bien décidé à ne pas en chercher les raisons. Adieu à Mrs. Paley et au revoir à New York. Enfin... je reviendrai pour ta pièce à la fin octobre. J'ai rapporté un peu d'argent de Paris. Pas grand-chose. La pauvre économisait sou à sou. Et crois-moi ou non, elle cachait son magot dans un bas de laine, au fond d'un tiroir... J'ai failli le laisser partir avec le déménageur qui emportait tout à la salle des ventes. Dans une malle, il y a encore quelques souvenirs, des photos, des lettres. Le tout est chez un vieil oncle que je ne reverrai jamais. La vie commence demain.

Ils s'embrassèrent comme frère et sœur. Sur le palier, elle le rappela :

— Tu t'es aperçu que je ne suis pas vraiment une sentimentale, mais j'ai aimé ce qui s'est passé entre nous. En vous ouvrant Key Largo, j'ai même montré une générosité dont je ne suis pas coutumière. Finalement, je m'admire, je suis contente de moi. Préservons ces rapports assez exceptionnels entre gens de notre âge et ne viens pas voir ma pièce. J'ai idée que ça ne te plaira pas.

— Je viendrai.

— Décidément, tu aimes le risque...

Du bout des doigts, elle lui caressa la joue :

— Prends garde à toi dans les semaines à venir. Tu n'es pas encore guéri. Après, tu verras... ce sont les autres que tu auras du plaisir à casser.

Brustein ne le recevrait qu'en fin d'après-midi. Arthur vida les tiroirs et armoires : un costume, une canadienne, du linge, des livres de cours et ses notes préparatoires, le sari d'Augusta parfumé jusqu'à la nuit des temps. Il fit cadeau à Mrs. Paley de la cantine du capitaine Morgan, trop grande, trop lourde, peu pratique, et s'acheta un sac de marin qu'il alla déposer à la consigne de Grand Central. Ce nouvel homme qui faisait table rase du passé avec une joie rageuse s'offrit à pied une longue et lucide visite de New York. Les villes croient que nous les aimons. Quelle méprise ! Nous n'avons que des humeurs avec elles. L'humeur d'Arthur était à la fois légère, critique et proche du désespoir. Quelque part dans cette termitière de béton, d'acier et de verre, Augusta respirait, appuyait son front contre la vitre d'une fenêtre et contemplait, sans les voir, les premières rousseurs des frondaisons de Central Park. De Columbus Circle, Arthur s'engagea dans Broadway et descendit en deux heures jusqu'à Battery Park. Là, pendant l'été, au lever du jour, il avait réglé, mesuré son souffle, cru respirer l'air du grand large. Tout n'est-il qu'illusions ? Les arbres avaient maigri, les pelouses se mitaient. Sur les bancs, des moribonds jetaient du pain aux pigeons. Un poisseux vent d'est apportait par vagues une indéfinissable odeur de pourriture. Des goélands maculés de gazole volaient au ras du quai en poussant des cris d'enfant égorgé. Dressée sur son îlot, cernée d'eaux noires, la Liberté de Bartholdi, triomphante de bêtise, brandissait son cornet de glace à la pistache.

Au retour, il achetait des croissants dans une pâtisserie italienne, servi par une jeune fille à la crinière platinée qui zézayait : « Deux croizants ou quatre croizants ? » Le jour des quatre croissants quelqu'un partageait la vie d'Arthur et elle riait. Les miettes des croissants dans le lit, ou encore ce dernier croissant croqué sur le trottoir pendant que le taxi attendait : « ... Elizabeth et Arthur ont mangé un croissant sur le trottoir de Rector Street après une nuit d'amour. »

L'avait-il aussi perdue par sa propre faute ? N'imaginant pas Elizabeth vulnérable, il ne se savait pas non plus vulnérable à ce point. En cette fin d'après-midi automnale, tout lui paraissait soudain d'une douleur extrême. Il regagna Broadway, marchant à vingt pas derrière une petite, très petite vieille en noir, les épaules effacées, le dos bossu par le poids des ans quand deux gamins en patins à roulettes le dépassèrent, encadrèrent la femme, la firent tomber et lui arrachèrent le cabas qu'elle portait à bout de bras dans la poussière de l'allée. Les deux patineurs s'enfuirent à grandes enjambées. Elle brandit son poing ganté de mitaine :

— *Mascalzone ! Mascalzone !*

Comme Arthur l'aidait à se relever et l'époussetait, elle se dégagea d'un coup de coude et lui jeta un regard haineux :

— *Vai fancullo !*

Des promeneurs approchaient en courant ou en clopinant.

— Qu'est-ce que vous lui faites ? Vous ne voyez pas que c'est une pauvre vieille ? Laissez-la tranquille.

— Des voyous lui ont volé son sac.

Une grosse femme fardée comme une grue s'approcha :

— Avait-elle seulement un sac ?

La petite vieille continuait de crier, le poing levé :

— *Mascalzone ! Mascalzone !*

D'autres promeneurs arrivaient en riant. Un jeune homme en veste de cuir à la Davy Crockett, coiffé d'un stetson, prit la pauvre vieille en main.

— Je la connais. Son sac est vide. Elle n'a plus sa tête et son fils y veille. Il tient une pâtisserie dans Bridge Street. Allons, signora Perditi, il faut rentrer chez vous.

— *La mia sporta ! La mia sporta !*

— Vous auriez dû courir après ces voyous, dit la grosse femme fardée.

— Allez rattraper des gosses sur des patins à roulettes, et vous m'en direz des nouvelles.

— Il n'y a plus d'hommes, tous des lavettes !

Le jeune homme haussa les épaules, prit la petite vieille sous le bras et l'emmena toujours grommelante vers la sortie du parc. La grosse femme regagna un banc ombragé par un hêtre pourpre et s'assit face à l'estuaire, son sac verni fermement maintenu sur ses cuisses boursouflées.

Arthur suivit à quelques pas le couple chancelant. S'arrêtant devant la pâtisserie italienne, il vit le propriétaire qui prenait le bras de sa vieille mère et remerciait l'homme au stetson et à la veste effrangée. La jeune fille du comptoir, les seins écrasés par un corsage de velours, suivit des yeux le patron avec un sourire amusé.

— Il vous reste des croissants ? demanda Arthur.

Elle sourit béatement en le reconnaissant.

— Deux ou quatre ?

— Deux.

— Vous avez de la zance, il m'en reste zuste deux. Alors vous êtes zeul auzourd'hui ?

— J'en ai peur.

— Ze suis comme vous, z'aime pas être zeule.

Du fond de la boutique s'élevaient des cris perçants :

— *Due mascalzoni ! Due, mi ascolta filio !*

— *Si mama, sienta se !*

La vendeuse sourit.

— Za n'est pas la première fois. Vous étiez en vacanzes ?

Il n'allait quand même pas lui raconter sa vie, si agréable que ce fût dans cette ville, gonflée comme une ogresse, de se sentir habitant d'un village où tout se sait.

La journée se terminait chez Jansen et Brustein. Celui-ci le reçut rapidement dans son bureau.

— J'ai peu de temps pour vous. Porter m'a dit. Ces choses-là sont au-delà des mots. Si vous venez à Noël, appelez-moi. Nous passons les fêtes dans le New Jersey. Begonia a très joliment arrangé une petite maison. Elle sera enchantée de vous revoir. Vous lui avez fait la meilleure impression. Une fois passé le difficile examen, la porte est ouverte. Pardonnez-moi de vous recevoir si vite. Je ne vous attendais pas. À Noël, nous nous raconterons nos vies en long et en large.

Il le raccompagna jusqu'à la porte et le rattrapa par le bras.

— Oh, à propos... vous vous souvenez... Une chose très comique est arrivée. La société amazonienne rachetée par ce Souza... eh bien, il n'y avait pas de pétrole. Non. Pas une goutte. En revanche, il y avait une carrière d'émeraudes. Une vraie fortune. M. de Souza a revendu ses actions. C'est ce qu'on appelle un joli coup. Ne nous plaignons pas. Il nous

231

a confié ses affaires. Ne l'avions-nous pas bien inspiré ? Drôle d'homme ! Il a une tête d'oiseau de proie. Hier, il m'a téléphoné pour m'annoncer son mariage. En grande pompe à Acapulco, comme les vedettes de cinéma et les escrocs en fuite. Mais que je suis bête... il a dû vous inviter. Il vous doit bien ça...

— Ce doit être un oubli.

— Attendez le carton. Il emmène ses invités en charter et offre huit jours à l'hôtel. Il épouse une Brésilienne.

— De toute façon, c'est impossible. Je reprends les cours dans une semaine.

— Ne perdons pas contact. En sortant, débauchez Zava. Je crois qu'elle sera contente de parler avec vous. C'est une fille exceptionnelle, d'un grand avenir. Dommage que son physique soit... un peu... ingrat. Négligez les autres. Ils vous ont déjà oublié.

Il n'avait pas tort. Dans la rotonde où ils rangeaient leurs bureaux et débranchaient téléphones et télex, ses anciens collègues semblèrent à peine le reconnaître. Seul l'un d'eux s'inquiéta :

— Vous revenez ?

— Non, pas d'inquiétude, mon vieux.

Zava donnait un dernier coup de téléphone. Elle lui fit signe de s'asseoir en face d'elle. Une lumière rose de fin d'après-midi teintait l'horizon du New Jersey, reflétée par les sombres eaux de l'Hudson. Zava raccrocha.

— Brustein m'a prévenue que vous passeriez nous voir avant de regagner Beresford. J'ai appris... je suis triste pour vous...

— Comment l'a-t-il su ?

— Allan Porter téléphone souvent. Presque tous

les jours. Vous n'étiez pas là quand elle s'est trouvée mal ?

— Non ! Je me suis fabriqué des remords pour le reste de ma vie.

— Pardon ! Je suppose que vous préférez ne pas en parler. Même si, en ce moment, ça ne vous concerne pas beaucoup, apprenez que je me fais opérer le mois prochain. Le chirurgien m'a offert de le payer en trois ans. Je ne laisse pas passer la chance. Quand revenez-vous à New York ?

— Fin octobre, voir une pièce montée par une amie.

— Nous nous reverrons, j'en suis certaine.

La bonne nouvelle fut l'absence de Getulio à Beresford. On s'interrogea. S'attardait-il ivre mort sur la plage d'Acapulco après le mariage de sa sœur ou les autorités universitaires avaient-elles eu vent de son bref séjour en prison pour un motif qui paraissait, somme toute, assez bénin à la plupart des étudiants ? Dire qu'il était regretté serait exagéré. Beaucoup se souvenaient de parties de cartes plus que douteuses. Personne ne l'avait pincé à tricher, mais tous demeuraient convaincus que sa chance persistante avait le côté inquiétant d'un pacte avec la dame de pique. Son élégance éblouissait, sa morgue intimidait, ses prétentions exaspéraient, cependant les professeurs montraient de l'indulgence envers ce jeune homme si doué qui dédaignait d'exploiter ses dons et vivait paresseusement des études fort chères. Comme toutes les curiosités, celle-ci s'éteignit assez vite et, quinze jours après la rentrée, on ne parlait déjà plus de lui, de sa superbe Cord 1930, de son macfarlane, de sa sœur et d'Elizabeth dont la venue au bal lui avait valu tant de prestige. Arthur s'en trouva bien. Après les deux semaines passées à Key Largo, le drame du retour à Paris, la table rase, il se barricada dans le travail avec le sentiment que, là, au moins, il se préparait une revanche. Il lui restait à méditer lentement et longuement sur les sincérités successives des femmes. Un sujet inépuisable.

Fin octobre, il prit le train pour New York après un bref coup de téléphone à Elizabeth qui tenta, une dernière fois, de le dissuader d'assister à la pièce qu'elle répétait depuis deux mois en si grand mystère. Il appela Zava au bureau avec l'idée de lui faire partager l'épreuve. On lui dit que l'opération semblait réussie au-delà des espérances, qu'elle se reposait dans la propriété des Brustein au New Jersey et reprendrait le travail à la mi-novembre.

Le spectacle se donnait dans un ancien entrepôt de la douane, voué à la destruction, au bord de l'Hudson. Une équipe de volontaires avait aménagé cette bâtisse absolument sinistre au sol de gravats, encombrée de machines-outils, de caissons rouillés. Des poutrelles d'acier soutenaient un plafond de tôle ondulée qui miaulait au moindre coup de vent. À l'intérieur, des chaises de jardin, des bancs entouraient en demi-cercle une scène primitive cachée par un rideau de deux draps grossièrement cousus et barbouillés de peinture. Si fort était cette année-là le snobisme du théâtre off-Broadway que la salle fut pleine le premier et — comme on le verra — unique soir. L'assistance, moitié café society, moitié avant-garde greenwichienne, commençait à s'impatienter et à taper du pied, soulevant une collante poussière aux relents de poisson pourri quand le rideau se souleva non sans mal sur un décor de salle d'hôpi-

234

tal : un lit, une chaise, un fauteuil, et un bougeoir pour des raisons qui n'apparurent jamais dans le texte. Elizabeth, auteur et metteur en scène, interprétait elle-même le rôle d'une psychopathe que son médecin analyse sur un lit d'hôpital. Il y eut quelques frémissements aux moments les plus crus du dialogue, des bâillements au bout d'une heure de cette cataracte de clichés. Arthur reconnut, en la personne du médecin, le jeune Noir en veston rose aperçu brièvement dans la rue, en bas de chez Elizabeth. La bonne parole de l'analyste ne suffisant pas à calmer les angoisses de la psychopathe, Sam — puisque c'était son nom de théâtre — lui ordonna de se déshabiller. En fait, la salle attendait quelque chose de ce genre depuis le début. On ne s'était pas égaré dans les sombres docks pour assister à une séance traditionnelle de théâtre, mais à du nouveau, du bouleversant, du choquant, en un mot du « sublime ». Cette atmosphère d'expectative était si forte, si ancrée dans les esprits que lorsque le médecin, las de se heurter au mur dressé par sa patiente, l'allongea nue sur le lit de camp, l'expectative fit place au soulagement comme si le public allait enfin savoir pourquoi il était venu. Les vœux seraient comblés, on arrivait au cœur du sujet : un scandale au nom des droits divins du théâtre. Arthur vécut mal le déshabillage et ferma les yeux pour conserver intacts les souvenirs d'autres pudiques déshabillages d'Elizabeth dans le studio de Rector Street ou chez elle. Il les rouvrit quand la salle poussa un « ah ! » de saisissement. Le médecin écartait les pans de sa blouse et offrait une cure radicale à sa patiente, en l'occurrence un sexe aux surprenantes dimensions et aux roseurs de trompe d'éléphant qu'il plongea dans les profondeurs élizabéthaines largement présentées au public. Elizabeth n'eut pas de mal à mimer le plaisir — ou peut-être même à l'éprouver réellement —, et le public, d'abord embarrassé, finit par taper dans ses mains au rythme de plus en plus accéléré de la performance jusqu'à la tombée du rideau, tombée de guingois qui permit à l'aile droite du parterre d'apercevoir Elizabeth s'essuyant, se reculottant et tendant à son partenaire une serviette-éponge.

La coterie de Greenwich Village fut aussi divisée que la coterie mondaine. Il y eut des applaudissements, des sifflets et des « hou, hou » variés. Arthur gardait assez de lucidité pour ne pas réagir à ce genre de provocations, bien conscient que, de toute façon, son interprétation de cette soirée lui était trop personnelle. D'autres ne voyaient pas le hangar pourri prêt à s'effondrer, la misère du décor, l'ennui de cette psychanalyse, la maladresse des comédiens, et criaient au génie. Les chaises arthritiques grincèrent, des bancs se renversèrent sur la poussée des fanatiques pressés de happer, au passage, la main d'Elizabeth ou de Sam descendus de la scène pour se mêler en peignoir aux spectateurs. Arthur cueillit au passage quelques perles qui adoucirent sa mauvaise humeur : « Je n'ai jamais rien vu d'aussi beau depuis *Hamlet* avec Laurence Olivier. — L'ennui est que c'est très ennuyeux. — La minute où elle enlève sa culotte est ce qu'on appelle une "minute théâtrale". — Nous ne savions pas qu'Elizabeth avait un aussi joli c... — C'est quand même plus efficace qu'un vibromasseur. — Une production soucieuse de son public devrait donner le numéro de téléphone du Dr Sam. — Si j'avais su que c'était aussi pornographique, j'aurais amené ma grand-mère et ma fiancée. » Quand, enfin, il put approcher Elizabeth, il lui demanda si elle était aussi responsable des décors. Vraiment, il les trouvait merveilleux d'audace et de simplicité. Elle lui tourna le dos.

En fait, le nombre de spectateurs choqués par l'outrance de la scène était relativement minime. Tout ce monde craignait de passer pour rétrograde. Sans doute attendait-on désormais une implacable suite, n'importe quoi de plus osé qui, demain, reléguerait ce spectacle au rang d'une bergerade de comédiens émancipés. Le retour, sur les quais obscurs, à pas précautionneux pour éviter les traverses de rails, les wagons-foudres, les conteneurs, l'effrayante silhouette de dinosaures des grues et des pelleteuses, ajouta sûrement au plaisir de l'aventure.

Le lendemain Arthur déjeunait avec Elizabeth chez Sardi's dans la grande salle où, bien des années plus tard, elle eut sa caricature avec les autres rois et reines de Broadway, mais elle n'était encore, en 1956, qu'une marginale, une pétroleuse de campus chic, une pauvre petite fille riche qui prenait sa révolte pour une manifestation de l'art nouveau. Leurs deux monologues se chevauchant et s'ignorant pendant tout le repas furent d'autant plus acrimonieux que la police et la mairie de New York venaient, le matin même, d'interdire le spectacle et condamnaient les portes du dépôt où s'était perpétrée la scène bassement provocatrice. Ce fut tout juste si Elizabeth n'accusa pas Arthur de l'avoir dénoncée. Ils se quittèrent aigrement sur le trottoir de Time Square.

— Je me fous de ce que tu penses. Je t'avais prévenu. Tu n'as rien compris. Retourne à Beresford et à tes petites études de banquier.

— Tu es inutilement méchante.

— Oui, une bonne raison pour que tu ne me voies plus.

Ils étaient plus fâchés contre eux-mêmes que l'un contre l'autre et pouvaient difficilement se l'avouer. Arthur regarda s'éloigner la mince silhouette d'Elizabeth qui héla un taxi et disparut sans se retourner.

Les années qui suivent ont relativement peu d'importance. Opérée avec succès, Zava n'a plus besoin d'appareil acoustique. Elle peut couper ses cheveux. Conseillée par Begonia Brustein, elle s'habille mieux. Ses parents meurent à quelques jours d'intervalle, touchante symbiose d'un couple qui n'a jamais su, ni vraiment voulu, s'enraciner dans une nouvelle vie. Ressassés à l'infini, leurs souvenirs sont partis en lambeaux et il ne leur restait plus rien qu'une fille dont le destin les séparait d'année en année. Zava a déménagé pour s'installer 70e Rue Est de Manhattan. L'intuition de Brustein s'est révélée juste : Mlle Gertrude Zavadzinski est une collaboratrice exceptionnelle. À la suite d'une affaire particulièrement heureuse dont le détail importe peu ici, elle devient leur associé et la firme s'appelle désormais : Jansen, Brustein et Zavadzinski. Zava se marie avec un professeur de droit, également d'origine polonaise. Ils ont un fils qui se prénomme Arthur comme son parrain. Dans cette famille on continue de parler français à table. Brustein prend une retraite anticipée en 1965 et s'installe à Séville, répondant au vœu de Begonia incapable de supporter plus longtemps l'exil. Il vend ses parts à Zava qui n'a pas le cœur tendre et finit, en deux ans, par éliminer Jansen. La firme s'appelle désormais : Zavadzinski et Co., le Co. englobant Arthur qui, à Paris et Zurich, couvre l'Europe sous les apparences les plus modestes : un bureau place de la Bourse, deux secrétaires. Détestant l'esclavage qu'impose une voiture à Paris, il s'y rend à bicyclette depuis son appartement à l'angle de la rue de Verneuil et de la rue Allent. Il est passé d'une vie mesurée au centime près pendant ses études américaines à ce qu'il serait convenu d'appeler une « grande aisance ». L'intéressant est que ce jeune homme si avisé en affaires, appelé en conseil dans plusieurs pays, a peu changé son train de vie. Certes, il s'habille mieux et ne craindrait plus les sarcasmes d'Elizabeth ou d'Augusta, voyage souvent en avion privé, se loue deux fois par an un bateau pour des croisières dans les Caraïbes ou le Pacifique, mais il dîne le plus souvent seul chez lui d'une boîte de sardines ou d'une tranche de jambon. À l'occasion des croisières, il s'adresse à une dame bienveillante que l'on connaît seulement sous un prénom. Madame Claude a, dans ses relations, quelques jeunes femmes en général fort belles, dont la compagnie est agréable pendant un court laps de temps et sans lendemain au retour. Il se rend aussi, souvent, à Séville chez Brustein où toute conversation sur les affaires est exclue par principe. Brustein a reconstitué, dans deux pièces de sa vaste maison, le petit musée à la mémoire de son père et à la gloire de Cézanne dont il possède désormais trois toiles, une douzaine d'admirables dessins et de nombreux autographes. À part Cézanne, sur lequel il commence à avoir quelques clartés grâce à son ami, Arthur s'intéresse peu à la peinture et, en revanche, se constitue une belle bibliothèque d'éditions originales du XIXe siècle. Il court après Stendhal et Balzac, Flaubert et Mérimée, se montre rarement dans les ventes, déléguant un pouvoir à des courtiers. La protection invisible d'Allan Porter a continué jusqu'au départ à la retraite du président Eisenhower en 1961. À cette date, l'ancien officier de marine et conseiller particulier s'est retiré en Floride, à Key Biscayne, dans une maison dont le jardin donne sur le chenal où il amarre son bateau, un cruiser de soixante pieds, le *Cipher*, en souvenir de son exploit au chiffre pendant la guerre. À peine s'était-il installé que Minerva est morte en quêtant dans un temple des adventistes. Porter a envoyé un bref faire-part à ses relations : « Pas de condoléances, s'il vous plaît. » Il couche souvent à bord plutôt que dans sa chambre, se contentant d'une étroite cabine dont le seul ornement est un sous-verre de ses décorations américaines, britanniques et françaises. Dans la nuit du 2 au 3 juillet 1965, le cyclone Amanda fond sur la Floride, arrache le bateau du quai et le renvoie comme une balle de ping-pong dans le jardin où il prend feu. On ne retrouvera dans les débris de la carcasse qu'un squelette calciné. Adieu, Porter. Il n'a jamais demandé à son protégé que de ne pas oublier combien les États-Unis ont été généreux et désintéressés avec lui.

Dans les premières années du retour en France, Augusta se rappelle au souvenir d'Arthur par des photos dans les magazines chics : *Vogue, The Tatler*... « Monsieur et Madame de Souza au bal de la Princesse X... » À moins que ce ne soit un dîner de charité, un vernissage à New York, Londres ou Rome. Elle n'a pas changé bien qu'elle sourie rarement. Arthur imagine avec plaisir qu'elle est triste aux côtés d'un Souza qui plastronne. Il l'a couverte de bijoux. Une rose rouge est toujours piquée entre ses seins. Parfois Getulio est avec eux, le front un peu plus dégarni chaque année, mais ce début de calvitie souligne son élégance comparée à son rasta-quouère de beau-frère.

Un soir, à un de ces dîners parisiens auxquels il prend plaisir à condition qu'ils ne se répètent pas trop souvent, sa voisine de droite, une jeune femme assez jolie, d'une trentaine d'années, en tailleur blanc, une rose rouge à la boutonnière, lui dit soudain après des banalités :

— Vous ne savez pas comme je suis heureuse de vous rencontrer. Chaque fois que je la vois, Augusta me parle de vous.

Arthur blêmit tant qu'elle s'effraye.

— Vous vous sentez mal ?

— Non.

— Vous devriez boire un verre d'eau.

L'eau ne passe pas. Il se sent quelques secondes dans un monde où il lutte au bord d'un gouffre. Quand il recouvre sa voix, il sourit à sa voisine.

— Rien de grave. J'ai, de temps à autre, ces absences qui me donnent l'illusion de sortir de mon corps terrestre. Je dois avoir, quelque part aux anti-podes, un clone qui éprouve un bref besoin de moi.

— Je ne crois pas à ces choses-là, dit la dame. Au contraire d'Augusta.

— Je ne l'ai pas revue depuis au moins dix ans.

Elle a l'air étonné. Qui soupçonne-t-elle de men-tir ? Augusta ou lui ? Trop distrait, il n'a pas encore noté la rose rouge et le tailleur blanc.

— Je suppose que notre rencontre n'est pas innocente. J'aurais dû remarquer dès le début les couleurs préférées d'Augusta.

— Ah ! Enfin... Et si vous ne vous souvenez pas d'elle, je puis vous garantir qu'Augusta ne vous oublie pas.

— Elle vous a chargée d'un message ?

— Non, elle m'a seulement recommandé de porter du blanc et une rose rouge. J'ai dû prier la maîtresse de maison de m'asseoir près de vous, ce qui n'a pas été le plus facile. Vous êtes très demandé.

— Vous me l'apprenez. Où l'avez-vous connue ?

— Elle a été, un temps assez court, ma belle-sœur. Oui, j'ai épousé Getulio. Un grand charmeur, mais il coûte trop cher. À la fin l'amour s'en fatigue. Nous avons divorcé il y a deux ans. Je crois qu'il vit à la Jamaïque. C'est un amoureux... du soleil. Puis-je dire à Augusta que le blanc et le rouge vous émeuvent encore ?

— Vous lui direz que le message est reçu.

À peine sorti de table, il prétexte un malaise et sort marcher dans Paris, longuement, jusqu'au petit matin.

En une autre circonstance, il est poursuivi jusqu'à l'obsession. Les colonnes Morris se couvrent d'une affiche rouge et blanc : une beauté métisse sort de la mer et avance sur une plage tropicale. Sa robe trempée moule son corps. Non, elle ne ressemble pas à Augusta, mais le film s'intitule *Augusta*. Le succès aidant, les affiches restent pendant des semaines et Arthur n'ouvre pas un journal ou un magazine sans que lui saute aux yeux ce prénom qu'il voulait garder pour lui seul. Quand l'interprète du film débarque à Paris, la presse et la télévision se déchaînent. On ne voit qu'elle et, bien que son nom soit

Janet Owen, on l'appelle Augusta. L'image de la fausse Augusta brille dans tout Paris avant de se diluer dans les cinémas de banlieue et de province en version doublée. Elle envahit insidieusement les rêves d'Arthur et, à un moment, il pense même user de la complicité d'un de ces producteurs qui ont recours à lui quand ils ne joignent pas les deux bouts. Ce ne doit pas être difficile de rencontrer Janet Owen qui s'attarde en France, étonnée par le succès de son film si mal accueilli aux États-Unis. Pour lui dire quoi ? Que dans une fiction, elle emprunte un prénom féminin dont l'écho le trouble encore ? La ressemblance s'arrête là. Janet Owen sort de la mer comme une statue d'ambre brûlé. La vraie Augusta n'aime pas la mer, ne se baigne jamais.

À Séville, une autre année — et peu importe que ce soit avant ou après le dîner ou le film, une répartition arbitraire du temps qu'il vit s'étant figée, et, pour tout ce qui le concerne personnellement, il n'y a plus ni présent ni passé —, à Séville donc, au Musée provincial, Arthur, en compagnie de Brustein, tombe en arrêt sur une œuvre de Zurbarán mal connue. Brustein confirme d'ailleurs qu'elle est peu estimée et que son authenticité est même mise en doute. Sainte Dorothée, debout, de profil comme une peinture égyptienne, portant une assiette de faïence avec trois kakis (pas très frais), la taille serrée dans une ample robe de taffetas violet, une écharpe jaune rayée de noir encadrant le buste, sainte Dorothée ressemble d'une façon hallucinante à Augusta dans sa jeunesse. Cette ressemblance crie d'autant plus que le peintre lui a drapé la gorge d'une gaze qui, nouée au chignon, flotte ensuite dans le dos soulevée par une légère brise venue d'une fenêtre invisible mais certainement ouverte aux rayons du soleil reflétés par le taffetas de la robe. Augusta affectionnait ces écharpes de gaze, en collectionnait de blanches, de roses, de rouges dont elle aimait se voiler les soirs où elle dénudait ses épaules. Plus qu'une simple similitude des traits, le profil de sainte Dorothée émeut par une expression concentrée, celle d'Augusta dans les moments graves de sa vie, moments dont elle dissipait le nuage d'un éclat de rire aussi déroutant que sa brusque plongée en elle-même à des années-lumière de ceux qui lui parlaient.

Fasciné par ce portrait à la fois présent et prémonitoire, Arthur retourne au Musée provincial chaque matin de son séjour chez les Brustein. En fin de compte, c'est avec la Dorothée de Zurbarán qu'il passe la Semaine sainte à Séville et fort peu avec ses amis, si bien que Brustein, alerté par Begonia plus sensible que lui aux absences et aux distractions de leur invité, finit par s'inquiéter :

— Arthur, vous n'êtes plus le même. Une idée que je ne saisis pas vous poursuit. J'aimerais vous aider.

Alors, Arthur, qui ne raconte jamais rien, parle soudain de Mendosa, de Souza, raconte toute l'histoire à son ami. C'est un immense soulagement suivi d'une brève inquiétude : en avouant ce tourment qu'il dissimule depuis tant d'années, ne va-t-il pas l'effacer comme les malades qui sortent guéris de chez leur analyste après avoir avoué qu'ils avaient rêvé de coucher avec leur maman ou piqué des épingles dans le cœur des poupées de leur petite sœur ? Heureusement, il n'en est rien : le mal est toujours là qui le rend différent des autres.

— Souza est ruiné, dit Brustein. Enfin, ruiné

comme le sont les affairistes de son genre, avec suffisamment de quoi vivoter en Suisse, à Lugano, je crois. Il espère toujours rebondir mais les banques le surveillent. Quant à son beau-frère, Getulio Mendosa, après un mariage raté — vous avez rencontré son ex-épouse —, il vit du jeu. C'est un état aléatoire. Begonia l'a rencontré l'an dernier chez la duchesse d'Albe pendant les fêtes du Rocio. Elle me l'a décrit comme un homme d'une grande séduction qui cherchait tout le temps des partenaires de poker. Incidemment, elle a parlé de vous et il a sursauté. « Je l'ai un peu connu à Beresford, a-t-il dit. Ce Morgan, qui est un vague comptable, voulait épouser ma sœur. J'ai mis le holà. » Vous comprenez pourquoi je ne vous en ai pas parlé. Maintenant ça n'a plus d'importance après ce que vous venez de me raconter.

Malgré la toute-puissance des illusions, Arthur sait bien que sainte Dorothée ne sort pas de son cadre et reste prisonnière de Zurbarán qui l'a peinte avec tant d'amour qu'elle a fort bien pu être sa maîtresse. Il n'y a pas d'espoir qu'elle s'aventure sur le parquet glissant du musée pour descendre dans la rue et se mêler à la foule exaltée par les chanteurs de saetas jaculatoires, les pénitents en cagoule ployant sous le poids des châsses. Elle ne respirera pas les violentes odeurs dans lesquelles mitonne Séville pendant la Semaine sainte, un mélange de roses, d'œillets, d'arums mais aussi de sueur, d'encens et de crottin de mulet. Le plus simple bon sens conseille de ne pas retourner au Musée provincial, et pourtant, trois mois après, il ne résiste pas. Le tableau n'est plus là. Une pancarte indique que sainte Dorothée est partie pour une exposition itinérante dans le monde. Arthur est soulagé.

Un matin — et cela doit se situer une quinzaine d'années après son retour des États-Unis —, arrivant au café des Deux Magots où il prend régulièrement son petit déjeuner de célibataire, Arthur a la surprise d'apercevoir Getulio assis à une table du fond sous un miroir qui renvoie l'image de son crâne chauve à la nuque frisottée. Engoncé dans un imperméable froissé et plutôt crasseux, il semble grelotter malgré l'atmosphère surchauffée de la salle. Des coquilles d'œuf, les miettes de pain d'un sandwich, les restes refroidis d'un welsh rarebit et trois pots de café parsèment sa table. Le plus frappant est son air absent, perdu dans des pensées que lui inspirent la tasse vide et les reliefs d'un copieux petit déjeuner. Arthur a même un doute : cet homme prostré est-il bien Getulio, le Getulio qui dès qu'il se trouve dans un lieu public — café, bar, restaurant, atrium d'un théâtre, avion, train ou bateau — repère aussitôt un visage connu et le hèle pour l'accabler de protestations amicales ? Ses relations, à l'en croire, peuplent le monde entier et il ne se trouve seul nulle part. Chez les Indiens d'Amazonie dont il a peut-être bien une goutte de sang mêlée à son sang africain et portugais, il se trouverait un ami.

— Tu as l'air d'un homme traqué, dit Arthur en posant la main sur l'épaule de Getulio qui sursaute comme s'il se réveillait d'un cauchemar.

— Traqué ? Moi ? Oh, non... pas tout de suite, mais je n'arrive pas à me réchauffer. J'ai passé la nuit dehors.

— Tu traînes encore dans les boîtes !

— J'ai traîné dans les rues, dormi un peu sur un banc de square et dans la première bouche de métro ouverte avant de me réfugier ici.

— Ça va si mal que ça ?

— Le pire est encore à venir. Deux garçons vont me prendre au collet et me jeter dehors. J'ai évité le délit de grivèlerie en ne prenant pas d'alcool. Ils n'appelleront pas le panier à salade qui me fait horreur. D'un vulgaire...

Arthur appelle un garçon. Getulio devance la commande.

— Un double cognac, s'il vous plaît.

Puis, tourné vers Arthur :

— Tu tombes à point. Sans toi, j'étais perdu. Oui, vraiment perdu. Je ne voyais même pas le moyen d'aller tout à l'heure à Roissy.

De sa poche il sort un billet d'avion.

— Je me marie demain à Hong Kong.

— Pas rasé ! La joue aussi bleue ?

— L'hôtel conserve mes bagages. Il y a quinze jours que je n'ai pas payé la note.

— Alors tu pars les mains dans les poches !

— C'est comme ça qu'on refait sa vie.

Il boit les cognacs d'un coup. Le choc est si violent que des larmes lui viennent aux yeux.

— J'ignorais que l'alcool fît pleurer, dit-il en riant et s'essuyant avec une serviette en papier.

Des couleurs reviennent sur ses joues grises. Il reprend le billet d'avion, le feuillette et le range dans sa poche.

— Encore vingt-quatre heures et tout changera. J'épouse une Murphy.

— Elizabeth ?

— Non, Helen, sa tante. Peut-être même sa grand-tante. Soixante-douze ans, exquise, férue de musique, peintre, grande amie de Picasso. Son yacht la rejoint à Hong Kong et nous partons pour la Malaisie aussitôt après le mariage.

Arthur paye la note d'hôtel rue de Castiglione, récupère les bagages et, pour compléter la fête, loue une voiture de place avec chauffeur en livrée. À l'aéroport, il assiste à l'enregistrement des bagages, règle la surcharge.

— La vie est un magnifique cadeau que Dieu a fait aux hommes, dit Getulio alors qu'ils font quelques pas avant de s'engager sur un des tapis roulants. J'ai eu tort de désespérer pendant ces dernières heures. Je suis protégé depuis ma naissance. C'est bien la première fois que j'ai douté de Lui. Il a voulu m'éprouver comme il éprouve toujours les meilleurs de ses fils. Naturellement, je te rembourserai dès mon arrivée à Hong Kong. Préfères-tu des dollars ou des sterlings ?

— Je ne te demande rien.

— Ah si... j'y tiens.

— Je préfère que tu me dises si Augusta est heureuse.

Getulio s'arrête, le sourcil froncé.

— Tu abuses de la situation où je me trouve. Rappelle-toi que je suis, très provisoirement, ton débiteur.

— Et que dirais-tu, cher débiteur, si je te cassais la gueule, te faisais manquer l'avion et ta nouvelle arnaque ?

— Tu ne feras pas ça !

Arthur en convient. Ce n'est pas son genre même si l'envie ne lui en manque pas.

— D'accord, je ne le ferai pas. Mais j'aime que, pendant quelques secondes, tu aies eu peur. Ça me rembourse largement ta note d'hôtel et l'addition des Deux Magots.

249

— Dès mon arrivée, je t'envoie un chèque. Je veux ne rien te devoir. Et cette fois... adieu !

Il esquisse un pas vers le tapis roulant qui accède aux satellites. Arthur le retient par le bras d'une main si ferme que Getulio en chancelle.

— Adieu, j'ai dit !

— Pas encore ! Réponds à ma question.

— Eh bien oui : Augusta est parfaitement heureuse et ne veut surtout pas entendre parler de toi.

— Donne-moi son adresse.

— Jamais de la vie.

— Getulio, un jour je t'écraserai. J'aurais dû le faire bien des fois. Ce matin surtout. J'ai pitié de toi à cause d'elle.

— Je n'ai rien à foutre de ta pitié. On ne m'écrase pas comme ça.

— C'est ce que nous verrons.

Ils se séparent aussi mécontents l'un que l'autre. Getulio est déjà emporté par le tapis roulant quand, se retournant, les mains en porte-voix, il crie à l'adresse d'Arthur :

— Tu ne l'auras jamais !

Quelques semaines plus tard, le *Herald Tribune* publie des photos du mariage accompagnées d'un bref commentaire : « Mrs. Helen Murphy, divorcée depuis un mois du banquier Chen Li, s'est remariée vendredi avec M. Getulio Mendosa, un riche armateur brésilien. Ils sont partis en croisière pour les îles de la Sonde à bord de l'*Helen*, le yacht offert par son ex-mari. Mrs. Murphy est, rappelons-le, membre du conseil d'administration de la banque Murphy and Murphy, et la tante de l'actrice Elizabeth Murphy. »

Getulio, riche armateur ? Il y a sûrement une

coquille. C'est amateur qu'il faut lire, encore qu'il y ait un côté professionnel dans sa vie. Quant à l'épithète « riche », elle farde la vérité. Fastueux convient mieux. Que jeune homme, ange gardien d'Augusta, il ait connu l'aisance, Arthur n'en doute pas, mais, depuis longtemps, ce crédit est épuisé par des munificences auxquelles aucune fortune ne résiste. La sauvage garde montée autour d'Augusta n'a été qu'un calcul assez sordide pour la marier richement et l'insérer dans un monde où on ferait une place au frère mirobolant. Souza s'est écroulé pour des raisons encore inconnues. N'importe... le mariage avec la banque Murphy and Murphy remettra à flot un Getulio aux abois : à près de quarante ans, déplumé, menacé par l'embonpoint et les créanciers, sans ressources, il lui reste d'être le maquereau d'une femme richissime qui n'a peut-être plus toute sa tête. Il la fera rire comme il a fait rire Arthur quand il payait la note de l'hôtel rue de Castiglione.

— Pourquoi as-tu choisi le palace le plus cher de Paris alors que tu n'avais pas un sou ?

— Mon cher, on voit bien que tu ne sais pas vivre. Dans un hôtel de troisième classe, j'aurais été tout aussi incapable de payer. Alors autant ne pas se priver.

Six mois après, Helen Murphy-Mendosa meurt à Londres d'une crise cardiaque et Getulio rebondit une fois de plus.

— En somme, dit Zava en sortant de la réunion qui avait duré tout l'après-midi, les choses se sont passées beaucoup plus facilement que nous ne l'escomptions. Je vous proposerais bien de venir passer le week-end à la campagne. Arthur serait content de vous voir, mais vous n'aimez pas beaucoup la campagne...

— Je verrai Arthur le mois prochain. Je resterai un peu plus longtemps. Vous me le prêterez un après-midi et je l'emmènerai au zoo. Demain il faut que je sois à Paris.

— Voulez-vous que je vous dépose à votre hôtel ? J'ai une voiture avec un chauffeur. Un luxe qui n'en est pas un pour aller dans le New Jersey. À la vérité, ces tables rondes à discuter pendant des heures sur des points de détail m'ennuient affreusement. Quand je m'ennuie, une horrible fatigue tombe sur mes épaules. J'en viens à regretter de ne plus être sourde.

— Si vous avez le temps, déposez-moi au Copacabana.

— Rendez-vous ?

— Non, une simple habitude.

252

Comme chaque soir à cette heure, le bar est plein à craquer. À peine a-t-il trouvé une place au bar et commandé un Pim's qu'apparaît la tête de Getulio dépassant d'un groupe de buveurs agglutinés autour de lui, et qu'Arthur l'entend dans le brouhaha crier :

— Je parie que tu viens applaudir Elizabeth dans *La nuit de l'iguane*. Elle y est sublime. On ne voit qu'elle. Tennessee l'adore.

Plie-t-il les genoux ou s'assied-il sur une chaise basse pour soudain disparaître comme une marionnette surgie d'un étouffant cercle d'amis ? Jouant des coudes et des épaules dans la foule compacte qui sirote debout ses dry et ses whiskey-sour, Arthur s'approche du fond de la salle, espérant des précisions : sur quelle scène joue Elizabeth et dans quel dessein Getulio l'aiguille-t-il vers elle après tant d'années ? Parvenu près du groupe qui le cachait, il trouve le vide. Getulio l'appelle de la porte de sortie qu'il pousse de l'épaule.

— Désolé... je suis attendu ailleurs. Rendez-vous ici, demain à la même heure. Vois Elizabeth, tu ne le regretteras pas !

L'envers du décor l'aspire déjà. Après qu'il l'a lâché, le vantail bat plusieurs fois, laissant de lui les images saccadées d'un homme coiffé d'un élégant chapeau mou, agitant un parapluie à l'adresse d'un taxi jaune dans lequel il s'engouffre.

La double magie des lumières et du maquillage conserve miraculeusement l'éclat des vingt ans d'Elizabeth alors qu'elle approche du double et l'ardeur généreuse de sa jeunesse ressuscite sur son visage dès son entrée en scène. Arthur ne voit plus qu'elle, n'entend plus que le timbre de sa voix à peine mûrie

253

par les excès d'une vie passée. Comment résister à l'envie de lui parler ?

Drapée dans un kimono de soie noire à pois blancs, le visage tendu vers le miroir bordé d'ampoules aveuglantes, elle débarbouille son visage ocré par les fards. Entre ses doigts effilés aux ongles blancs, la boule de coton essuie l'arête du nez, le front, les tempes. Elle a dit : « Entrez ! » sans se retourner et il doit se pencher sur sa tête, le menton affleurant ses cheveux, pour que son image entre dans le cadre du miroir.

— Non ! Arthur, ce n'est pas toi !

— Si ! C'est moi.

— Combien d'années ?

— Pas loin de vingt.

La boule de coton reprend son manège sous l'arcade sourcilière, aux commissures des lèvres, à la pointe du menton qu'Elizabeth avance en grimaçant.

— Tu aurais pu me faire signe avant. Il y a six mois, j'étais géniale en Desdémone.

— Tu oublies.

— Quoi ?

— Que nous étions brouillés.

— Nous ne le sommes plus aujourd'hui ?

— Nous bénéficions d'une amnistie générale. Mondiale.

— Et si je refusais l'amnistie ?

— Tu ne la refuseras pas. Tes passions sont mortes. Tu joues dans un théâtre de Broadway et tu n'insultes plus le public.

— Les temps ont changé. On ne casse pas éternellement des murs écroulés. Et puis j'ai trop de travail. Je joue le soir, je tourne le matin de six heures à midi.

— Quand dors-tu ?

— Seule.

— Je ne te demande pas avec qui, je te demande quand ?

Elle rit franchement.

— Je le sais bien, grand idiot, mais je peux m'amuser, non ? Devine qui est passé dans ma loge hier soir ! C'est d'autant plus drôle qu'aujourd'hui tu arrives à ton tour. Vous vous êtes donné le mot ?

— Qui ?

— Getulio et toi.

— Il y a un siècle que je ne l'ai pas vu.

Face à face il ne mentirait pas. Dans un miroir, c'est beaucoup plus facile. Et ne sont-ils pas dans un théâtre, lieu privilégié des plus savantes méprises, des quiproquos, des mensonges éhontés, des cocus magnifiques ou tristes, des amants cachés dans les penderies, des entrées et des sorties providentielles ? La salle respire quand le traître est démasqué, mais, là, ils sont seuls, sans spectateurs pour leur crier qu'ils ont oublié leur texte. On ne comprend plus rien à la pièce qu'ils prétendent improviser sans se blesser l'un l'autre. Rien de romanesque ne s'imagine dans une loge qui sent la sueur, le linge défraîchi, la mauvaise poudre de riz, les fards. L'explication dont ni elle ni lui n'éprouvent l'envie attendra vingt ans de plus, trente ans, soixante ans jusqu'à ce que, un pied dans la tombe, ils se préoccupent de finir le puzzle et de ne plus se cacher les pièces manquantes d'un jeu floué au départ. Elizabeth détache la ceinture de son kimono qui glisse sur ses épaules nues tavelées de rousseurs.

— Tourne-toi, dit-elle.

Une remarque insolente sur sa soudaine pudeur, le rappel de la scène qui a motivé leur fâcherie seraient de mauvais goût. Se souvient-elle seulement des plaisirs partagés, et qu'ils prenaient, parfois, ces plaisirs pour de l'amour ? Une méprise bien de leur âge. Se souvient-elle de la pièce où elle jouait une psychopathe provoquant un médecin noir de peau ? On en doute.

— Tu es mariée ? demande-t-il.

— Pourquoi faire ?

— Tu m'aurais posé la même question que j'aurais répondu de même.

— Tu peux te retourner.

Un jean noir et un chandail en angora ponceau grossissent sa mince silhouette et la rapetissent alors que, sans être grande, elle a un corps charmant. Un bandeau noir sur son front maintient en arrière les cheveux cendrés, dégageant les oreilles dont les lobes distendus par le poids des pendeloques à la mode aux temps hippyques sont le seul défaut de ce visage d'une classique beauté. Un large sac en tapisserie à fermoir de fausse écaille se balance au bout de son bras. Elle semble ravie de son attifement d'Américaine moyenne.

— Comment trouves-tu mon chandail ?

— Abominable. Il ne te reste plus qu'à mettre des lunettes bordées de verroterie.

— Je l'ai tricoté moi-même.

— Alors, c'est encore pire. Je n'arriverai jamais à croire que tu t'es mise au tricot.

— Pendant les tournages, il y a des temps morts.

Elle rit, penchant la tête de côté comme autrefois quand le naturel prenait le dessus et délivrait sa gaieté d'étudiante.

— Je t'emmène dîner.

— Je suis crevée. On joue demain en matinée. Viens plutôt me chercher après la représentation.

— Je serai en France.

— Ah, je vois... On grignote quelque chose ensemble ? Rapidement.

— Sardi's ?

— C'est bien ! Il n'y a que la rue à traverser.

— Nous nous y sommes brouillés à jamais.

— Tu es sûr que c'est là ?

A-t-elle réellement oublié ? Dans ses moments chics, quand elle retrouvait son accent bostonien, ne balayait pas la scène en jurant ou hurlant une chanson pornographique, ne couvrait pas de peinture sa salopette en barbouillant un décor ou ne puait pas la colle à poisson après avoir posé des affiches sauvages, dans ses rares moments chics elle n'avait pas sa pareille pour snober un entreprenant raseur, jouer les idiotes devant un bas-bleu et dire une énormité comme ce « tu es sûr ? » avec un accent de sincérité difficile à mettre en doute.

Sardi's garde toujours une table pour elle, bien entendu, et malgré sa mascarade et des lunettes noires, ou, peut-être, à cause de ce déguisement, un murmure accompagne son passage entre les tables. Oui, c'est bien elle, et on trouve d'une enivrante modestie qu'elle se moque à ce point de son physique et tienne pour méprisables les charmes déposés dans son berceau par les fées : une distinction réelle, une famille célèbre dans le gotha américain, un fin visage, du talent, une voix prenante, des yeux mordorés et un corps savamment entretenu mais caché avec une ostensible pudeur sous des vêtements trop larges et d'un aveuglant mauvais goût. Enfin, personne n'oublie non plus qu'à la mort de ses parents elle a hérité une belle fortune que ses premières extravagances n'ont pas réussi à écorner. Arthur se souvenait d'articles qui la saluaient comme la plus intelligente comédienne de sa génération, s'empiffrant, dès le petit déjeuner, des pages et des pages de *Idées directives pour une phénoménologie* ou de *L'être et le néant*. Aux élections, bien sûr, elle faisait campagne pour les candidats démocrates. Arthur était tranquille : Elizabeth ne lisait en vérité que ses rôles, et, de toute façon, n'aurait rien compris à Husserl comme à la politique. Son talent la dispensait de se cultiver en dehors du théâtre, et le scandale, le bizarre qu'elle aimait à ses tumultueux débuts, elle avait, apparemment, fini par s'en fatiguer. Comme pour beaucoup de comédiennes, son vrai talent tenait à une voix musicale, à un instinct sauvage la servant dans le labyrinthe des mots mieux que ne l'eussent fait mille cours dramatiques. En somme, elle possédait, sans en avoir conscience, un don qu'elle mesurait mal et que personne ne lui enseignerait jamais. Ce don restait fragile, à la merci d'une mauvaise pièce pour laquelle, avec son piètre goût si touchant, elle s'emballait sans méfiance. Un article de Truman Capote dans le *New Yorker* avait déjà créé autour d'elle une légende à laquelle elle commençait de se plier. Arthur découvrait cette métamorphose en Elizabeth et brûlait de s'en moquer avec quelques gentils sarcasmes dans l'espoir de retrouver le ton de leur commerce ancien. Assise, elle retira ses lunettes noires, sortit de son affreux sac un face-à-main et se pencha sur la carte.

— Tu es déjà presbyte ! dit-il.

— Non. Pas vraiment. Le face-à-main est une idée d'impresario. Je suis la seule à New York — à part quelques arrière-grand-mères qui ne font d'ailleurs pas de théâtre — à me servir d'un face-à-main. Attends un peu, et, dans six mois, après des reportages dans les magazines, tout le monde en aura. Alors, je jetterai le mien.

— Si j'étais toi, j'aurais aussi un chihuahua qui mangerait le foie gras des tournedos Rossini dans mon assiette et laisserait le reste pendant que tu grignoterais une branche de céleri cru. Il y aurait des voisins de table pour se pâmer d'admiration et d'autres pour appeler le maître d'hôtel et prier qu'on te foute à la porte du restaurant. Tout ça finirait par des gifles. Quelle publicité le lendemain dans *Vanity Fair* !

— Je t'engage pour t'occuper de ma presse.

— Merci. J'aurais bien aimé. C'est un peu tard.

— Je n'ai jamais compris ce que tu faisais dans la vie. Au début, ça n'allait pas très fort, il me semble. Getulio t'aidait, n'est-ce pas ?

— Oui, pendant les vacances d'été, avant que je fasse un stage chez Jansen et Brustein, il m'a proposé d'être videur dans une boîte de nuit où il venait avec Augusta et des amis. Sa générosité et son pouvoir d'humiliation n'avaient pas de bornes.

Le maître d'hôtel les interrompt. Pour quelqu'un qui veut grignoter, Elizabeth ne manque pas d'appétit. Arthur commande du champagne.

— Je vois que financièrement ça va mieux, dit-elle.

— Nettement mieux.

— Je n'ai jamais compris ce que tu étudiais à Beresford, ni ce que tu voulais devenir.

— Beresford m'a enseigné la théorie de l'art des affaires. La pratique s'est révélée plus tortueuse et moins scrupuleuse. Disons que, depuis des années, je suis conseiller financier, c'est-à-dire une sorte d'intermédiaire qui navigue adroitement aux frontières de la légalité. Mais, ne crains rien : je n'escroque personne, à la différence de Getulio.

— Il a failli me coûter cher. Il m'a coûté un peu. Pas trop. À peine le prix qu'il est juste de payer son charme. Il a coûté plus cher à la tante Helen. Elle en est même claquée. Il a dû trop la baiser, la pauvre vieille.

Elle lève sa flûte.

— Buvons.

— Oui, mais à nous deux seulement.

— Tu as oublié Augusta ?

— Je ne l'oublierai jamais.

— Je n'en ai pas douté une seconde. Ce que j'aimais bien en toi, c'est que tu te foutais du théâtre et que tu ne te moquais pas de moi.

— Jusqu'à un certain point.

— Oh, n'en parlons plus ! Il n'y a vraiment que toi pour t'en souvenir.

— Imagine que ta pièce ait rencontré le succès de Ionesco avec *La cantatrice chauve*. Tu en serais à ton sept mille trois centième coït théâtral. Comment faire ça ensuite avec l'homme qu'on aime en revenant du théâtre ?

— C'était une erreur, dit-elle en riant franchement. Mais je l'ai fait. J'ai fait une folie. Peut-être t'aura-t-il manqué dans la vie d'avoir fait quelque chose de complètement fou. Moi, je l'ai fait. C'est derrière moi.

Une très jeune fille en sage robe de velours rose à col de dentelle se tient près d'Elizabeth, un carnet et un stylo à la main.

— Pardon de vous interrompre... J'aimerais tant avoir un autographe de vous. Je vous ai simplement adorée dans *La chatte sur un toit brûlant*.

Elizabeth lève les yeux sur son admiratrice, hésite deux secondes, écrit généreusement quelques mots et signe. La jeune fille esquisse une timide révérence et regagne une table voisine.

— Comment as-tu signé ? demande Arthur.

— En toute simplicité : Elizabeth. Comme une reine. Le restant de ses jours, cette charmante enfant croira avoir rencontré la Taylor. On a dû lui dire que je m'appelle Elizabeth et que je joue une pièce de Tennessee.

— Je reconnais là ta bonté.

— Non. Ma modestie apprise à coups de bâton sur la tête. Tu n'y es pas tout à fait pour rien non plus. Crois-tu que c'est amusant d'être attirée par un homme qui ne se cache pas d'en aimer une autre ?

Les théâtres déversent de tardifs dîneurs et, bientôt, la salle est pleine. Elizabeth lève la main d'une amusante façon et agite les doigts pour saluer les comédiens arrivant par couples, le visage encore gras de démaquillant.

— Pour nos retrouvailles, nous aurions pu choisir un restaurant plus secret, dit Arthur que ces mimiques agacent. En vérité, je me demande si jamais un homme t'a eue à lui seul.

Elle soupire, les yeux au ciel :

— Mon art n'est pas l'art de la sincérité, sauf sur scène.

— Oui, pardon ! Tous les soirs, des spectateurs couchent avec toi. Sexuellement ça doit être épuisant. Un extra doit te paraître fade.

— Tu ne l'étais pas.

— Merci.

Arthur ferme les yeux et rêve au soir où elle l'attendait sur la dernière marche de l'escalier.

— Hé ! Réveille-toi... Tu dînes avec moi, dit Elizabeth en lui tapant sur le dos de la main.

— Je te revois sur le pont-promenade du *Queen Mary* avec Augusta et Getulio, ton caban, ta casquette de marinier, tes grandes enjambées, et Augusta qui tournait la tête pour ne pas voir l'océan qu'elle déteste.

— J'ai oublié tout ça. Qui était la plus belle ?

— Augusta.

— Oui, d'accord, le charme latino-américain. Nous avons du mal à lutter, nous les pauvres Améri-

262

caines du Nord, avec nos yeux de veau et nos cheveux filasse. Mais, elle, elle ne couchait pas. Enfin... pas tout de suite. Demain, tu me raconteras la suite.

— Il n'y aura pas de demain. Je prends l'avion du matin pour Paris.

— Quand reviens-tu ?

— Dans un mois, dans un an. C'est très variable.

— Il faudra nous revoir. Ou peut-être pas. Nous n'allons pas recommencer. J'irai en France au printemps voir ma vieille Madeleine. Elle a quatre-vingts ans. Le jour où elle disparaîtra, je serai vraiment orpheline. Dans les bras de qui pourrai-je pleurer ?

Il la raccompagne en taxi jusqu'à la 78e Rue. Un vigile, en frac rouge gonflé sous l'aisselle par un étui à pistolet, se précipite pour ouvrir la porte du taxi.

— Tu vois, je suis bien gardée. Je ne t'invite pas à monter. Nous risquerions de tomber dans la sentimentalité et demain j'aurai des poches sous les yeux.

Elle abandonne un léger baiser sur les lèvres d'Arthur. Devant la porte vitrée, elle ajoute :

— Oh... à propos... Getulio m'a dit quelque chose sur Augusta quand il est venu me voir. J'ai oublié quoi...

— Tu n'as rien oublié.

— Oui, il m'a dit, et je n'invente rien : « Augusta est malheureuse, elle divorce et elle s'est mise à croire en Dieu... »

— Rien d'autre ?

— Rien d'autre.

Ayant l'intention de rentrer à pied, Arthur règle le taxi quand le vigile revient vers lui :

— Avant de refermer la porte de l'ascenseur, Miss Murphy m'a chargé de vous dire qu'il faut revenir vite à New York.

Arthur descendit Madison Avenue jusqu'au club de la 37e Rue qui le logeait à chacune de ses venues. Il préférait de loin aux hôtels ce havre discret voué au blanc, au gris et au noir : murs gris, moquette noire, ascenseur chromé, femmes de chambre noires en blouse grise, valets blancs en pantalon et polo noir, vaisselle immaculée sur nappes grises, salon du petit déjeuner tendu de toile écrue grise avec, pour unique note de couleur dans cette symphonie, les carafes de jus de fruits et les pots de confiture. Seul le maniement des journaux du matin troublait le silence de ce salon où le service restait invisible. De rares femmes s'asseyaient à une table isolée et buvaient une demi-tasse d'un café, noir bien entendu, un attaché-case à leurs pieds. À la réception se tenait, droite dans son blazer noir sur un chemisier de soie grise, une singulière jeune femme de type sud-américain, à l'abondante crinière frisée couvrant les épaules. Elle ne souriait jamais, debout derrière le comptoir, femme-tronc pivotant à peine pour saisir une clé au tableau, une note crachée par l'ordinateur. Pour son extrême sévérité, Arthur l'appelait Médée et elle répondait chaque fois, montrant du doigt le badge portant son nom au revers du blazer :

— Je m'appelle Juana !

Il eût aussi bien pu la surnommer Cerbère tant elle veillait sur la sélection du club et la morale de ses habitués.

— Comment, demandait Zava, vous plaisez-vous dans un club aussi macabre ? On se croirait dans une entreprise de pompes funèbres.

— Chère amie, je n'ai jamais appartenu à une société secrète, à mon grand regret. Ici, le noir et le gris me donnent l'illusion d'un oratoire où l'on vient remercier le Tout-Puissant — je parle du dollar, bien entendu — d'avoir réussi une affaire infiniment délicate.

— Je vous reconnais bien là. Toujours le même sentiment de culpabilité à l'égard de l'argent.

— Il n'était pas là quand j'en avais besoin. Maintenant, il me court après.

— Le jour où je vous verrai au volant d'une Rolls-Royce ou d'une Ferrari, habitant l'avenue Foch ou Park Avenue, je m'inquiéterai.

À l'exception d'une section de Broadway et de Time Square — et peut-être encore de Greenwich Village où il retrouvait Elizabeth avant qu'elle rejoignît la société bourgeoise qui finit toujours par l'emporter — New York meurt chaque nuit, à la différence de Paris, de Rome, de Madrid qui, dès la tombée de la nuit, s'éveillent à une autre vie. Au cœur de ce San Gimignano du futur aux gigantesques tours lumineuses dressées vers le ciel tacheté de fumerolles roses, grises et jaunes, Arthur commandait à une ville abandonnée aux seules âmes fiévreuses. Le retour, précisément ce soir-là, près d'une heure de marche, c'était aussi un remède aux souvenirs réveillés par Elizabeth et Getulio. Il n'oublierait jamais qu'à ce jeune Français perdu dans une société hostile ou indifférente, Elizabeth avait tendu la main.

Médée lui remit sa clé. Quand dormait-elle ?

Le lendemain, avant de prendre l'avion à Kennedy, il laissa un message sur le répondeur d'Elizabeth.

Paris à minuit était une ville en fête dans sa couronne de lumières.

L'appartement de la rue de Verneuil sentait le renfermé. Il ouvrit en grand les fenêtres.

Dans l'étroite rue Allent, deux femmes bavardaient pendant que leurs chiens compissaient les arbres malades de tant d'urines nocturnes.

Arthur prit dans un tiroir la photo d'Augusta, les pétales de la rose d'un soir, le sari qu'elle portait à Key Largo, une photo d'Elizabeth devant chez elle, un programme de la soirée dans les docks.

Un mois plus tard, Arthur rencontrait de nouveau Getulio, cette fois à Paris, et se retrouvait sur le trottoir de la rue des Saints-Pères avec un numéro de téléphone qu'il n'était pas certain de tant désirer.

À Brigue, il s'est étonné que je lui demande de passer par le Simplon et, après Domodossola, de continuer jusqu'à Stresa au lieu de couper par Santa Maria Maggiore : « *C'est beaucoup plus long !* » Je ne vais quand même pas lui expliquer que j'ai tout mon temps après avoir attendu vingt ans ce rendez-vous et que je peux aussi bien le reporter au lendemain. J'ai dû passer ce col dix fois. Il y a encore des plaques d'une neige un peu sale, oubliée par le soleil de printemps. Jean-Émile, puisque c'est son nom, conduit sagement, en citoyen suisse respectueux de la signalisation, ne dépassant jamais d'un kilomètre les vitesses autorisées. À New York, il y a eu un jour où la chevelure des chauffeurs de taxi m'obsédait : une tête de Papou bouclé, un crâne totalement chauve, un blond frisé au petit fer, et au restaurant Brasilia où ils m'attendaient, les ondulations gominées de Luis de Souza, le début de calvitie de Getulio. La nuque de Jean-Émile n'a rien de remarquable : fraîchement tondue, pas un cheveu ne déborde de sa casquette. Le loueur de voitures avec chauffeur stylé passe l'inspection de ses employés chaque matin. Le costume bleu, la chemise blanche, la cravate noire sont impeccables. Il s'étonnerait d'apprendre qu'à Paris je circule à bicyclette, des pinces au pantalon et, parfois, un masque sur la bouche quand la chaleur rend l'air irrespirable dans les encombrements. Ce genre de contraste enchante ma vie. J'ai renoncé à conduire des voitures pour goûter au plaisir de me parler dans la tête pendant qu'un esclave se charge de l'intendance : garer, faire le plein d'essence, vérifier l'huile, changer un pneu. Je ne demande que ce luxe-là et j'y tiens. À part les livres, bien entendu, encore que les livres ne soient pas un luxe, mais une compagnie, des interlocuteurs pour un solitaire. J'oublie volontairement les « filles », mais ça c'est pour l'hygiène. Le rétroviseur m'apprend un deuxième bâillement de Jean-Émile. « Arrêtons-nous si vous êtes fatigué. — *Je ne suis pas fatigué, mais si Monsieur désire grignoter quelque chose, il y a, juste avant le tunnel, une auberge où on sert des raclettes.* » Pas de raclettes qui empâtent la bouche. En revanche, je me suis souvent arrêté là pour une petite fête de viande des Grisons et un fendant qui supporte très bien l'altitude. Un peu gêné, le brave homme, que je le prie de s'asseoir à ma table, dehors, sous un parasol rouge, la vallée sombre et rousse à nos pieds. Avec beaucoup de distinction, Jean-Émile, armé d'un cure-dents, se nettoie les ongles à l'abri de la table. Au règlement du parfait chauffeur de voiture de place, son employeur devra ajouter un paragraphe. Que pense Jean-Émile de son passager ? Que je suis un milliardaire ? Ou un comptable parti avec la caisse s'offrir un voyage de luxe avant d'écoper de cinq ans de prison ? Il est possible qu'il ne s'interroge plus depuis longtemps. En Allemagne, les chauffeurs sont d'énigmatiques robots ; en Italie, ils sortent tout de suite les photos de la mamma et des enfants, conduisent tourné vers le client sans regarder la route ; en Angleterre, ils nous snobent et nous font sentir qu'ils sont habitués à conduire du gratin, jamais de pauvres roturiers ; en France, ils sont constamment enclins à s'arrêter devant des restaurants de campagne, de bons « petits coins ». Jean-Émile, vaudois, se méfie de tout, y compris, je pense, de moi. Distrait, tournant la tête vers la vallée comme s'il s'y passait quelque chose, quand la serveuse en costume valaisan dépose la note sur la table. Une assez belle fille qui sort la monnaie d'une pochette en drap noir retenue à la taille par une ceinture. La douane italienne est après le col. C'est seulement la frontière franchie que j'ai envie de crier, comme Giono, de son héros, Angelo Pardi : « Il était au comble du bonheur. » Mais le cœur n'y est pas et si je me détourne par Stresa, c'est à la fois pour revoir l'hôtel où j'ai passé une semaine agréable en compagnie d'une pensionnaire de la précieuse Madame Claude et pour retarder le moment de vérité qui m'attend devant Augusta. Ou est-ce par méfiance ? De Getulio rien ne peut venir de bon. Comment, après tant d'années passées à me cacher sa sœur, s'est-il soudain, à l'angle de la rue des Saints-Pères et de la rue Jacob, décidé à me l'offrir ? Renseignements pris, Luis de Souza a divorcé pour épouser une jeunesse. Il n'est pas du tout ruiné, alors que Getulio vit d'une pension — confortable mais assez maigre pour son goût — laissée par Helen Murphy, sans pouvoir toucher au capital. Quel supplice de Tantale pour cet affamé ! Des relations communes lui ayant raconté que je circulais à bicyclette dans Paris, il a dû longtemps me prendre pour un miteux avant qu'on lui ouvre les yeux. Avec un synchronisme parfait, Zava, à qui je me suis confié la semaine dernière, m'a dit : « *Attention, allez plutôt au Kamtchatka.* » Dix minutes après, Brustein qui sait aussi à quoi s'en tenir : « *Attention, venez plutôt à Séville.* » Puis Elizabeth : « *Attention, on ne recolle pas les vieux morceaux, viens plutôt me rejoindre à New York.* » Comme si tous, animés d'un pressentiment, tremblaient de me voir aventuré sur une voie dangereuse. Le vrai danger, je le connais : il est dans l'acceptation des choses, une immense faiblesse dans ma vie privée : Augusta me quitte, je la laisse partir sans me battre ; Elizabeth s'exhibe, je m'en dégoûte pour découvrir ensuite que j'ai réagi comme un enfant. La vallée descendant sur Domodossola est lugubre. Rien de la fête que l'on attend à l'entrée en Italie. La route est si tortueuse, si fréquentée, que nous avançons comme une tortue. Jean-Émile perd son sang-froid quand les conducteurs italiens, plus malins, lui rasent la moustache, fauchent la priorité. Je cherche des arbres en fleur et ne vois que des carcasses de voitures, des hangars de tôle ondulée, des trattorias infâmes. Comment s'appelait donc la fille emmenée à Stresa ? Quel symbolique trou de mémoire alors que je me souviens à la perfection de son corps et du premier jour où elle s'est levée en veste de pyjama, a ouvert la fenêtre pour s'accouder au balcon ! Charmant spectacle que ce derrière à fossettes. Elle m'invitait à partager une vue moins ferme : la rive opposée du lac Majeur perdue dans la brume matinale : « J'adore la mer ! » s'est-elle exclamée avec son joli accent d'Europe centrale. Je ne l'ai pas détrompée, et pendant quelques jours, elle a vraiment cru être au bord de la mer, au fond d'un golfe. Elle guettait des dauphins qui ne sont pas venus au rendez-vous. Pendant la journée, assise sur le tapis, elle se peignait les ongles des pieds et des mains, tantôt en rouge, tantôt en noir ou en argent. L'odeur de l'acétone et le parfum à la fraise ou au bonbon anglais du vernis emplissaient la chambre. Faute de conversation, je me délectais du *Journal intime de A.O. Barnabooth* que je découvrais pour la première fois et qui, depuis, ne me quitte plus en voyage. Son nom me revient : Mélusine, qu'elle prononçait Méloucine, un nom de guerre qui lui seyait fort peu. À mesure que nous approchons du lac, la route embellit et de grands jardins se déploient où éclatent des mimosas encore en fleur, des arbres de Judée, les premiers lilas blancs ou mauves. Le style des maisons est particulièrement lourd. Des grâces classiques de l'architecture toscane et du solide bon sens suisse, le mariage est peu réussi. Jean-Émile conduit avec de plus en plus de précautions et doit maudire mon idée biscornue de passer par l'Italie au lieu de franchir la Furka et le Saint-Gothard. Que je veuille m'arrêter la nuit au Grand Hôtel des îles Borromées l'étonnera bien plus. La saison commence à peine. Pas d'autocars de touristes, rien que des Mercedes immatriculées en Allemagne. Les Allemands se sont fait tuer par millions pour conquérir l'Europe alors qu'il était si simple et beaucoup plus agréable de l'acheter pacifiquement avec de bons marks. Voici l'hôtel, les îles tendrement posées sur les eaux noires du lac, le luxe suranné, le secret. Ici, j'échappe à l'idée qu'on se fait de moi depuis qu'Elizabeth et Augusta sont passées à côté sans me voir. À la réception, depuis près de vingt ans, il y a toujours cet homme affable avec les clients et odieux avec le petit personnel : « *Ah, monsieur Morgan, nous désespérions de vous revoir. Seul ? Votre chambre est réservée.* » Être salué par son nom dans une vingtaine de palaces internationaux est un plaisir sournois. Sa courte barbe noire, taillée style maréchal Balbo, a pris quelques distingués filets argentés. Et toujours le veston bordé noir, le pantalon rayé, le col empesé, la cravate de soie brillante. Cette reconnaissance du client est une des lois impérieuses de l'hôtellerie. Je pense toujours à la déception de Flaubert qui s'offre une nuit enchanteresse à Esnèh avec l'hétaïre Kuchiouk Hanem et, au retour d'Assouan, pressé de retrouver celle qui lui a donné tant de marques d'amour, il découvre, le cœur fendu, qu'elle ne se souvient déjà plus de lui. Dans les palaces, je laisse pourtant peu de ces souvenirs que Getulio affectionne : petit déjeuner au caviar et au champagne, dîner en smoking d'une feuille de salade et d'un verre d'eau minérale. Et peut-être aussi partir sans payer la note ou en laissant un chèque en bois. Il est possible que les créatures qui m'ont accompagné aient aidé à m'identifier. À Stresa, une autre fois, je suis arrivé avec une gentille Française qui voulait absolument danser. Impossible : l'orchestre du déjeuner sur la terrasse n'a jamais joué que *Le beau Danube bleu* et la barcarolle des *Contes* d'Hoffmann. Au retour, on a prévenu Madame Claude de ne plus me confier de spécialistes. Si je m'offre souvent des compagnes provisoires en voyage, c'est bien parce que, sans ces filles, le luxe, les fenêtres donnant sur le lac Majeur ou le Pincio, les croisières, la San Fermín à Pampelune, le carnaval de Bâle, le Setaïs à Sintra, me seraient intolérables. Les quelques fois où je me suis trouvé seul, je pensais terriblement, jusqu'à l'angoisse, à Augusta, aux jours radieux de Key Largo. Et ce soir, parce que je la verrai demain, je me sens libéré du poids que je traîne depuis. Peu importe, j'ai connu ça !

Jean-Émile est sur le pied de guerre depuis huit

heures du matin. Du balcon, je l'aperçois qui tourne autour de sa machine, une peau de chamois et un petit balai à la main. Il caresse les ailes, astique le bouchon du radiateur, enlève d'un doigt mouillé une poussière sur le pare-brise, chasse d'un coup de pied énergique (pas très suisse) un chien qui levait la patte sur le pneu arrière (il est vrai que c'était un chien italien !). On aperçoit à peine la rive d'en face. Le lac est d'un noir d'encre. Près du rivage, une jolie barque coiffée d'un taud blanc sur arceaux. À la proue dort un chien jaune. Un homme heureux pêche. Sur le môle, deux couples de touristes embarquent à bord d'un Riva dont la coque vernie et les chromes scintillent au soleil. Visite obligatoire des îles Borromées. La petite Française y est allée seule. Méloucine ne s'y intéressait pas plus que moi. Nous sommes restés dans la chambre, elle à peindre ses ongles, moi à lire Valery Larbaud :

> *Et toi, Italie, un jour, à genoux,*
> *J'ai baisé pieusement la pierre tiède,*
> *Tu le sais...*

Le canot Riva déborde. Quel beau V sur les eaux de velours ! Souvenir de *L'adieu aux armes* : Henry (le *tenente americano*) et Catherine quittent en secret le Grand Hôtel des îles Borromées par la porte de service et partent à *la rame* pour la rive suisse du lac. C'est la pleine nuit. Trente-cinq kilomètres à franchir, mais ils ont vent arrière et, pendant un moment, le parasol prêté par le concierge leur sert de spinnaker. Hemingway a bien étudié le parcours. J'aime dans ces pages la tendre et amoureuse entente du couple de fuyards, ces banals échanges : « As-tu froid ? Mangerais-tu quelque chose ? Veux-tu du brandy ? Couvre-toi. Tes pauvres mains sont en sang », plus vrais entre deux êtres que des bêlements amoureux, des serments déchirants. Le matin — épuisés l'un et l'autre, lui les mains roidies, elle recroquevillée par le froid — ils arrivent à Brissago, en terre neutre, et leur premier soin est de se commander un petit déjeuner royal : quatre œufs sur le plat, du beurre, de la confiture, du pain grillé — puisque, au regret de Catherine, il n'y a pas de croissants, la Suisse se serrant la ceinture. L'eau vient à la bouche. Par ces détails, les romans d'Hemingway ont une réalité que l'on trouve rarement ailleurs. Je cherche des écrivains pour qui se mettre à table est une fête. Dommage de ne pas avoir apporté mon exemplaire... J'aurais relu le passage en route, m'arrêtant aux étapes de cette « rame » forcée : Verbania, les lumières de Luina sur la rive opposée, le poste frontière de Cannobio (encore trop dangereux pour Henry et Catherine, mi-italien, mi-suisse), enfin le salut à Brissago. Allons... soyons sincère ! Est-ce que je ne devrais pas me précipiter, dévorer ces derniers kilomètres qui me séparent de Lugano au lieu de rêvasser au balcon de ma chambre comme si ce rendez-vous, tellement désiré depuis Key Largo, soudain m'indifférait ? Vais-je imiter ce personnage d'un roman dont j'ai oublié le titre et l'auteur, qui part pour l'Angleterre sur les traces d'un amour adolescent, retrouve le cadre de ses amours et même l'objet, mais, de crainte de détruire son rêve, se contente de lui faire parvenir un message et regagne Paris ? Imaginons que je fasse pareil par crainte de la confronter à l'image, désormais tout à fait irréelle, que je me suis fabriquée d'elle, imaginons que je demande à Jean-Émile de s'arrêter sous les fenêtres de la villa Celesta et de

274

klaxonner. Elle apparaît sur le balcon, je dis :
« Comment vas-tu ? » Elle : « Très bien ! », sans
m'inviter à monter. Et moi : « À la prochaine fois,
dans vingt ans ! » Puis, à Jean-Émile : « Nous repar-
tons pour Lausanne, par l'itinéraire le plus court. »
Toute l'impassibilité vaudoise lui sera nécessaire.
Allons... c'est l'heure... du courage, partons ! Le Riva
des touristes aborde Isola Bella. Dans quelques
minutes, le gardien leur montrera le lit dans lequel
dormit Bonaparte la veille de Marengo. Je crois
qu'on a changé les draps.

Frontière franchie, nous tombons dans un autre
monde. À Cannobio, il connaît l'adjudant douanier
et nous passons sans même montrer nos papiers.
Jean-Émile conduit très décontracté. À Brissago, je
cherche sur le port le café où le *tenente americano* et
Catherine ont pris leur petit déjeuner. Il y en a
quatre ou cinq. Nous nous arrêterons à Ascona qui
reste immuable. En quelle année était-ce ? Soixante-
cinq, soixante-six probablement... Après une
semaine frénétique, j'avais téléphoné à Zava que
nous emportions l'affaire et que, plus jamais de la
vie, je ne négocierais pareille transaction avec un
groupe suisse. Ils prévoyaient tout : de l'achat d'un
aspirateur au viol de leur grand-mère. Elle a écouté
sans commentaire, mais je connais les silences de
cette femme admirable. « *Je n'ai pas douté une
seconde que vous arriveriez à un accord. Pourquoi ne
venez-vous pas quelques jours aux États-Unis ? Votre
filleul vous demande. Nous irons dans les Adiron-
dacks à la rencontre des ours. En cette saison, ils se
réveillent.* » Moi : « Je ne bouge plus. Les Suisses
m'ont englué. » Elle : « *Alors, appelez Brustein, il m'a
parlé d'un hôtel merveilleux près d'Ascona dans un
paysage noir et blanc comme celui de votre club de*

Madison Avenue. » Peu après, Brustein : « *Allez respirer l'air pur de l'innocence à l'hôtel Monte Verita. Le patron est un ami, un collectionneur d'art moderne. Personne n'est parfait. Enfin, vous verrez quelques toiles intéressantes auprès desquelles les clients passent sans les remarquer. Il y a même un Picasso dans l'ascenseur.* » Bon enfant, j'obéis. Comme il n'est pas question d'y aller seul et que je le mérite amplement après ces huit jours infernaux, j'appelle Madame Claude qui aussitôt me donne l'adresse d'une correspondante à Zurich. Résultat : une créature filiforme. On m'avait d'abord proposé un Rubens que j'ai refusé. La filiforme n'était ni brune ni blonde. Elle m'a tout de suite prévenu : « *Barlez-fous allemand ?* » Moi : « Vingt mots. Est-ce que ça ne suffira pas dans notre cas ? » Elle : « *Nein. So we speak English. I hate French, such a rough language. Not musical. Listen... in German...* » Elle a levé le petit doigt comme pour prendre une tasse de thé chez la concierge. « *Die Vögel zwitschern in der Wald... in French : les soisseaux kassouillent dans les pois. O.K. ?* » J'ai été tout de suite d'accord. Le Monte Verita est bien un hôtel pour le cher Brustein. Dans le salon où, d'ailleurs, personne ne songe à aller, deux Leonor Fini, un Magritte, un Balthus, des Kandinsky, un Dalí. L'ascenseur emporte, du rez-de-chaussée au deuxième étage et le rapporte, un Picasso. En fait, une simple eau-forte, épreuve d'artiste, hâtivement signée. Une semaine de parfait repos : je relisais pour la énième fois *Le voyage du condottiere* et comme la filiforme se déshabillait, traversant la chambre de long en large, cherchant des cintres, ouvrant des tiroirs pour y ranger son linge, je découvrais que Suarès en parlait comme d'un Botticelli : « *Ce long corps si élégant, si frêle, si souple et si ner-*

veux, ce roseau de volupté tendre, plus capable que le
chêne de résister aux orages de l'amour, cette grâce de
toute la créature, cette forme de femme aux seins de
petite fille, aux hanches fines de cyprès et de Gany-
mède, cette fausse maigre comme on dit à Paris... »
Elle se gavait comme je n'ai jamais vu une femme se
gaver. Et pourtant pas un pli de graisse sur son
ventre ou les cuisses, un corps musclé plein de vie.
Malheureusement, en anglais comme en français,
elle écrasait les mots et passait trop de temps sur le
siège des toilettes, porte ouverte. Je devais me lever
pour la fermer. Elle essayait de me parler de son
fiancé qui terminait des études de médecine grâce
aux petits extras de sa future épouse. Elle prétendait
s'appeler Greta. Pourquoi pas ? Presque toutes rejet-
tent leurs prénoms d'origine jugés trop basse classe
et se couronnent de prénoms magiques empruntés
aux vedettes de cinéma et aux princesses royales. Au
bout de trois jours, lassé de son discours et de la
voir sur le trône, je l'ai renvoyée à Zurich avec un
bon cadeau. En partant, elle m'a dit, vexée : « *Fous*
n'aimez bas les tames ! » Oh, si je les aime. Mais cer-
taines seulement. « *Pardon, Monsieur ?* » dit Jean-
Émile. Voilà que je parle tout haut ! « Je disais que
je n'entends pas sortir de voiture. Il me suffit de
revoir la façade du Monte Verita. Prenons la route
de Lugano. » À quoi bon entrer ? Tout est dans la
mémoire et on doit la laisser nous mentir. Je ne
confondrai pas ma mémoire en l'accusant de me
tromper. C'est bien son droit. La grande sagesse
serait de ne pas aller vérifier sur place si les souvenirs sont ou non des leurres. Au téléphone, il y a un
mois, Augusta, la voix mourante : « *J'ai la grippe,*
attends que je sois debout. Aujourd'hui tu ne verrais
qu'un fantôme. » Moi : « J'adore les fantômes. »

Elle : « *Les fantômes détestent les vivants. Tu ne me reconnaîtrais pas.* » Moi : « Oh si, à la voix... » Elle : « *Je ne suis que l'ombre d'Augusta Mendosa.* » Moi : « Si tu me voyais, tu hésiterais : bedonnant, décati, chauve, avec un dentier, plié en deux par une sciatique. » Elle : « *Menteur, Elizabeth t'a vu à New York il y a un mois. Tu es plus jeune qu'à vingt ans. Écoute-moi... je veux te voir dans une semaine ou deux. Ma tête ne va pas bien. Prends le train.* » Moi : « Très peu pour moi. Je loue une voiture avec chauffeur et j'arrive. » Elle : « *Tu roules chauffeur ! Alors les affaires vont bien. Getulio prétendait qu'il t'a souvent aperçu dans les rues de Paris circulant sur un vieux vélo. À ton âge, tu es encore dans la misère ?* » Moi : « Avais-je tellement l'air d'un perdant quand tu m'as connu ? » Elle : « *Getulio le disait.* » Moi : « Pourquoi as-tu un frère ? » Elle : « *Écoute, ce n'est pas le moment. Je n'ai plus de voix, je suis une pauvre chose au fond de son lit.* » Moi : « J'aime tellement ta voix que je resterais des heures à t'écouter. Tu verras que quand nous nous retrouverons face à face nous n'aurons plus rien à nous dire : je lirai le journal et tu tricoteras au coin du feu. » Elle : « *Je ne sais pas tricoter.* » Elle a raccroché. Il y a encore de jolies montagnes avec des forêts de sapins tirées au cordeau, bien propres, de la neige au sommet du Monte Tamaro. L'année de la création du bureau de Zurich, je me suis promené en fin de semaine dans l'Engadine, le Tessin, les Alpes bernoises : chaussures cloutées, culottes serrées au genou, canne et sac à dos avec un casse-croûte. Ma période alpiniste. Le besoin de souffrir. Tout me réussissait trop bien. Je croisais des familles pareillement costumées. Les *Grüss Gott !* échangés en file indienne : le père, la mère, les enfants aux joues roses. On me tendait une

278

gourde. Partout des bancs fraîchement repeints, des robinets d'eau potable toujours bien serrés pour ne pas laisser échapper une goutte, des poubelles aux points de vue panoramiques invitant à la méditation. Une montagne aseptisée comme dans un film de Walt Disney. À Paris, je lirai à Augusta les pages de Chateaubriand sur le Tessin. Il l'a traversé en hâte et l'a pourtant bien vu. Il a même cru le guide qui lui assurait que, par beau temps, du haut du Monte Salvatore, on aperçoit le Duomo de Milan. Ah oui... me reviennent les derniers mots de sa plainte : « ... mourir ici ? Finir ici ? N'est-ce pas ce que je veux, ce que je cherche ? Je n'en sais rien. » Personne n'en sait rien, même ceux qui n'ont pas de génie. Chateaubriand n'a aucune envie de mourir. Il espère seulement tirer une larme à son lecteur : « Non, non, maître, ne vous laissez pas mourir ici ! » Comme on l'aime ce vieux comédien avec ses accents dramatiques, ses sanglots étouffés qui abusent les âmes sensibles ! Évidemment, personne ne sait, personne ne choisit. En limitant la succession des événements historiques au hasard, Concannon raisonnait juste. Pourquoi, en vingt ans, ai-je rencontré deux fois Getulio et jamais Augusta ? Nous nous sommes, elle et moi, cent fois manqués. Une question de minutes, de secondes. J'ai abandonné au sort le soin de décider de ma vie privée alors que ma vie publique est entièrement pliée à ma volonté ! Brustein m'appelle le « bulldozer ». Avoir deux visages est grisant : l'un pour les affaires, l'autre pour moi, mon bien le plus secret. Je dirai à Augusta : « Tu ne me connais pas. J'ai deux visages. Lequel veux-tu ? Moi ou mon double ? » Les filles que je loue me voient avec stupeur mener à leur côté une vie qu'elles n'attendaient pas : je rêve, je lis, j'écoute de la musique, je les emmène au théâtre, au concert ou en bateau. Elles s'ennuient. Si elles se plaignent, je suis d'une grossièreté extrême et leur rappelle que je les paye. Pas de scrupules. Elles sont là pour la sieste ou pour la nuit. Il y en a peut-être eu deux au plus pour s'en offusquer. Sans importance. Comme celle que j'ai emmenée à Cannes, pour qui j'ai pris une chambre à part et n'ai vue qu'aux repas. Une façon de vérifier ma résistance aux tentations les plus aisées à satisfaire. Au moment de nous quitter — elle se baptisait Griselidis ! — elle m'a exprimé sa tristesse de me savoir « impuissant ». Je ne l'ai pas détrompée. Quelle tête elle a dû faire si une autre fille de la chère Madame lui a, au contraire, parlé d'exploits ! Mon secret, mon secret ! Comment aurais-je supporté la fuite d'Augusta si n'était pas venu l'écraser le remords de n'avoir pas vu Maman, remords que je cautérise chaque jour en réalisant son vœu : je joue dans la « cour des grands ». La minute de vérité approche. Dire que je reconnais Lugano est exagéré. Toutes les villes lacustres se ressemblent. Riva Caccia. Griselidis s'achetait des faux bijoux dans une affreuse boutique italienne. La promesse d'un beau week-end attire les touristes. On déjeune dehors sur les terrasses au bord du lac, entouré de sacs en plastique, de sacs de montagne, d'enfants qui ne tiennent pas en place. « Jean-Émile, nous n'allons pas nous mêler à la plèbe. Prenez la route de Gandria. » Bon souvenir de ce village au pied du Monte Bré, juste en dessous de l'endroit où j'ai rendez-vous. J'ai toujours aimé ce perchoir bien propre entre la route et le lac. Au Giardino on sert un excellent risotto. Attente : vingt minutes. Pas de panique : nous boirons un Campari. Ou mieux, je commande une carafe de ce vin rouge léger, à l'arrière-goût de fraise : le bardo-lino. « Mademoiselle, pas de verres s'il vous plaît. Nous boirons dans vos jolies tasses de faïence bleu et blanc. — *Un boccalino, monsieur ?* » Voilà... j'avais oublié le nom. Dieu merci, elle n'est pas en costume du pays. Parle français, allemand, italien, anglais. Jean-Émile a laissé sa casquette dans la voiture. Il a l'air aussi mal à l'aise qu'un huissier. Peut-être aurais-je dû le laisser déjeuner seul. Si peu à son aise que, dans l'assiette vide, il coupe son pain avec un couteau. Pas demandé son avis pour le risotto et le vin. Ce n'est quand même pas une puni-tion ! « *Café ?* — Oui, sans crème s'il vous plaît. » Je sais que les vaches à clochettes seraient condamnées à mourir d'hypertrophie mammaire si la diététique suisse défendait la crème, mais son excès soulève le cœur. « *Le téléphone est au fond de la salle, à gau-che.* » J'appelle ? Ou j'arrive sans prévenir ? Si je lui dis que je bois tranquillement mon café à la terrasse du Giardino à vingt minutes de chez elle, Augusta sera folle de rage. Je l'entends déjà : « *Avec qui es-tu ?* » Moi : « Avec Jean-Émile. » Elle : « *Comment peux-tu voyager avec un type qui a un nom pareil ?* » Moi : « C'est le nom du chauffeur. » Elle : « *Trop compliqué, tu m'expliqueras ça plus tard. Arrive !* » En fin de compte, je ne téléphone pas. La surprise. Pas le temps de se remaquiller, de prendre son air le plus calme. La difficulté est de trouver un fleuriste dans un pays où les jardins débordent de fleurs. La serveuse interroge la patronne et revient avec une rose rouge encore en bouton. Ôtons les épines. Un papier d'argent du distributeur automatique de cho-colat. Il ne me reste plus qu'à peindre mon visage en blanc et à me coiffer d'un gibus défoncé comme le mime Marceau. « Jean-Émile, nous prenons la petite route de Bré. La maison où nous allons s'appelle villa Celesta. Vous connaissez ? » Le bardolino a empourpré ses joues. Il n'ose pas dire non et conduit d'une main. Pour un peu, il siffloterait. Jolie route en lacet. Dans les virages en épingle à cheveux, la vue plonge sur le lac vert bronze. Qu'est-ce qui lui a pris d'habiter là ? Comme si elle craignait un raz de marée. Un encombrement bien sûr ! Nous avons à peine la place de passer entre les voitures mal garées. Des excuses : c'est le cimetière, il y a enterrement. Horreur des enterrements. J'ai bien assez de l'idée que je dois aller au mien. Jean-Émile a du génie. Sans lui, j'aurais tourné en rond, n'osant pas demander mon chemin, et lui, il trouve du premier coup. Grille grande ouverte sur le jardin peu entretenu encore que je me demande si ce désordre, le palmier qui a pris un coup de froid, le lilas étique, l'ampélopsis qui grimpe timidement sur la façade, les géraniums cachectiques, si ce désordre n'est pas voulu, image d'une ruine et d'une décadence qui l'ont toujours tentée. Nous sommes d'un autre monde, disait-elle, et ce n'était pas de classe qu'elle parlait, mais d'une autre époque où son frère et elle survivaient comme deux naufragés sur une île après la tempête. Jean-Émile arrête son char en douceur devant le perron et, très grand style, retire sa casquette pour m'ouvrir la portière, talons joints. Deux sphinx bleus, peinture écaillée, sourire discret sur leurs visages jumeaux, nez cassés, gardent les dix marches du perron. Ne pas monter quatre à quatre, ma rose rouge à la main en criant : « Tu vois que je n'ai rien oublié », mais posément, en homme que rien ne presse. La porte est ouverte, les volets du premier sauf un sont fermés. Si elle est là, elle a entendu les pneus crisser sur le gravier du jardin.

Vestibule lugubre à la peinture chocolat. Aux patères fixées dans le mur, le vieux macfarlane de Getulio, le chapeau cloche et le manteau de ragondin qu'elle portait sur le pont du *Queen Mary*. Une mise en scène. Il ne lui reste plus qu'à apparaître en sari. Porte de la salle à manger, porte du salon, petit fumoir. Un regard suffit pour s'assurer qu'Augusta n'a pas meublé cette maison elle-même : du rustique montagnard avec un goût immodéré pour le faux ébène. Escalier au tapis chocolat, décidément, cette maison déjà sombre en elle-même n'a pas cherché la gaieté. Sur le panneau des portes, des plaques de porcelaine avec des noms : Johanna, Margret, Leonor, Wilhelm et, au fond, « Facilités » ! Quelle pudeur ! Rien chez Johanna et Margret. Les chambres sont vides, rideaux tirés, lits faits mais visiblement personne n'y habite. La porte de Wilhelm est fermée à clé. Reste Leonor, la dernière chance. Ou me serais-je trompé de maison ? Villa Celesta, Bré, Tessin, et nous nous sommes parlé au téléphone. L'intolérable est le silence. L'escalier n'a même pas crié sous moi, les portes s'ouvrent sans bruit. Je donnerais n'importe quoi pour entendre sonner le téléphone, claquer un volet, gémir la toiture. Si je n'ouvre pas la porte appelée Leonor, si je pars, j'aurai tout sauvé. Elle est là, je viens de l'entendre. Augusta, j'entre...

Il posait son vélo contre le mur du jardinet quand la porte de la maison s'ouvrit.

— Rentrez-le donc et fermez la barrière. Ça n'est pas qu'on vole par ici, mais ne tentez pas le diable.

Elle était exactement comme il l'avait imaginée d'après les descriptions d'Elizabeth : une forte et grande femme, le visage étonnamment lisse pour son âge, les cheveux blancs séparés par une raie médiane et noués en macarons sur les tempes, les pommettes roses, la voix grave avec une ombre de rudesse autoritaire, vêtue de gris et noir, un châle de coton blanc ajouré sur les épaules. Arthur remisa le vélo dans le jardin fleuri d'anémones et de pois de senteur. Au-dessus de la porte se rejoignaient les grappes pendantes de deux glycines. La maison, sans étage, en pierre beige de Touraine, au toit d'ardoises d'Angers, aux deux fenêtres de façade encadrées par des rosiers grimpants, ne se différenciait guère des autres maisons du village de Saint-Laurent-sur-Loire. Pédalant depuis Les Aubrais où s'arrêtait le train de Paris, il avait eu l'occasion d'en voir des dizaines d'un semblable et modeste charme, tendrement groupées autour de leurs églises, au bord d'un grand fleuve qui traverse la mémoire de la France.

— Avez-vous déjeuné ?

— Juste une bière et un sandwich à Cléry.

— Je m'en doutais. Un en-cas vous attend. Elizabeth est à Blois. Elle s'instruit. Hier c'était Chenonceaux.

L'en-cas attendait sous une cloche de verre dans la cuisine. Elle plaça devant Arthur une assiette bleue, des couverts en argent et une carafe d'un joli vin blanc doré.

— C'est du Roche-aux-Moines, dit-elle. Si mon père avait un souci, il débouchait une bouteille et chantonnait :

> *Quand Madame Joséphine*
> *A l'humeur chagrine*
> *Elle en boit un petit coup...*
> *C'est son goût*
> *Après tout...*

La jolie voix était un peu grêle pour la taille et la force apparente. Elle se servit et fit tourner le vin dans le verre avant de le goûter et de marquer son plaisir avec un clappement de langue.

— Madame Joséphine, bien sûr, c'était l'impératrice. On la consolait facilement. Le pâté est de ma fabrication. Le pain, du village. Ici on vit sans rien demander au reste du monde.

— C'est la sagesse.

Du réfrigérateur, elle sortit un bol de fraises et un pot de crème.

> — Fraises du matin
> Crème du voisin...

Ici tout le monde parle en vers depuis Ronsard.

— J'ai rarement eu autant de plaisir à être français, dit Arthur.

285

Ils passèrent dans le salon, un bien grand mot pour cette pièce encombrée d'un large canapé et de deux profonds fauteuils. Un métier tendait une tapisserie en cours. Des photos décoraient un pan de mur : Elizabeth à tous les âges et dans de nombreux rôles, sauf celui de la psychopathe guérie par son psychiatre de la façon que l'on sait. Madeleine connaissait-elle cet épisode de la vie de son « enfant » ?

— Désirez-vous vous reposer ? Vous devez être fatigué avec ces trente kilomètres dans les jambes depuis Orléans.

— Je ne me suis jamais senti aussi bien.

Elle s'assit devant le métier, débrouilla une pelote de laine et chaussa des lunettes.

— Il paraît que la cataracte me menace. Elizabeth veut me faire opérer aux États-Unis. Je vous demande un peu... comme si nous n'avions pas d'aussi bons médecins en France. Vous regardez les photos ? C'est toute sa vie... enfin ce qu'elle veut bien que j'en connaisse. J'ai des albums, si ça vous intéresse. Comme elle ne vient guère plus d'une fois ou deux par an, j'ai au moins ça sous les yeux.

On voyait Elizabeth en petite robe plissée à smocks chevauchant un mouton à roulettes entre son père et sa mère, sur une pelouse devant une maison à colonnade. L'année d'après, les parents avaient disparu et l'enfant tenait la main de Madeleine, alors une jeune fille bien en chair, visiblement habillée avec les restes de la garde-robe de Madame, chapeau de feutre à plume incliné sur l'œil.

— Seule, je ne me serais jamais attifée comme ça. Le conseil de tutelle tenait absolument à ce que je n'aie pas l'air d'une bonne. En revanche, ils me laissaient faire ce que je voulais d'Elizabeth. S'ils avaient su...

Ils avançaient l'un vers l'autre à petits pas. Arthur trouvait comique que cette femme le scrutât avec une prudence telle, sa manœuvre crevait les yeux. Une mère abusive n'eût pas été pire. De son côté, Arthur la guettait : dans l'affaire le concernant, elle jouait un rôle. Il ne la croyait pas machiavélique mais préoccupée de protéger l'enfant prolongée qu'on lui avait confiée. Un vieux réflexe lui fit chercher les livres que l'ancienne gouvernante avait pu garder par-devers elle. Il n'en vit pas. Tout reposait sur son bon sens et la certitude d'appartenir à une race douée d'une intelligence innée de la vie. C'était un roc. Les photos ne racontaient pas grand-chose qu'il ne sût déjà : des parents élégants et insolemment beaux, une enfant aux joues rondes de poupée, au regard terriblement sérieux, un ruban dans les cheveux, une adolescente filiforme dont le visage rayonnait d'ironie, puis une jeune fille (ou femme) posant comme un mannequin, à demi nue sur un sofa en peau de léopard, enfin comédienne et, récemment, dans *La nuit de l'iguane*. Toujours seule, sans un homme pour la tenir serrée pendant ses longues années de lutte contre les lieux communs.

— Vous la reconnaissez ? demanda Madeleine.

— Il n'y a pas « une » Elizabeth, il y en a dix. Je ne les aimais pas toutes.

L'Elizabeth qui resterait à jamais la sienne, c'était la jeune femme assise sur la dernière marche de l'immeuble de Rector Street, fumant cigarette sur cigarette dans le noir absolu. Ou, encore, mordant un croissant en bas de l'immeuble, à côté du taxi qui allait l'emporter. Madeleine restait penchée sur sa tapisserie, aussi détachée, semblait-il, que s'ils discutaient du temps qu'il ferait demain.

— Servez-vous, dit-elle, je ne vais pas me lever toutes les cinq minutes pour remplir votre verre.

— Je n'abuserai pas. J'ai besoin de mes jambes pour regagner Orléans ce soir et prendre le train de Paris.

— Ah ! C'est ce que vous avez dans la tête ! Elizabeth ne vous laissera pas repartir comme ça !

Si, prévenue qu'il arriverait en début d'après-midi, Elizabeth ne l'attendait pas et feignait une passion irrésistible pour les châteaux de la Loire, c'est qu'elle essayait autant de se tromper elle-même que de tromper Madeleine, ou encore qu'elle abandonnait à ladite Madeleine le soin — étrangement raisonnable chez elle — de juger l'homme qui avait traversé sa vie sans vraiment la voir. L'idée que, comme dans le manuel de savoir-vivre de la baronne Staffe, cette forte femme au franc-parler l'interrogerait bientôt sur ses origines, ses diplômes, sa famille et sa situation financière, le fit sourire.

— Quelle idée vient de vous passer par la tête ?

Arthur avoua.

— Elle est bien bonne ! Je vous connais depuis vingt ans. Vous avez beau venir à Saint-Laurent sur votre vélo, je sais qu'il ne faut pas se fier aux apparences.

— Vous savez que nous avons été longtemps brouillés ?

— Et je crois même savoir pourquoi. Il faudrait bien autre chose pour me prévenir contre vous. Je ne suis pas si bête. Et puis ma petite Elizabeth n'est pas non plus toute confiture de rose.

Penchée sur sa tapisserie, elle s'appliquait à retirer du canevas un brin de laine.

288

— Je vieillis et je suis de plus en plus distraite. Du rouge... alors qu'il me fallait du jaune. Alors vous étiez à Lugano ?

— Décidément, vous n'oubliez rien.

Madeleine rit. Sa poitrine sautait dans l'étroit corsage.

— Non, non... loin de là... Par exemple, je ne comprendrai jamais pourquoi deux êtres qui, comme Elizabeth et vous, s'aimaient crèvent de peur à l'idée de se l'avouer et attendent vingt ans pour découvrir que c'est réciproque. Quant à cette Brésilienne...

Elle ne consentait même pas à prononcer son nom.

— ... j'aurais demandé à la voir pour comprendre ce qu'elle avait de si attirant... Dans le buffet à droite, vous trouverez du marc de champagne et de petits verres, ou même de grands si vous n'êtes pas hypocrite. Oui, là, sur la droite...

La fenêtre découpait une douce courbe de la Loire et, en contrebas de la route, un chemin sur lequel passèrent un homme et une femme à bicyclette, sac au dos.

— C'est vraiment une bonne idée de rouler sur ces chemins de halage. Si j'avais su...

— Ne regrettez pas trop. Il n'est guère praticable que sur cinq kilomètres. Oui, très peu pour moi, juste un fond de verre, sans quoi je vois double dans mes laines. Cette Brésilienne...

— Augusta Mendosa.

— ... cette Brésilienne ne devait pas manquer de charmes, mais les charmes n'ont pas la vie longue. À jouer les colibris après quarante ans, on risque fort de passer pour une oie.

— Vous êtes dure.

— Pas du tout. Par exemple je souffre de vous voir si mal assis. Débarrassez ce fauteuil et vautrez-vous dedans. Il est parfait. C'est un cadeau d'Elizabeth comme à peu près tout ce que je possède. Tirez le guéridon près de vous pour poser votre verre.

— Non, dit-il, les charmes ne meurent pas vraiment. Ils perdent seulement leur effet de surprise et nous ne sommes plus les mêmes. Nous avons perdu notre virginité devant l'amour.

Le regret vivrait toujours dans sa poitrine chaque fois qu'il y penserait. Tremblant légèrement, il avança la main en direction de son verre et le renversa.

— Ce n'est rien. Prenez un torchon dans la cuisine et resservez-vous.

Quand il eut effacé le désastre, Madeleine, qui n'avait pas bougé de son canapé, posa son aiguille et retira ses lunettes.

— Plus je vous regarde, plus je me dis que les femmes sont vraiment trop bêtes. Toujours la vieille crainte que si elles se jettent au cou des hommes ils vont ignoblement en profiter. J'ai vu pendant deux ou trois secondes votre main trembler. Seriez-vous encore vulnérable après tant d'années ?

— On s'inquiète quand on ne l'est plus.

— Je suis de votre avis.

Cette femme était un roc de certitudes.

— J'ai échappé au pire, dit-il.

— Ne dites pas cela. C'est vous-même que vous effaceriez si vous y croyiez. Elizabeth l'aimait malgré toutes ses raisons de ne pas l'aimer.

Toutes ses raisons ? Il excluait les mesquines rivalités féminines indignes d'Elizabeth pour ne plus voir qu'une raison dont l'ombre était passée sans qu'il y prêtât attention. Les hommes ont de ces épaisses lourdeurs, pas vraiment innocentes.

— Dès l'entrée, dit-il en se jetant à l'eau, j'ai été alerté : le macfarlane, le chapeau cloche et le manteau de ragondin accrochés aux patères du vestibule. Une vraie mise en scène. Pour me retrouver vingt ans en arrière avec les vestiges d'un passé glorieux. Getulio, ne croyant plus à ma visite, était parti pour Campione, la laissant aux soins d'une gardemalade en blouse blanche qui, à mon entrée, a brutalement fermé un tiroir et caché quelque chose dans sa poche. Augusta attendait au creux d'un grand fauteuil face à la fenêtre ouverte, une couverture sur les genoux. Elle avait dû voir arriver la voiture mais ne tournait même pas la tête. Je n'apercevais que son épaule, le bras nu posé sur l'accoudoir, une jambe cachée par un sari comme ceux qu'elle portait à Key Largo. On allait tourner de nouveau la scène, ce que les Américains appellent un « remake ». Je n'étais pas prêt. J'arrivais avec une rose à la main, pauvre Bip de Marceau, à ceci près que j'avais perdu ma fameuse innocence.

— On croit ça ! Voulez-vous avoir l'amabilité de me passer le panier de laines qui est à votre gauche sur la console ?

Arthur s'approcha de la fenêtre. La Loire d'un vert glauque, se faufilait entre les bancs de sable. Sur l'autre rive, au nord, on apercevait les premières maisons de Beaugency. La douce litanie chantée par sa mère affleura ses lèvres : « Orléans, Beaugency, Notre-Dame de Cléry, Vendôme, Vendôme... »

— Je l'ai apprise à Elizabeth. À sa première venue en France — elle avait cinq ans —, elle a voulu entendre les cloches de la cathédrale. Nous sommes restées jusqu'à l'heure des vêpres, assises sur un

banc à manger des roudoudous en attendant la sonnerie : Vendôme, Vendôme... Mme Mendosa était
seule avec la garde ?

— Cette femme la bourrait de calmants et fouil-
lait impunément dans les tiroirs. Sauf les quinze
jours à Key Largo, Augusta a vécu avec des euphorisants qui effaçaient les images terribles d'Ipanema :
la tête éclatée de son père. Tout cela pour aboutir
dans cette villa sinistre à Bré, enfermée dans une
chambre sans cœur, rivée à la fenêtre donnant sur
un jardin en détresse, pour que Getulio puisse continuer de jouer en traversant le lac jusqu'à Campione,
seul casino où il n'est pas interdit. D'Augusta on ne
voyait plus que les yeux dans le visage. Ils avaient
creusé deux niches sous l'encorbellement des sourcils et, là, dans leur cavité, ces yeux regardaient le
vague ou l'indicible, sortaient de leur contemplation
pour briller d'une façon insoutenable. Ils perçaient
l'âme... si tant est que cette chose existe. Leur rencontre est intolérable.

— Elle vous a reconnu ?

— Sur le moment, elle m'a pris pour Seamus
Concannon. Elle craignait que je ne la touche. Je
n'ai même pas pu caresser sa main. Elle s'est mise à
débiter un flot d'obscénités, elle si pudique... J'ai
demandé à la garde qui nous observait, triomphante, de sortir. J'ai eu horreur de cette femme à la
seconde de mon entrée dans la chambre. Dès qu'elle
n'a plus été là, Augusta s'est calmée. Elle m'a encore
parlé un moment comme si j'étais Seamus et quand
je lui ai dit : « Seamus est mort depuis vingt ans »,
elle a soupiré : « Je le sais. Et qui es-tu ?... Arturo, ah
oui... embrasse-moi. » Elle parlait comme un être
qui sort avec un immense soulagement d'un cauchemar épouvantable et remet pied sur terre. Elle a pris

mon bras pour tourner dans la chambre, me montrant les meubles, les mauvaises gravures accrochées au mur. Nous sommes allés dans le jardin où Jean-Émile attendait près de la voiture, fumant discrètement une cigarette qu'il a aussitôt écrasée sous son talon. Elle est allée vers lui et l'a embrassé : « Je suis si heureuse de vous revoir. Pourquoi ne téléphonez-vous jamais ? » Jean-Émile s'est montré parfait. Getulio est arrivé au volant d'une petite Fiat cabossée. Où était passée la garde ? Augusta risquait d'attraper froid, de tomber et de se blesser. Oui, elle tombait souvent à cause des médicaments qui font perdre l'équilibre. Les femmes chutent si souvent, n'est-ce pas ? Pour apitoyer les hommes. Sur ce chapitre, sa sœur s'y entendait mieux que toutes. Ils allaient partir pour Marrakech. Le climat du Tessin ne convenait pas du tout à la convalescence d'Augusta. Elle écoutait, accrochée à mon bras, approuvait de la tête. Un sourire revenait sur son visage, peut-être encore une fois à cause de tous les projets mirifiques qui avaient bercé leur vie. Getulio me voyait les rejoindre dès qu'ils seraient installés. Un ami marocain, richissime, leur prêtait pour le temps qu'ils désireraient un petit palais, un bijou en bordure de la médina, une merveille, avec des serviteurs beaux comme des dieux pour les accueillir. En somme tout était normal, et, à mon arrivée, j'avais été victime d'une illusion que Getulio dissipait en quelques mots de son éloquence charmeuse. Nous tournions en rond dans le jardin sous les yeux étonnés de Jean-Émile, et, peu à peu, bien qu'elle fût si légère, ombre de son ombre, je la sentais appuyée sur mon bras comme si elle retrouvait la pesanteur longtemps oubliée dans les calmants. Ses ongles se sont enfoncés dans la peau de mon poignet. Avec

une violence inattendue, les lèvres serrées, elle a dit :
« Je ne t'attendais pas. Tu aurais pu me prévenir et
pourquoi n'es-tu pas venu avec ta femme ? » Getulio
a pris la chose en riant. Augusta, depuis quelque
temps, mariait tous ses amis. Elle l'a regardé avec
pitié : « Tu essayes de me faire passer pour folle.
Arturo sait bien que ce n'est pas vrai. Arturo, il faut
que tu reviennes avec Elizabeth. Elle t'aime tant...
Nous lui avons fait du mal à Key Largo... » Getulio a
levé les bras au ciel : « Encore ce Key Largo ! Depuis
quelques jours, elle parle tout le temps de Key Largo
où elle n'a jamais mis les pieds. Le médecin n'y
comprend rien. As-tu une idée ? » Vous pensez bien
que je n'en avais aucune. Augusta a encore
demandé : « Comment va votre ménage ? » Vous
entendez, Madeleine : « ménage », un mot à faire
fuir le plus amoureux des hommes. Un mot que plus
personne n'ose prononcer, plein de promiscuités, de
partages stupides. J'ai répondu : « Très bien, nous
sommes parfaitement heureux. » Elle a paru réflé-
chir un moment avant de dire dans un souffle :
« Alors, je suppose que je suis pardonnée. » Il n'y
avait rien à lui pardonner. Ils m'ont laissé devant la
voiture dont Jean-Émile tenait la portière ouverte.
« Tu roules chauffeur ? » Elle s'est laissé embrasser
sur les joues. Getulio brûlait d'avoir une explication.
Il voulait dîner avec moi. J'ai donné le nom d'un
hôtel à Lugano. Elle a tenté de courir après la voiture. La garde l'a rattrapée par le bras. J'ai attendu
Getulio jusqu'à minuit. Le téléphone de la villa
Celesta ne répondait pas. À Paris, le télégramme
était glissé sous la porte. Je devais être à New York
le soir même. À Kennedy, Elizabeth m'attendait.
Nous avons beaucoup pleuré. Il paraît que ce n'était
pas la première fois, que la garde venait de sortir de

la chambre, de laisser la fenêtre grande ouverte. Je n'ai pas eu de nouvelles directes de Getulio, mais des amis m'ont raconté que, le lendemain de l'enterrement, il a vendu les bijoux qui restaient et couru jusqu'à Campione pour tout miser sur le tapis vert. La Providence, qui a toujours si bien veillé sur lui, l'a encore sauvé : Getulio a fait sauter la banque. Il est reparti riche pour quelques mois, l'âme en peine, j'en suis sûr... il n'a jamais eu qu'elle, mais il rebondira, je ne suis pas inquiet.

Madeleine posa aiguilles et laines.

— Je m'ankylose à rester assise. Vous prendrez bien du thé ? Elizabeth ne tardera pas.

Il la suivit dans la cuisine où elle brancha une bouilloire.

— D'habitude, dit-il, j'ai tant de mal à me raconter... Je m'étonne que ce soit si facile avec vous.

— Vous ne vous racontez pas ! Vous êtes beaucoup trop renfermé pour ça. Vous parlez des autres et à travers eux on vous comprend mieux. Toujours été comme ça depuis qu'Elizabeth s'est retrouvée seule au monde et que je suis vouée au rôle de confidente. On ne me connaît pas depuis cinq minutes qu'on me raconte sa vie. Il aurait fallu refuser depuis le premier jour où mon « enfant » a pris plaisir à m'avouer un petit péché. J'ai accepté et, depuis, je n'ai plus de vie à moi, je n'ai que la vie des autres.

Elle allait verser l'eau frissonnante dans le thé quand la voix d'Elizabeth l'arrêta :

— Madeleine... il n'est pas venu ?

— Tu prendras du thé ? cria Madeleine.

— Merde ! Mais qu'est-ce qu'il fout, ce type ?

— À mon avis tu devrais le laisser tomber. C'est un sauteur.

Elizabeth apparut sur le seuil de la cuisine.

— C'est malin ! J'allais dire des horreurs sur toi. Comment es-tu arrivé jusqu'ici ?

— À bicyclette.

— Et tu as l'intention de regagner Paris à bicyclette ?

— Avec toi assise sur le porte-bagages. À moins que nous n'achetions un tandem et des bonnets de laine à pompon.

— Madeleine, tu te rends compte : j'en pince depuis vingt ans pour ce type qui se promène en France profonde sur une bicyclette comme au temps des Mérovingiens !

— Vous resterez ce soir ?

— Qu'y a-t-il à dîner ?

— L'amour te donnerait faim ?

— Ne sois pas indiscrète.

— Tu ne seras pas déçue. Vous repartirez demain, monsieur Morgan...

— Arthur, dis-lui Arthur.

— ... mettra sa bicyclette adorée dans le coffre de ta voiture. Ce soir, nous dînons d'un saumon au beurre blanc.

De la fenêtre, la vue plongeait sur l'étroit boyau de la rue de Verneuil, la mystérieuse rue Allent entre son mur de béton et ses immeubles sourds, et, en face, la petite école d'où, en semaine, montaient les cris, les pleurs, les rires des enfants que, midi et soir, les mères, se défiant du regard, attendaient sur le trottoir. La nuit tombait comme elle tombe à Paris, par surprise, enrobant d'un silence léger cet îlot provincial.

— Tu ne vas quand même pas être triste ? dit-elle en s'accoudant près de lui.

Il la rassura, mais on serait pensif à moins. Elle devait en convenir. Qui ne se sent pas perdu les minutes où la nuit nous dérobe les restes d'un jour ? Dans un instant, ils se sépareraient et ce qu'il avait été incapable de décider, la chute libre d'Augusta l'imposait comme une vérité aveuglante. Il y avait de quoi s'interroger.

— S'inquiéter, tu as dit ?

— Non, s'interroger.

— Quand vas-tu cesser de t'interroger ? Le temps passe sous ton nez. Un jour, tu découvres que le décor s'est effondré. Tu es comme Augusta. Elle a mis un temps fou à se rendre compte qu'elle jouait

297

et chantait de grands airs parmi les ruines, que personne ne l'écoutait plus. Pas même toi, si peu pressé de voir le spectacle, que tu traînais à Paris, t'attardais en route.

— Au contraire de toi, elle n'avait pas besoin de beaucoup de spectateurs. Un seul suffisait.

— Un seul à la fois. Plusieurs dans la journée.

— Elle aimait séduire.

— Et le jour où confinée à Lugano dans une maison sinistre, sans audience, lâchée par son mari, Getulio plus volatil que jamais, consciente que pendant ces vingt années tu étais enfin devenu adulte, elle a paniqué. Malheureusement, cette fois ça a marché.

— Tu veux dire qu'il y a eu d'autres fois ?

— Deux ou trois, pas vraiment sérieuses.

— Tu n'es pas tendre avec elle.

— Plus je l'aimais, plus je lui en voulais d'avoir pris l'homme qui m'intéressait.

Arthur goûta le « qui m'intéressait », bien qu'il eût du mal à s'en convaincre.

— Je vous entends encore tous dire : « Elle est unique ! »

— Qui disait ça ?

— Getulio, Concannon, Porter, toi, et jusqu'à ceux qui la voyaient traverser la vie comme une star : Mrs. Paley, Mandy, Cliff. À bord du *Queen Mary*, on n'avait d'yeux que pour elle. À Beresford, le soir du bal, ils ne lui ont pas laissé un instant de repos.

— Oui, mais c'est dans tes bras, au fond de la voiture, qu'elle a regagné l'hôtel.

— À Key Largo, Mandy et Cliff la regardaient comme une extraterrestre.

— Mais toi, la nuit, tu couchais avec elle. Enviable, non ?

— Pourquoi nous as-tu prêté Key Largo ?

— Un irrésistible élan d'abnégation.

— Tu veux dire...

Elizabeth haussa les épaules.

— Ce que je veux dire et que tu entends très bien.

— Tu parles trop par énigmes. Je comprends mieux ton rendez-vous à Saint-Laurent. Apparemment, j'ai bien passé l'examen. Et si j'échouais ?

— Il y avait peu de chances que tu échoues, mais j'ai voulu être certaine. Et puis, c'était amusant, non ? Tu ne me connaissais pas vraiment si tu ne connaissais pas Madeleine. Je dois dire que ton arrivée à vélo était une idée géniale. Avant de dire un mot, tu avais gagné. En Rolls, tu étais recalé.

Une voiture s'arrêta devant la porte de l'immeuble.

— Voilà ton taxi. Je t'accompagne à Roissy.

— Surtout pas. Nous entamons le premier jour d'une vie commune à distance. À grande distance. Ça demande de la réflexion, du tact et de l'apprentissage. Mais je ne crains plus rien.

Il voulut se saisir du sac de voyage.

— Laisse, ça ne pèse rien. Je vis légère. Et tu seras léger avec moi, n'est-ce pas ? Je te donnerai, tu me donneras ce que nous avons, l'un et l'autre, de plus léger et de plus gai.

— En somme tu veux que nous nous engagions à être parfaits...

Elle lui caressa gentiment la joue.

— Bien sûr, il y aura des retours de flamme, mais nous ne sommes plus des enfants, et, comme tu as pu le constater à New York, le goût de la provocation m'est passé. Ces deux jours chez toi, je les ai

299

aimés. Oh, pas uniquement pour le plaisir, qui n'est pas nouveau, qui a été très bien comme autrefois.

— Tes mises en scène sont toujours excellentes.

Elle rit avec beaucoup de gentillesse, la tête penchée comme s'il la prenait en faute.

— Merci de ne pas m'accabler. J'étais folle de rage contre toi. Je me suis offert une brouille théâtrale. Tu as emboîté le pas bien au-delà de mes espérances. Trop longtemps !

Elle baissa la tête, évitant de le regarder. Du doigt, il l'obligea à relever le menton et se pencha pour baiser les yeux embués de larmes.

— Marque à la craie l'emplacement de tes pieds, dit-elle. Note que tu as un pantalon de velours beige, un chandail marron, une chemise rose. Quand nous nous reverrons, nous reprendrons nos marques très exactement. La prochaine fois que tu viendras à New York, nous ferons la même chose avec moi. Ainsi il y aura deux temps : un temps où nous vivrons ensemble, et un temps où, séparés, nous serons censés dormir et pendant lequel il ne se passera rien. Tu verras : la vie est un conte de fées, les amants sont immortels. Ne bouge plus jusqu'à ce que tu aies entendu le taxi démarrer.

Plus tard, de l'aéroport, elle appela :

— J'embarque avec une heure de retard. Juste au moment où j'avais le plus envie de rester. Je suis la dernière, je t'embrasse.

— Encore un mot.

— Dépêche-toi, ils vont partir sans moi.

— J'ai trouvé dans un ana stendhalien une maxime que tu pourrais méditer pendant les six heures de vol qui vont cruellement t'éloigner. Écoute : « L'amour est une fleur délicieuse, mais il faut avoir le courage d'aller la cueillir sur les bords d'un précipice. »

Il ne fut pas sûr qu'elle avait entendu la fin. Les haut-parleurs appelaient désespérément : « Miss Murphy. Miss Elizabeth Murphy ! » Pauvre Stendhal, il avait rarement été heureux, mais il pouvait enseigner comment l'être.

DU MÊME AUTEUR

Aux Éditions Matarasso

TURBULENCES, eaux-fortes de Baltazar.
UNIVERS LABYRINTHIQUE, illustré par B. Dorny.
HU-TU-FU, eaux-fortes de Baltazar.

Aux Éditions La Palatine

UNE JEUNE PARQUE, eaux-fortes de Mathieux-Marie.

Chez Alain Piroir

SONGES, eaux-fortes de Baltazar.

Chez André Biren

LETTRE OUVERTE À ZEUS, gravures de Fassianos.
LES CHOSES, gravures de Maud Greder.
G., illustré par George Ball.
DE NAZAIRE, bois de George Ball.
JASON, eaux-fortes de George Ball.

À l'Imprimerie Nationale

DERNIÈRES NOUVELLES DE SOCRATE, gravures de Jean
Cortot.

Composition Nord Compo à Lille.
Impression Société Nouvelle Firmin-Didot
à Mesnil-sur-l'Estrée le 17 août 1998.
Dépôt légal : août 1998.
Numéro d'imprimeur : 43507.

ISBN 2-07-040523-0/Imprimé en France.

86039